이 책을 사랑하는

____________________에게

드립니다.

| **채복기** 장편소설 |

여보, 미안해

도서출판 채영

작가의 말

가족은 소중하다. 참, 소중하다. 이 세상에 가족보다 더 따뜻하고 소중한 것은 없다.

세상 사람들 모두가 등 돌릴 때에도, 내가 가장 낮은 곳에 임할 때에도, 어쩔 수 없이 세상의 끝자락에 서 있을 때에도 가족이라는 따뜻한 힘이 있기에 우리는 다시 일어설 수가 있다.

그러므로 가족이란 우리 인간의 그 어떤 말로도 다 표현될 수 없을 것이다. 굳이 표현하라면 가족은 '내 안의 나'다. 가족은 서로 반쪽이 되어 나머지 나의 반쪽을 채워주어야 하는 존재일 것이다. 그러므로 가족은 곧 '나'다.

그런데 가끔 우리는 가족의 소중함을 망각한 채 살아갈 때가 너무 많다. 특히 어머니라는 존재 뒤에 가려 잘 보이지 않을 때도 있지만, 끝까지 가정을 지키기 위해 묵묵히 그리고 열심히 울타리를 만들어나가는 아버지를 생각하면 우리는 무한한 감사를 느끼게 된다.

가끔 인생의 무게 때문에 삶이 지치고 힘들 때는 주저앉고 싶지만 오직 가족의 버팀목으로 서 있어야 하기에 아버지는 그 어느 것 하나도 포기할 수가 없다.

그래서 험한 세상과 부딪히며 살아가는 아버지의 뒷모습이 우리에게는 더 슬픈 현실로 다가올 때도 참 많이 있다.

모든 세상 풍파를 다 거친 후 가파르고 거센 물살을 향해 상류로 올라가는 연어의 숭고한 몸짓처럼 끝까지 자신의 가정을 지켜온 아버지이기에 우리는 더 찬사를 보내야 할 것이다.

이 소설로 인해 그동안 잊어버리고 살았던 아버지의 소중함을 다시 한 번 생각하고, 아버지의 숨결이 느껴지는 그것 하나만으로도 감사하면서 살아갈 기회가 되었으면 한다.

그래서 이제는 아버지라는 존재가 세상에서 가장 위대하고 소중한 의미로 다가왔으면 한다.

단지, 시대가 변했다는 이유 하나만으로 더 이상, 세상 밖으로 내몰리는 현실이 이 시대 아버지의 자화상이 되어서는 안 될 것이다.

가정의 중심은 아버지다. 아버지가 흔들리면 가정이 무너진다.

가정이 무너지면 모든 것이 다 무너져버린다. 어깨가 축 늘어지고 만신창이가 된 아버지에게 새 힘을 모아드리자. 가족의 사랑을 통해 서로 용서하고 용서를 통해 모든 갈등을 극복하고 신뢰를 통해 다시 화합하고…….

이 소설이, 우리의 아버지들에게 큰 위로와 용기 그리고 그동안 잊고 살아왔던 희망이라는 단어를 선사할 수 있는 계기가 되었으면 좋겠다.

나는 이 소설을 쓰면서 울었다. 바보처럼 울었다. 우리 모두의 이야기이기에. 그러나 흐르는 눈물을 멈추게 할 수 있었던 것은 나에게도 가족이라는 울타리가 버티고 있었기 때문이다. 이 소설이 나오기까지 외롭고 고독했던 먼 길을 걸어왔던 나의 마음을 누구보다도 꾸준히 독려해준 아내의 헌신이 있었기에 무사히 끝낼 수가 있었다. 그리고 좋은 아버지가 될 수 있도록 새로운 힘을 선물해 준 두 아이가 있었음도 부인하지 않는다.

이것이 가족의 힘이다.

이 소설을 통해 문득문득 잊어버리며 살아왔던 아버지의 존재와 가족이 얼마나 소중한 것인지, 지금 가족과 함께 누리고 있는 순간순간의 삶이 우리의 생애 속에서 가장 벅찬 행복이고 가장 아름다운 삶이라 생각하며, 남은 생애는 모두 그렇게 살아갔으면 좋겠다.

더 늦지 않게…….

가족이 내 옆에 있다는 것은 위대한 축복이다. 그래서 더 위로하고 사랑하며 살아가야 할 것이다.

여보, 미안해

1장

* * *

아빠가 집을 나간 지 5일째가 되었다는 사실을 오늘 아침에서야 알았다.

순간, 다희의 눈이 벌게지며 눈가에 눈물이 서서히 배어나기 시작했다. 급기야 그렁그렁 맺히던 눈물은 뺨을 타고 주르륵 흘러내리고 말았다. 다희는 흐르는 눈물을 얼른 옷소매로 닦았다. 조금 열려 있는 발코니 창문 틈으로 3월의 찬 공기와 눈부신 아침 햇살이 다희의 몸을 더 움츠러들게 했다. 설마 아빠가 가출했을 줄은 꿈에도 생각하지 못했던 다희는 어딘가 모르게 막연한 불안감이 밀려오기 시작했다.

'혹시 아빠가 나 때문에 가출하지 않았을까?'

아빠에게 잘못했던 지난날이 다희의 머리를 스치며 지나갔다. 특히 요즈음 사춘기에 접어들면서 아빠의 말에 대꾸도 잘 하지 않고 신경질도 곧잘 내곤 했었다. 때로는 아빠를 무시하고 가끔은 소리까지 지르면서 아빠의 마음을 아프게 했던 기억이 다희의 머릿속을 맴돌기 시작한 것이다.

'아빠한테 잘해 드릴 걸…….'

걷잡을 수 없이 후회가 밀려왔다. 엄마로부터 아빠가 가출했다는 말을 들은 둘째 다영의 눈에서도 금세 닭똥 같은 눈물이 뚝뚝 떨어지기 시작했다.

「아빠, 출장 가셨다고 했잖아요? 」

유난히 큰 눈망울을 끔벅거리며 묻는 다영에게 민지는 얼른 대꾸하지 못했다. 민지는 남편이 집을 나간 다음 날부터 수백 번도 넘게 전화를 했다. 처음엔 전화를 받지 않는 남편이 무척이나 밉고 야속했지만 지금은 연락만이라도 좀 되었으면 하는 마음만 간절했다. 전화기는 늘 꺼져 있었고 "소리 샘으로 연결됩니다."라는 메시지만 들릴 뿐이었다.

「여보, 나예요. 도대체 당신 지금 어디 있어요? 당신 어디 갈 데나 있어요? 갈 데도 없잖아요. 나도 지난번에 당신하고 싸워서 집 나갔을 때 갈 데가 없어서 그냥 영화 보고 집에 들어왔잖아요. 그래서 그냥 둘이서 슬며시 웃고 말았잖아요. 당신도 갈 데 없는 것 다 알아요. 그냥 들어와요, 여보! 그냥 슬며시 웃으면 다 끝나는 일이잖아요. 그리고 여보, 무조건 내가 잘못했으니까 빨리 들어와요. 그리고 전화라도 빨리 한 통 주세요. 여보, 사랑해요.」

집을 나간 지 벌써 5일째가 되고 보니 민지는 일말의 두려움이 생기기 시작했다. 음성 메시지와 함께 문자 메시지도 수없이 남겼다. 그리고 남편이 갈만한 곳을 모조리 연락하며 백방으로 알아보았지만 도무지 연락되지 않았다. 그러나 자꾸만 캐묻는 아이들에게 더 이상 숨길 수가 없었던 민지는 오늘에서야 어쩔 수 없이 솔직하게 말했던 것이다. 그것도 아빠의 행방을 자꾸 묻는 다희의 성화 때문이었다. 아이들의 눈물을 바라보던 민지도 애써 흐르는 눈물을 참으며 다희와 다영을 소파에 앉혔다.

「다희야, 그리고 다영아. 사실은 엄마가 아빠와 좀 싸웠어. 아니, 좀 심하게 말다툼했어. 엄마가 너희에게 정말 미안하구나.」

엄마의 눈물을 본 아이들은 잠시 그쳤던 눈물이 마를 사이도 없이 또다시 눈시울이 붉어지고 말았다.

「하지만 너무 걱정하지 마. 아빤 금방 돌아오실 거야. 아빤 강한 사람이잖아.」

사실 남편이 굉장히 화가 나서 밖으로 뛰쳐나갔을 때만 해도 금방 집에 들어올 줄 알았다. 그런데 벌써 5일째가 되자 민지는 아무래도 오늘은 무슨 수를 써야 할 것 같은 생각이 들었던 것이다.

「그럼 이제 어떻게 해요? 경찰서에 빨리 신고라도 해야 하잖아요.」

「그래. 그렇지 않아도 오늘쯤은 외삼촌 집에도 연락해야 할 것 같아.」

다영은 울음을 멈춘 후에 찾아오는 딸꾹질을 참고 있었지만 갑작스러운 아빠의 가출 소식에 충격이 컸는지 쉽게 멈추지 않았다. 3월의 첫 토요일, 침울하기만 한 다희네 가족과는 달리 모처럼 날씨가 청명했다. 아파트 창문 너머로는 겨울을 막 지낸 나무들이 달아오르는 봄을 향해 더 없이 활기찬 기운으로 다가오는 듯 했다. 얼마 전까지만 해도 민지는 마지막 남은 겨울의 흔적을 찾고 싶어 무작정 걷고 싶은 소녀와도 같은 심정이었다. 그러나 지금은 아무런 생각도 할 수가 없게 되어 버렸다. 무거운 돌 하나가 민지의 가슴속에 떡 하니 자리를 차지하고 있기 때문이다. 민지는 경찰서로 가는 내내 마음이 알싸하게 저렸다. 길거리의 개나리는 활짝 피어 만발했고, 목련화는 아가씨의 환한 웃음처럼 다가왔지만 민지의 마음은 어둠으로 가득 차 있었다.

「남편 가출 신고요? 」

「네.」

경찰서의 민원실은 시끄럽고 어수선했다. 간혹 여기저기서 고함도 들려왔다.

「집 나간 지 얼마나 됐습니까? 」

말투가 상당히 퉁명스러웠다.

「오늘이 5일째입니다.」

「5일째요? 거, 뭐. 남편이 애도 아니고 어른인데 어른이 부부 싸움하고 5일 정도야 집에 안 들어올 수도 있는 것 아닙니까? 」

「네? 」

집을 나온 지 5일밖에 안 됐다는 민지의 말을 들은 경찰은 약간 망설이는 듯 무성의하게 대했다.

「좀 더 기다려보시고 한 일주일이나 열흘 정도가 돼도 안 들어오면 그때 신고를 하시죠? 애들이면 지금 당장 접수할 수도 있겠지만 어른이라서 좀 거시기하네요.」

「일주일이나 열흘 정도요? 아니, 그런 게 어디 있어요? 사람이 가출했다는데, 5일이 어딨고 일주일이 어딨어요? 가족이 원하면 무조건 접수해야 하는 것 아니에요? 」

마음이 급하고 신경이 예민해진 민지는 경찰관의 태도에 자기도 모르게 짜증이 나고 말았다.

「아니, 근데 왜 그렇게 따지면서 말씀하세요? 」

「따지다니요? 따지는 것이 아니라 이치가 그렇잖아요. 가출 신고하러 왔으면 하루든 이틀이든 접수해주면 되는 거잖아요. 따지고 자시고 할 게 뭐가 있어요? 」

「예? 」

「그럼 어른은 5일이면 접수가 안 되고 일주일이 넘으면 접수한다는 그런 법적인 규정이라도 있다는 거예요? 」

「꼭 그런 규정이 있다는 게 아니라 보통 그렇게도 할 수 있다는 겁니다. 어른이니까 좀 더 기다려보자는 건데 왜 그렇게 화를 내세요? 」

「화를 낸다고요? 제가 지금 화가 안 나게 됐어요? 」

경찰의 무성의한 태도와 신경질적인 말투에 민지는 갑자기 화가 더 치밀어 올라왔다.

「이봐요, 경찰 아저씨. 나는 지금 아저씨처럼 태평한 사람이 아니에요.」

「아니, 태평하다뇨? 우리 경찰들이 그리 태평하게 보입니까? 」

「그럼 왜 이렇게 한가한 행동을 하는 사람처럼 자꾸 미루느냐 말이에요? 사람이 가출해서 어떻게 된지도 모르는 판국에 이렇게 대하는데 화 안 나는 사람이 이 세상에 어디 있겠어요? 」

그렇잖아도 신경이 날카로워진 민지는 이성을 잃어버린 사람처럼 목소리를 높이고 말았다. 그때 그 앞쪽에 앉아 있던 다른 경찰관이 심상치 않은 분위기를 파악했는지 얼른 민지 옆으로 뛰어나왔다.

「저, 아주머니. 아주머니께서 원하시면 저희가 지금 당장 접수해드릴 수도 있습니다. 이리로 오십시오. 제가 접수해 드리겠습니다.」

그리고 민지의 팔을 끌다시피 얼른 자신의 자리 앞으로 데리고 갔다. 그리고 친절하게 의자를 내주며 앉도록 했다.

너무나 안일하게 대처하는 경찰에 화가 나고 분했지만 민지는 참을 수밖에 없었다.

「아주머니, 고정하시고 먼저 집 주소 말씀해 주세요. 그리고 남편의 성함도요.」

「예, 성북구 성북동 17X번지 5X호입니다. 이름은 박현서입니다.」

「생년월일은요? 」

「1965년 1월 7일 올해 마흔 다섯입니다.」

「키하고 몸무게는요? 」

「171센티미터 72킬로그램입니다.」

「혹시 집을 나가실 때 입은 옷을 기억하십니까?」

「네, 검은색 바지에 진한 밤색 점퍼요. 그리고 회색 티셔츠요. 아 그리고 여기 사진 한 장을 가져왔습니다. 안경을 꼈습니다.」

「그래요? 어디 한번 봅시다. 아이고, 남편이 아주 잘 생기셨네요.」

「…….」

「가출 이유에 대해 말씀 좀 해주시겠습니까?」

「아, 예. 저……, 말다툼을 좀 심하게 했습니다.」

「아 그래요? 그렇다면 너무 걱정하지 마십시오. 그러면 대부분 금방 다 돌아옵니다.」

대부분 다 돌아온다는 경관의 그 말 한마디에 민지는 마음이 조금 놓이는 듯했다.

「혹시 남편이 휴대폰을 가지고 가셨습니까?」

「네 가져갔어요.」

「그렇다면 찾기가 훨씬 더 쉽습니다. 위치 추적이 되니까요. 물론 소방서의 협조가 꼭 필요하지만요.」

「그래요?」

「그리고 요즈음은 IP 추적이라는 게 있습니다. 이 역시 수사기관의 협조도 필요하고요. 저희가 일단 협조 공문을 보내겠습니다.」

「그렇다면 혹시 남편의 휴대전화 통화 내역을 지금 열람할 수는 없을까요? 」

「그건 안 됩니다. 통화 내역을 열람하시려면 본인의 동의를 구해야 합니다. 남편의 동의가 없으면 불가능합니다. 아무리 가족이더라도 통화 내역의 경우 그 누구라도 열람이 안 되게 되어 있습니다.」

「네, 그렇군요.」

「자, 오늘이 2009년 3월 7일이니 여기에 날짜를 쓰시고 서명만 하시면 됩니다. 예, 됐습니다. 이제 돌아가셔도 됩니다.」

「네, 고맙습니다.」

「가능한 한 저희도 빨리 연락드리겠습니다.」

서명을 마친 민지는 고맙다는 인사와 함께 얼른 일어났다. 그 사이 밖에는 부슬비가 조금씩 내리고 있었다. 경찰서에서 집으로 오는 동안 민지는 머릿속이 혼란스러워 아무런 생각도 할 수 없었다. 아무래도 남편이 불확실한 세상으로 뛰어든 것 같아 자꾸 불길한 예감이 들기 시작했다.

'설마 남편이…….'

내리던 부슬비에 아파트 건물 외벽들은 습한 잿빛으로 무겁게 얼룩져갔다.

2장

* * *

5일째 허름한 모텔에서 지내던 현서는 지난밤 과음한 탓에 일찍 일어나지 못해 낮 12시가 훨씬 넘어서야 겨우 일어날 수가 있었다. 심한 갈증을 느끼고 침대 머리맡에 놓여 있던 생수병을 벌컥벌컥 들이켰다. 양손으로 헝클어진 머리카락을 몇 번이고 쓸어 올리며 인상을 찡그리던 현서는 방안을 다시 한 번 휙 둘러보았다. 90년대 후반 때나 쓰던 13인치 텔레비전 한 대와 머리맡에는 찌그러진 스테인리스 주전자와 컵 두 개, 그리고 플라스틱 쟁반 위에는 반쯤 쓰다 남은 두루마리 화장지 하나가 전부였다. 그리고 움직일 때마다 삐걱대는 낡은 침대 소리는 마치 자신의 아픈 상처들을 갉아먹는 것처럼 들렸다. 이불은 자주 빨지 않았는지 군데군데 얼룩이 보였고 신선한 냄새라곤 도무지 맡을 수가 없고 땀과 곰팡내가 물씬 풍겨왔다. 오늘이 벌써 5일째다. 출장 다닐 때 외에는 지금까지

단 한 번도 외박한 적이 없었는데, 현서는 아내와 싸운 게 악몽 같았다. 말다툼하고 싸우더라도 끝까지 버텨보려고 했는데 결국 터지고 만 것이다.

과장으로 승진한 지 한 달 만에 미국 발 경제 위기 여파로 현서가 다니던 회사도 별수 없이 직격탄을 맞게 되었다. 그 후 3개월 동안은 구조조정이라는 이상야릇한 단어가 전 직원을 두려움에 떨게 했다. 아니, 가장 무서운 폭군으로 군림하고 있었다. 결국, 4개월째 접어들어 회사는 더 큰 회사와 합병되었고 끝내 고용승계는 제대로 이루어지지 않았다. 특히 현서는 책임자급이었기에 구조조정 제1순위였다. 회사 경영진은 7백여 명의 대상자 리스트를 작성해 스스로 퇴진할 것을 권고했다. IMF 때 감원 고비도 무사히 넘겼고, 그후 구조조정도 몇 차례 잘 넘겼지만 과장으로 갓 승진하고서도 어쩔 수 없이 6개월 만에 회사를 쫓기듯 떠나게 되었다. 15년 동안 회사를 위해 성실하게 일해 왔지만 하루아침에 직장에서 밀려날 수밖에 없는 참담한 현실이 결국 그에게도 찾아왔던 것이었다. 앞만 보며 정말 열심히 일했던 직장이었는데 막상 해고되고 나니 현서는 너무나 황당하고 억울했다. 그러나 아내 민지는 괜찮다면서 오히려 용기를 주었다. 그동안 가정을 위하여 고생했으니 좀 쉬었다가 다시 일하면 되지 않겠냐는 것이었다. 그래서 처음 몇 개월 동안은 아내와 함께 가까운 곳으로 여행도 다니면서 실로 오랜만에 여유 있는 삶의 시간을 가지기도 했었다.

그러나 1년 가까이 직장을 구하지 못하면서 상황은 급격히 달라졌다. 수많은 곳에 이력서를 내밀었지만 20, 30대도 취업이 어려운 상황에 마흔이 훌쩍 넘은 나이로 취직하기가 쉽지 않다는 것을 몇 개월이 지나고 나서야 깨달았다. 특별한 기술이 있는 것도 아니었고 회사에서 뛰어난 업무 수행 능력으로 특별한 부서에서 일한 경험이 있는 것도 아니었다. 취업과는 전혀 관계없는 서류만 만지작거리며 오랜 세월을 보냈던 그가 어정쩡한 상태로 새로운 직장을 찾기란 그야말로 하늘의 별 따기였다. 이미 현서는 정리해고 통지서를 받은 그날부터 한국의 전형적인 샐러리맨의 정체성을 잃어버린 것이다. 그동안 세월을 헛되이 흘려보낸 현서가 결심 끝에 시작한 것은 프랜차이즈 사업이었다. 15년 동안 다녔던 회사에서 준 퇴직금 7천만 원과 위로금 3천만 원을 몽땅 투자한 것이다. 현서는 잠깐 반짝하다가 문 닫는 치킨가게나 4천 원짜리 삼겹살 전문점같이 흔하고 평범한 체인점이 아니라 남들이 잘 하지 않으면서 획기적이고 고급스러운 사업을 해야 한다며 접근한 대학 후배의 꼬임에 빠져 '실내 서바이벌 게임장'을 시작한 것이었다. 듣기에도 생소한 사업이었다. 이 프랜차이즈 사업은 도시에 살면서 지친 직장인들이 스트레스를 풀기 위해 숲속을 찾아 벌이는 서바이벌 게임을 도심 속으로 끌어온다는 전략이었다. 그렇지만 땅값 비싼 강남에서 2억 원이 넘는 돈을 투자했음에도 불구하고 생각보다 손님이 몰리지 않았다. 그리고 결정적 실수는 '숲 속에서의 맑은 공기까지 원한다는 소비자의 심리'를 꿰뚫지 못했던 것이다. 특히 독특한 사업에 비해 노하우를 가진 사람을 쉽게 만날 수가 없었다는 점이 사업 실패의 가장 큰 원인이기도 했다. 그리고 매장 운영부터 자금 관리까지 모두 본인이 책임져야 하는 창업 시장에서 자신만의 차별화된 노하우도 없는 그가 단번에 일어선다는 것은 결코 녹록지 않았다. 결국 13개월 만에 동업했던 대학 후배와 함께 첫 사업에서 쓰라린 인생의 경험을 뼈저리게 체험할 수밖에 없었던 것이다. 지금까지 아내와 살아오면서 몇 번의 작은 부부 싸움이 있기는 했지만 그날만큼은 상황이 심각했다.

「사업은 뭐, 아무나 한대요?」

「…….」

「내가 뭐랬어요? 사업만큼은 하지 말라고 그렇게도 말렸잖아요.」

「…….」

팔짱을 끼고 소파에 앉아 있는 아내는 평소 때의 침착함이란 전혀 찾아볼 수 없었다. 13개월 만에 문을 닫게 된 사업 때문에 민지는 지난 1년 동안 신경이 많이 예민해 있었다. 그런 중에 그 날은 특별히 화가 더 많이 나 있었다. 다른 것보다 당장 생활비 문제가 현실로 닥쳤기 때문이었다.

「어디 말 좀 해봐요, 말 좀. 이제 어떡할 건지.」

「…….」

새벽부터 쏟아지던 빗줄기는 한나절이 다 되어서도 멈출 기미가 보이지 않았다. 아예 물줄기로 변해버린 굵다란 장대비가 바람까지 거세게 불면서 아파트 창문을 사납게 몰아붙이고 있었다. 현서의 마음도 괜스레 울적했다. 거실에서는 아름다운 클래식 음악이 흘러나오고 있었다. 그러나 두 사람의 침묵 속에 흘러나오는 아름다운 선율은 그들의 가슴속까지 파고들지는 못했다. 허공으로 맴돌다가 곧바로 흩어져버렸다.

「어떡할 거예요? 」

「…….」

여전히 현서는 아무런 대답이 없었다. 정말이지 민지는 남편이 사업을 시작하겠다고 나섰을 때부터 적극적으로 말렸다. 그러나 1년 동안 취직이 되지 않던 남편은 특유의 완강한 고집으로 밀어붙였던 것이다. 물론 민지도 남편의 심정을 모르는 것은 아니었다. 남편이 명예퇴직 당한 후 취직도 잘되지 않아 여러모로 애쓰고 힘들어하는 과정을 옆에서 지켜보면서 남편의 사정을 그 누구보다 잘 알고 있는 터였다. 그러나 정말 서운한 것은 사업하겠다며 자기 마음대로 결정하고 자신의 의사를 존중해주지 않은 것에 대한 섭섭함과 결혼한 지 17년 동안 살면서 아파트 한 채 장만해 보려고 먹을 것 마음대로 못 먹고 입을 것 제대로 못 입으며 고생고생하면서 살아온 자신의 마음을 전혀 이해해 주지 않는 데에 대한 속상함이 더 컸다.

「사실 나는 당신이 사업에 실패했다는 그런 낭패감이나 자존심보다 돈이 너무 아까워요. 1억이면 지금 전세금 합쳐 작은 아파트 한 채는 충분히 살 수 있는 돈이란 말이에요.」

가만히 듣고만 있던 현서는 처음으로 입을 열었다.

「그건 나도 알아.」

「알면 뭐해요? 돈이 다 날아갔는데.」

「후-.」

깊은 한숨을 길게 내뿜던 현서는 끝까지 자신의 감정을 무너뜨리지 않기 위해 애를 쓰고 있었다. 그러나 자신의 행동에 대한 후회와 쓰라린 감정이 밀려오는 것은 어쩔 수 없었다. '앞으로 어떻게 해야 할까?' 라는 것보다 이제는 자신의 능력으로는 아무것도 할 수 없다는 사실이 더 마음 아팠다. 창문을 통해 밖을 보니 짙은 회색으로 변한 하늘에서 내리는 굵은 빗줄기는 금방 그칠 것 같지 않았다. 거센 빗줄기가 자신의 아픈 가슴을 깨끗이 씻어주면 좋겠다는 생각이 들었다.

그때 아내의 입에서 뜬금없는 말이 튀어나왔다.

「하여튼 당신이 알아서 돈벌어 와요. 어디 가서 막노동을 하든지 도둑질을 하든지 그 돈, 절반이라도 찾아와요.」

「뭐, 도둑질? 당신 왜 그래? 아무리 그렇다고 도둑질이 뭐야, 도둑질이.」

「속이 터지니까 그렇지.」

순간 민지는 자신이 한 말에 스스로도 조금은 당황스러웠다. 그러나 여기서 밀리면 안 된다는 생각이 들었다. 아니, 이참에 그동안 남편에게 서운했던 모든 감정을 다 쏟아 버리고 싶다는 생각이 들었다.

「아님 어떡할 거예요?」

「아무리 속이 터져도 그렇지 어떻게 당신 입에서 도둑질이라는 소리가 나와?」

「…….」

「제발 말도 안 되는 소리 좀 그만해!」

현서는 자신도 모르게 큰 소리를 질러버렸다.

「왜 자꾸 소리를 질러요? 」

「뭐야? 」

「당신이 지금 그렇게 소리를 지를 처지예요? 당신 때문에 17년 동안의 모든 삶이 물거품이 되어버렸는데 당신이 나한테 그렇게 큰소리나 칠 입장이에요? 」

「그래, 내 입장이 어때서? 내가 사업 한번 들어먹었다. 그게 뭐가 그리 큰 죄야? 왜 걸핏하면 당신 입장, 당신 입장 그러는 거야? 」

「왜 또 소리 지르고 화를 내요? 지금 화를 낼 사람은 나란 말이에요. 지금 속이 터지고 미칠 사람은 바로 나라고요. 뭘 알기나 해요? 」

남편의 큰 소리에 민지도 화가 치밀어 올라 결국에는 자신의 격한 감정을 이기지 못해 뭐라고 알아들을 수도 없는 말로 마구 퍼부어 대기 시작했다. 순간 현서는 몹시 당황스러웠다.

「이 사람이 정말 왜 이래? 」

「그래요. 당신이 사업하다가 망한 것까지는 어떤 방법으로든 이해할 수 있어요. 아니 이해 못 하지만 그래도 억지로 이해하며 살아 왔어요. 앞으로도 그렇게 살 수 있고 아니, 그렇게 살아야 하고요. 그렇지만 그 큰돈을 1년 만에 다 날리고도 당신은 나에 대한 배려가 없어요. 그게 나를 더 화나게 한단 말이에요.」

단단히 화가 난 민지의 눈에는 어느새 한가득 눈물이 고였다.

「그건 나도 미안하게 생각한다고 했잖아.」

「그래요. 당신이 나에게 배려가 없는 것도 이해할 수 있어요. 당신은 언제나 중요한 순간에는 늘 그렇게 해왔으니까요. 하지만 사업 실패 후에도 당신이 한 게 뭐가 있어요? 또 다시 7개월이 넘도록 변변한 직장 하나 잡지 못하고 늘 자신 없는 표정으로 지내온 지가 벌써 얼마나 되었는지 알기나 해요? 나는 당신의 그 무능함 때문에 더 화가 난단 말이에요.」

「그건 내 무능함만은 아닌 거 당신도 잘 알잖아. 다시 직장을 잡으려고 할 땐 또 미국 발 국제 금융 위기가 터졌잖아.」

「금융 위기요? 」

자신감 없는 표정에 연방 눈만 끔뻑거리고 있는 현서를 보는 순간 민지는 화가 더 치밀어 올라왔다.

「그럼 금융 위기가 터지지 않았을 때에는 취직이 잘 됐어요? 특별한 기술을 가진 것도 아니고, 그렇다고 외국어를 잘 하는 것도 아니고, 그저 회사에서 서류나 만지작거리며 자기 발전도 없이 편하게 지내온 사람이 취직하기가 그리 쉬운 줄 알았어요? 1년이 넘도록 이곳저곳 백 군데도 넘게 이력서를 내봤으면 왜 안 되는지 자신에 대해 한번쯤은 생각을 해봤어야지, 아직도 꿈에서 헤어나지 못하고 있으니 더 속이 터진단 말이에요. 좀 힘든 직장이면 어떻고 좀 작은 회사면 어때요. 애들은 이렇게 커 가는데…….」

「알아.」

「알긴 뭘 안단 말이에요.」

「그래서 사업을 시작했잖아.」

「다 말아먹은 사업! 능력도 없으면서 오기만 부리는 사업!」

「그래도 경험은…….」

「지금 이 나이에 돈 날리는 경험이 뭐가 그리 중요해요. 사업도 그래요. 내가 얼마나 말렸어요. 경험 없이 그렇게 큰 사업은 하지 말라고, 정 하고 싶으면 욕심 부리지 말고 옆집 경옥이네 부부처럼 자본금 적게 드는 빵 가게나 피자 가게 같은 안전한 동네 장사 하자고, 그것도 나랑 같이 하자고 내가 얼마나 말했어요? 그러면 큰돈은 못 벌어도 밥은 먹고 살 수 있었잖아요. 아래층 창식이네 부부도 함께 치킨 가게 해서 그런대로 명퇴 잘 극복하고 있잖아요. 지연이네 집도 그렇고.」

「그래. 나도 많이 후회하고 있어.」

「그런데 당신 뭐라고 했어요. 그런 건 시시하고 창피하다고요? 동네 사람들한테 쪽팔린다고요? 그래서 시작한 사업이 뭐예요. 그게 서바이벌 게임장 아니에요.? 내가 얼마나 말렸어요. 그렇게도 말렸건만 무리한 사업 시작한 건 당신의 그 고집불통 때문이었잖아요. 내가 솔직하게 말해볼까요? 허세 아니었어요? 회사에서 명퇴 당하고 찾아온 상실감이나 좌절감을 번듯한 사업으로 한방에 상쇄해 보고 싶은 마음 아니었어요? 」

「나도 답답해서 미치겠어. 심장이 터질 것 같아.」

「나는 이미 터진 심장 갖고 살고 있어요. 알기나 해요? 」

생각보다 거센 아내의 원망스러운 말투에 현서는 못내 당황스러웠다. 아내의 격앙된 말에 애써 멋쩍은 웃음을 지으며 희석해보려 했지만 그럴수록 자신이 더 비참해지고 있다는 생각이 들었다. 그동안 살아오면서 사소한 일로 가끔 티격태격 말다툼할 때는 있었지만 오늘만큼 화난 아내의 얼굴을 대하기는 처음이었다. 그야말로 남편에 대한 원망이 하늘을 찌르는 듯했다. 그래도 현서는 미안한 마음에 끝까지 참기로 마음을 굳게 먹고 자신의 잘못으로 모든 걸 마무리하려고 했다.

「미안해. 그리고 알았으니까 이제 그만해, 제발.」

「지금 미안하다고 해결될 문제가 아니니까 그렇잖아요.」

또다시 다그치는 아내의 말에 화가 난 현서는 자기도 모르게 큰소리치고 말았다.

「그럼 나더러 어쩌라는 거야? 무조건 닦달한다고 돈이 나와? 」

「닦달이 아니라 지금이라도 번듯한 직장 찾지 말고 아무 일이라도 좀 하란 말이에요. 당신한테 시집와서 젊은 시절 다 보내고 다희는 벌써 고등학교 1학년인데 아직도 내 집 한 칸 마련하지 못하고 또다시 원점에서 시작해야 한다고 생각하니 너무너무 힘들고 속이 터진단 말이야. 아니, 원점보다 백배 천배 더 못하잖아요. 그때는 그래도 젊음이 있었고 번듯한 직장이라도 있었고 그나마 조금씩이라도 돈 모아가는 재미라도 있었지만 지금은 이게 뭐에요. 다 잃어버렸잖아요. 젊음도 직장도 돈도.」

평소 때와는 전혀 다른 모습으로, 사정없이 몰아붙이는 아내의 칼날 같은 말은 현서의 가슴을 마구 찔렀다. 남편으로서 지금까지 인정받고 살아온 세월마저 송두리째 무시당하는 것 같았다. 그런데 바로 그때 터져 나오는 아내의 말은 더 가관이었다.

「나는 지금 당신의 무능력과 다시 일어서 보겠다는 의지력이 없는 것도 너무 답답하고 속상하지만 그것보다 무슨 일이든지 시작해보겠다는 의지도 보이지 않고, 특히 당신의 그 알량한 자존심 때문에 아무것도 하지 못하고 있는 당신이 요즘 들어 너무 싫어요. 어쩌면 당신 아버지하고 그렇게도 똑같아요?」

「여기서 왜 아버지 이야기가 나와? 말이면 다인 줄 알아? 당신 미쳤어?」

「그래요. 나 미쳤어요. 아니, 미치고 싶어요. 아니야, 미쳤으면 좋겠어요.」

「그럼 미치든지 말든지 맘대로 해. 그렇게도 꼴 보기 싫은 남편 없어지면 되잖아. 나도 지금 너무너무 힘들어서 죽고 싶어. 이렇게 힘들어하는 남편에게 하고 싶은 말을 다 하고 마음 좀 편해지겠다는 당신의 이기적인 심보에 내가 먼저 미쳐버리겠어.」

「왜 그런 식으로 받아들여요? 그럼 나는 이 정도 말도 못해요? 겨우 나 편해지려고 이러는 줄 알아요?」

「그러니까 너무 그런 식으로 말하지 말란 말이야. 나를 얼마나 더 시궁창으로 처넣어야 당신 마음이 편해지겠어? 나도 이젠 마음껏 숨쉬기조차 힘들어. 아니, 더 이상 당신 때문에 숨 쉬면서 살아갈 수가 없어.」

「왜 그렇게 비약적으로 말해요?」

「비약? 그래, 말 한번 잘했다. 그러는 너는? 아버지까지 빗대며 남편의 자존심을 갈기갈기 깔아뭉개는 건 비약이 아니고 뭐냔 말이야.!」

현서는 이성을 잃어버린 사람처럼 고함을 지르기 시작했다. 자신의 인격까지 무시하는 아내의 거침없는 말에 현서도 머리끝까지 화가 치밀어 올랐다. 그러나 민지의 마음도 순식간에 남편에 대한 불신과 억울함 그리고 미운 감정으로 가득 차버렸다. 그야말로 분위기는 악화일로였다. 가장의 대우를 받으려고 한 것은 아니었지만 남편으로서 너무 비참하게 내몰리고 있다는 생각이 순간적으로 들자 현서는 자신도 모르게 고함을 지르며 소파를 박차고 벌떡 일어났다.

「그래. 비약을 하든지 지랄을 하든지 당신 마음대로 해. 나도 더 이상 당신 얼굴 안 보면 그런 소리 안 들어도 되니 내가 사라져줄게. 그렇게도 꼴 보기 싫은 남편, 사라지면 되잖아. 나도 오늘 당신 속마음을 다 알고 나니 그나마 남아 있던 정나미까지 다 떨어졌어. 에잇!」

더 이상 자신의 감정과 분을 이기지 못하던 현서는 돌발적으로 순식간에 들고 있던 리모컨을 민지를 향해 던져버렸다.

「아아악!」

현서는 두 손으로 자신의 머리카락을 쥐어뜯으며 소리를

질렀다. 좁은 모텔 안에서 고함을 지른 자신의 목소리는 소름이 끼칠 정도로 기분 나빴다. 현서는 피우고 있던 담배를 힘차게 빨았다. 그러고는 자신을 향해 "이 등신 같은 새끼야!" 라고 외치는 듯이 연기를 거세게 내뿜었다. 사실 현서도 집 나갈 생각까지는 하지 않았다. 그리고 입이 열 개라도 아내에게 할 말이 없었다. 15년간 다니던 직장으로부터 명예퇴직당한 후 사업에도 실패하고 또다시 직장을 잡지 못하고 방황하는 자신을 보며 마음 졸이며 살아온 아내의 심정을 이해 못 하는 것도 아니었다. 그러나 자신에게 남아 있는 마지막 자존심까지 처참하게 깔아뭉개며 무시하는 아내의 말엔 '사랑도 식었고, 버림도 받았다' 라고 생각할 수밖에 없었다. 거기다 돌아가신 아버지까지 들먹이는 건 도저히 참을 수가 없었다. 물론 아내와 살아가며 가끔 다툴 때도 있기는 했지만 그 정도는 여느 가정에서나 다 겪을 수 있는 일상적인 부부 싸움이었다. 그러나 그날만큼은 아무리 생각하고 생각해보아도 자신의 의지로는 도저히 감당할 수 없는 분노만 끊임없이 치밀어 올라왔다. 집을 나온 지 5일째가 되었지만 아직도 현서는 그 분노의 감정을 조절할 수가 없었다.

'그래 보지 말자, 다시는 보지 말자. 서로 마음에서 지워버리면 내가 뭐가 되든 무슨 상관이냐, 젠장.'

비록 거듭되는 실패로 의욕마저 상실한 치열한 경쟁 사회의 낙오자가 되긴 했지만 사실 현서도 할 만큼 했다. 제대 후 스물다섯 살 때 캠퍼스 커플로 세 살 어린 민지를 만나 졸업 후 바로 결혼했다. 그리고 지난 17년 동안 가정을 위해 열심히 살아왔다. 아침 6시면 일어나 7시가 되기도 전에 집을 나서면 지하철을 세 번이나 갈아타고 출근했다. 직장에서 살아남기 위해 윗사람 눈치 보며 치열한 경쟁에서 살아남으려 몸부림치는 하루하루의 투쟁은 그야말로 살얼음판의 연속이었다. 그러나 그 속에서도 17년간을 오직 가정 하나만 바라보며 아내와 두 딸을 위해 가장으로서 열심히 살아왔다. 그런데 1억 원이라는 돈 때문에 여지없이 무너져버린 아내 앞에서 처참하게 무릎을 꿇어야 했던 수치심은 현서에게는 엄청난 충격이었다.

'그래, 까짓 거 혼자 한번 살아보는 거야. 아니, 오히려 이번 기회에 나의 능력을 한번 보여주는 거야.'

그러나 그것은 가출 후 현서의 가슴속에 남아 있던 일종의 분노였다. 현서는 습관적으로 텔레비전을 켰다. 낡은 텔레비전에서는 '탑골 공원, 노인들의 하루' 라는 프로가 어제에 이어 2부까지 방영되고 있었다. 갈 곳 없는 노인들의 처량한 모습과 힘없이 걸어가는 노인들이 화면을 가득 차지했다. 현서는 얼른 이불을 뒤집어쓰고 누워버렸다.

3장

* * *

나뭇잎에 맺힌 이슬이 햇살을 받으며 보석처럼 빛나는 눈부신 일요일 아침. 이제 막 피기 시작하는 벚나무 잎 사이로 돋아나는 새순들의 연둣빛이 더욱 더 짙어지고 있었다. 겨우내 닫혀 있던 마음의 문이 열리며 싱그러운 봄기운을 한껏 느낄 수 있는 상쾌한 아침이었다. 다희는 컴퓨터 앞에 앉아 인터넷 포털 사이트 '사람 찾기' 란에 열심히 글을 올리고 있었다.

'사랑하는 아빠를 찾습니다.'

아빠 때문에 밤새 한숨도 잘 수 없었던 다희의 얼굴은 하룻밤 사이에 매우 까칠해졌다.

아빠를 찾습니다.

저에게는 자상한 아빠가 있습니다.

그리고 따뜻한 마음씨를 가진 엄마와 가끔은 욕심쟁이지만 예쁜 동생 다영이까지, 이렇게 네 식구가 행복하게 살고 있습니다.
우리 집은 대한민국의 평범한 가정입니다.
그리고 우리 아빠는 가정적인 분입니다.
그런데 아빠가 6일 전에 집을 나가셨습니다.

우리 아빠는 회사에서 명예퇴직을 당하시고 사업마저 실패한 후 당당했던 그 전의 모습은 다 사라져 버렸습니다.
그래서 애꿎은 담배만 피우시며 요즘 들어 엄마와 아주 가끔 말다툼도 하셨지만 그래도 저와 다영이에게는 이 세상에서 제일 좋은 아빠였습니다. 물론 우리 엄마에게도요.

자주 한숨을 쉬시는 아빠의 모습을 보면서 마음이 아프긴 했지만 그래도 아빠가 우리 곁에 계셨기에 늘 행복했습니다.
집에서 쉬는 날은 꼭 우리와 함께 시간을 보내며 많이 예뻐해 주셨습니다.
이렇게 자상했던 아빠가 집을 나가셨습니다.

우리 아빠는 엄마에게 사랑을 고백하실 때, 노래방에서 근사하게 노래를 부르시며 엄마에게 장미꽃을 선물했다고 가끔 자랑하시곤 했습니다.
특히 우리 아빠는 딸을 참 좋아하십니다.
그래서 엄마와 결혼하기 전부터 딸을 먼저 낳아야 한다고 입버릇처럼 말씀하셨다고 합니다.
제가 태어나던 날 16시간을 병원에서 지켜보시다가 딸임을 확인하시고는 너무 좋아 저를 안고 바보처럼 눈물을 펑펑 흘렸다고 합니다.

우리 아빠는 엄마가 저를 낳으시고부터는 집안 청소를 혼자서 다 하셨습니다.
우리 아빠는 참 가정적인 아빠였습니다.
우리 아빠를 꼭 좀 찾아주세요.
오늘이 벌써 6일째인데 어디 계시는지 많이 걱정돼요.
그리고 너무너무 보고 싶고요.

우리 아빠 나이는 마흔 다섯 살이고요. 이름은 박현서입니다.
키는 171센티미터이며 몸무게는 73킬로그램입니다. 그리고 안경을 쓰셨습니다.
가족사진을 보시면 아시겠지만 우리 아빤 참 잘생기셨습니다.

우리 아빠를 아시는 분.
꼭 좀 연락주세요.

아빠를 사랑하는 딸 박 다희와 다영이

다희가 쓴 글이 인터넷에 올라가자 순식간에 댓글들이 올라오기 시작했다.

'넘 안 됐네요. 하루속히 아빠를 찾길 바랍니다.' '너무 걱정하지 마세요. 아마 곧 돌아오실 거예요' '많이 안타깝네요. 힘내세요. 꼭 찾을 수 있을 거예요' 등 수많은 위로의 댓글이 올라왔지만 정작 신원을 알고 있거나 도움이 될 만한 것은 하나도 없었다. 다희는 당분간 인터넷에 의존하고 아빠 찾는 일에 집중하기로 했다. 그리고는 또다시 번호를 눌렀다. 어제부터 다희는 습관적으로 아빠의 휴대폰으로 전화를 걸었다. 그런데 어제까지만 해도 전화를 받지 않았는데 오늘부터는 곧바로 안내원의 목소리가 흘러나오는 것이었다.

「지금 거신 전화번호는 없는 번호입니다. 확인 후 다시 걸어주시기 바랍니다.」

순간적으로 놀란 다희는 부엌에 있는 엄마를 향해 소리를 질렀다.

「엄마, 엄마! 아빠가 전화번호를 바꾼 모양이에요!」

미처 제대로 듣지 못하고 있던 민지는 다희의 다급한 소리에 놀라서 말했다.

「얘가 왜 이리 호들갑이래? 」

「아니, 엄마 큰일 났어요.」

「왜 그래? 」

「아빠가 휴대폰 번호를 바꿔버린 것 같아요.」

「뭐라고? 」

「아빠의 휴대폰 번호가 사용하지 않는 번호래요.」

민지는 더 이상 물어볼 힘도 없이 머릿속으로 짜릿한 통증이 확 지나가는 것을 느꼈다. 시꺼먼 줄 하나가 자신의 머릿속을 강하게 때리는 충격이었다. 민지는 대꾸할 기력도 없어 부엌 식탁 의자에 털썩 주저앉아 버렸다.

「기어이…….」

이것은 예삿일이 아니었다. 전화번호를 바꾸었다는 것은 먼저 연락하지 않겠다는 의도이며 연락을 피하겠다는 심사인 것이다. 순간 불안한 생각과 함께 남편의 가출이 장기화되지 않을까 하는 두려운 마음이 들기 시작했다.

「엄마, 어떡해? 」

「아니야. 아빠는 곧 돌아오실 거야. 너무 걱정하지 마. 엄만 아빠를 믿어. 그리고 아빠는 그리 오랫동안 집을 떠나서 살 만한 사람이 못 돼. 여기저기 여행 좀 하시다가 곧 돌아오실 거야. 절대 걱정하지 마, 다희야. 엄마가 아빠를 잘 알잖아.」

민지는 불안해하는 다희를 진정시키기 위해 얼른 다희를 끌어안았다. 그러나 휴대폰 번호를 바꿔버린 남편의 행동에 대해 구체적인 기억이 하나씩 떠오르기 시작했다. 조금 전 다희로부터 현서 이야기를 들었을 때만 해도 어떤 느낌으로만 전해진 느낌이 점점 불안감과 절망, 그리고 복잡한 생각으로 뒤엉키기 시작했다.

거리에는 수많은 사람이 지나가고 있었다. 특히 주말이라 한꺼번에 거리로 쏟아져 나온 사람들의 물결, 그리고 수많은 상점이 늘어선 거리가 더 없이 활기차게 보였다. 빌딩 사이로 불어오는 바람은 끝나가는 겨울바람처럼 현서의 차가운 마음을 더욱 움츠러들게 했다. 현서는 갑자기 자신의 가출을 인정하고 싶지 않았다. 그러나 이미 가출은 삶의 중심에서 자신을 지배하고 있었다. 한참을 걸어가던 현서는 갑자기 방향 감각을 잃어버린 사슴처럼 어디로 갈지 몰라 한동안 멍하니 서 있었다. 딱히 갈 곳도, 정해진 약속도 없었다. 처음부터 목적지가 있었던 것처럼, 열심히 걸었다. 꽤 오랫동안 걸었지만 막상 들어가서 쉴 만한 공간은 쉽게 나타나지 않았다. 집을 나왔을 때만 해도 갈 곳이 아주 많을 줄 알았다. 그런데 막상 집을 나와 보니 생각보다 갈 곳이 없었다. 기껏해야 피시방이나 극장 그리고 포장마차나 찜질방 정도였다. 바쁘게 직장생활 할 때와는 모든 것이 확연히 달랐다. 그야말로 텅 빈 자유였다. 무작정 걸어가던 현서는 다리도 아프고 허기도 채울 겸 허름한 식당으로 들어갔다. 술이라도 한잔하면서 천천히 생각들을 정리하고 싶었다.

「어서 오세요.」

식당 안을 둘러본 현서는 맨 구석자리를 찾아 앉았다. 손님도 별로 없고 썰렁하기만 했다. 테이블 중간쯤에는 막노동하는 듯한 허름한 옷차림의 두 남자가 대낮부터 소주잔을 주거니 받거니 앉아 있었다. 현서도 소주 생각이 났다.

「아주머니, 여기 순댓국하고 소주 한 병 주세요.」

그때였다. 술을 마시고 있던 남자가 갑자기 욕을 해대기 시작했다. 식당 바닥에 가래침을 탁탁 뱉어가며 그들의 대화에서는 말끝마다 쌍욕이 튀어나오고 있었다. 고래고래 고함지르며 사정없이 내뱉는 욕들이 현서의 마음을 더욱 더 우울하게 만들고 있었다. 그러나 현서도 소주 몇 잔을 마시고 나자 금방 그들의 목소리에 익숙해졌다. 그것은 그들의 말과 욕이 자신의 서글픈 심정을 대변해주는 것 같아서였다.

「야, 인마. 나는 내일 또 반나절만 일하면 우리 마누라가 날 잡아 쳐죽일 거야.」

「마누라? 지랄하고 자빠졌네. 야, 이놈아! 니는 그래도 살아 있는 마누라라도 있제. 우리 마누라는 도망가뿐 지 1년도 넘었다.」

「그래. 그래도 너보단 내가 낫네. 골동품 마누라라도 있으니.」

마누라가 도망갔다는 그 경상도 남자는 갑자기 소주병을 들고 병째로 꿀꺽꿀꺽 마시더니 어느새 반병 이상을 순식간에 비워버렸다. 그러고는 젓가락 잡는 것도 귀찮은지 손가락으로 김치를 한 움큼 집어 입안으로 쑤셔 넣고는 씹기 시작했다. 마치 세상에 대한 울분을 갈아 씹는 표정이었다.

「이 개 같은 세상! 언제 쯤 햇빛 한번 보고 살아보노.」

「그래, 엿 같은 세상은 맞아. 자자, 지지리 궁상 그만 떨고 술이나 퍼마시자고.」

현서는 그들의 대화를 들으면서 어두운 밑바닥 인생들의 삶의 모습이 확 느껴져 왔다.

'나도 혹시 저 사람들처럼!'

현서는 얼른 담배 한 대를 피워 물었다. 왼쪽 검지로 안경테 가운데를 쓱 밀어 올리며 오른손으로 소주를 따랐다. 그리곤 단숨에 잔을 들이켰다.

'그래 맞아. 엿 같은 세상이야! 엿 같은 세상 맞아.'

현서가 처음 사업을 시작하며 알게 된 사람들이 있었다. 그럴듯한 말솜씨를 가졌고, 비즈니스의 냉엄한 현실 때문에 자신의 이익만을 위해 두 눈을 부라리던 사람들. 술이 몇 잔 들어가자 그들이 현서의 머리를 스치며 지나갔다. 사업하겠다며 철저한 계획도 없이 시작한 자신의 잘못도 있었지만 현실을 탓하고 욕하기엔 너무나 어리석었다는 것도 사업을 시작한 지 얼마 지나지 않아 깨닫기 시작했다. 현서는 지난 13개월 동안 사업을 하면서 겪은 마음고생이 이만저만이 아니었다. 직장에서 해고될 때만 해도 그랬다. 심적으로 매우 힘들기는 했지만 이 세상에는 또 다시 살아갈 다른 세계와 다른 방법이 있을 것이라고 철석같이 믿고 있었다. 그리고 사업을 통해 제2의 인생을 살아갈 길이 분명 있을 것이라는 자신감도 있었다. 그래서 이런 기회를 통해 아내와 두 딸에게도 아빠의 새로운 능력을 보여주고 싶었다. 그리고 이 모든 것이 앞으로 제2의 인생을 살아가는 구심점이 되고 성공의 기회가 될 것이라는 확신도 들었다. 그래서 그때까지만 해도 명예퇴직이 오히려 전화위복이 될 수 있다는 자만감도 있었다.

「그래, 니들 아니면 내가 못 살 줄 알아? 」

내심 큰소리도 쳤다. 그러나 재취업과 싸우느라 1년이라는 세월을 순식간에 흘려보낸 후, 결국 홀로 서기에 대한 기대감 하나에 승부를 걸고 과감히 사업을 시작하게 된 것이다. 그러나 그 기대와 희망은 13개월 만에, 15년간 일해서 받은 퇴직금과 위로금을 송두리째 다 날려버리고 말았다. 한 달에 천만 원씩 까먹은 것을 생각하면 소주를 질겅질겅 씹어 먹어도 분이 풀리지 않았다. 그야말로 아파트 한 채를 입안에 쑤셔 넣고 씹는 기분이었다.

「내가 미쳤지. 미쳐도 단단히 미쳤지.」

현서도 그들처럼 바닥에 침을 탁 뱉으면서 삭이지 못한 울분을 토해내고 있었다. 서서히 취기가 오르자 더 취하고 싶었다. 빨리 취해서 자신의 머릿속을 어지럽게 하는 모든 생각을 모조리 다 지워버리고 싶었다. 딱히 갈 곳도 없는 현서는 이 시간이 영원히 멈추었으면 좋겠다는 생각이 들었다. 그야말로 지금은 오직 술만이 현서의 마음을 이해해주고 위로해주었다. 이만큼 세상을 살았지만 앞으로 어떻게 살아가야 할지 도무지 감이 잡히지 않았다. 무언가 자신의 일을 하고 싶다는 열망은 있었지만 모든 것은 마음뿐이었다. 자신감마저 점점 더 상실되는 것 같았다. 갑자기 미래에 대한 불안함과 두려운 마음이 들기 시작했다. 술잔을 든 채 마냥 허공만 바라보고 있던 현서의 눈가에서는 어느새 눈물이 그렁그렁 맺히기 시작했다. 그것은 익숙했던 모든 것들을 다 내려놓고 새로운 삶을 찾아 나서야만 하는 두려움과 자신을 향한 원망의 눈물이었다.

4장

* * *

다음날 현서는 하루 2만 5천 원의 모텔 숙박비가 부담스러워 6천 원짜리 찜질방으로 거처를 옮기기로 했다. 그리고 우선 몇 군데 이력서를 더 내보기로 마음먹고 신문 광고와 인터넷 취업 사이트에서 본 회사에 이력서를 제출하고 기다리기로 했다. 이제는 회사의 규모나 일의 강도, 월급의 액수를 따질 만큼 찬밥 더운밥 가릴 때가 아니었다. 우선 당장 일할 수 있는 곳이라면, 매달 월급을 꼬박꼬박 받을 수 있는 곳이라면 무조건 일하기로 마음먹었다. 그러나 아무 기술도 없는 그가 취업을 위해 막상 뛰어보니 생산직이나 영업사원 아니면 막노동밖에 없었다. 이제는 그의 대학 졸업장도 취업하는 데는 그저 휴지 조각에 불과했다. 막상 현실과 부딪쳐보니 냉정하다는 말로는 표현이 부족했다. 그야말로 세상은 얼음 덩어리보다 더 차가웠다. 신문에서 본 회사를 막상 찾아가보면 대부분 규모가 작은 개인 회사였다. 그러나 이제는 그것도 과분하게 느껴졌다. 한창 일할 나이인데도 사회가 벌써 퇴물 취급을 하는 것도 속상했지만, 기술이라도 있으면 그나마 취업이라도 기대할 수 있을 텐데 마땅한 기술 하나 없는 자신에게 더 화가 났다. 그래서 현서는 마음을 접기로 했다. 과거에 자신이 가지고 있던 모든 사회적인 경험과 기대까지도 다 내려놓기로 했다. 과거의 자신을 완전히 부숴버리고 처음부터 다시 시작하는 마음으로 살아가기로 했다. 스무 군데 정도 이력서를 제출한 현서는 연락을 기다리는 동안 가장 손쉽게 할 수 있는 대리운전 기사를 하기로 마음먹었다. 더 이상 돈을 까먹지 말아야겠다는 생각이 들었기 때문이다. 비상금으로 가지고 있었던 80만 원이 이젠 50여만 원밖에 없다는 것도 현서를 점점 더 불안하게 했다. 그래서 찾아간 곳이 대리운전 사무실이었다. 생활 정보지에서 '고수익 보장 대리운전 기사모집' 이라는 광고를 보았기 때문이다. 휴대폰 번호를 바꾸고 다시는 집에 연락하지 않기로 마음을 먹었다. 술을 마시며 자신을 향해 다짐했기에 이제는 부끄럽고 창피한 것도 없었다. 술집에서 자신을 향해 수십 번도 더 소리를 지르며 자책했었다.

비록 술기운이었지만 어젯밤 현서는 자신을 한없이 학대했다. 자신에 대한 엄청난 질타와 분노의 시간이었다. 자신에 대한 미운 감정과 아내에 대한 서운함, 그리고 딸들에 대한 그리움이 뒤범벅되어 스스로를 원망하고 다짐했던 터라 이제는 창피하고 부끄러운 것은 아무런 문제가 되지 않았다. 생각조차도 해 보지 않았던 대리운전 일을 시작해야 하는 현서에게 지금은 과거가 아닌 현재일 뿐이었다. 현서는 대리운전이라 쓰인 회사 간판을 보고 한 치의 망설임도 없이 문을 열고 들어갔다. 30대 후반으로 보이는 여자 한 명이 소파에 앉아 열심히 텔레비전을 보고 있었다. 이른 오후 시간이라 사무실 안은 한가했다.

「저…….」

「어떻게 오셨나요? 」

「네, 신문 보고 왔습니다.」

「아, 그러세요? 그런데 경험은 있으세요? 」

「예? 저, 경험은 없는데 꼭 경험이 있어야 합니까? 」

「아, 꼭 그런 건 아니지만. 우선 여기 좀 앉으세요.」

「네.」

「저희 회사는 다른 회사와는 질적으로 많이 달라요. 수입이 거의 두 배 가까이 되거든요. 말 그대로 고소득이지요.」

「안 그래도 생활 정보지에서 고소득이라는 광고를 봤습니다. 그런데 어떻게 다른 회사보다 수입이 더 많은지요? 」

「그거야 아주 간단하죠. 다른 회사보다 시간 수당을 더 쳐드리니까요.」

「예.」

아주 간단하고 명료하게 대답하는 그녀의 말에 현서는 더 이상 아무것도 물어볼 수 없었다. 대리운전에 대한 지식이 하나도 없었기 때문이었다. 고소득이라며 자신 있게 말하던 그녀는 서류함에서 서류 몇 장을 꺼냈다. 그러고는 회사 사장이라도 되는 양 아주 노련하게 서류를 뒤척거리는 그녀의 모습에서 현서는 참 부럽다는 생각이 들었다.

「먼저 저희 회사에 주민등록등본 한 통과 사진 두 장을 제출해주시고 보증금으로 42만 원을 미리 내셔야 합니다.」

「보증금을요? 」

「네, 보증금.」

「아니, 그런 것도 받나요? 」

「대리운전이 처음이시라 잘 모르시는 모양인데 회사에서 아저씨를 어떻게 믿고 일을 시킵니까? 」

조금 쌀쌀맞은 듯했지만 묘하게 끌리는 말투였다.

「주민등록등본은 신원 조회 차원에서 필요한 것이고, 보증금 42만 원에는 무전기 설치비 10만 원, 과태료 대비를 위한 10만 원, 그리고 나머지는 보험료 6만 원과 콜 선비 16만 원입니다.」

「그렇군요.」

무조건 운전만 하면 되는 줄 알고 찾아왔던 현서는 내심 당황스러웠지만 그 정도 돈이야 있다는 표정을 지을 수밖에 없었다.

「그러면 오늘 당장 돈을 내야 합니까? 」

「아니에요. 일단 오늘은 돈을 내실 필요가 없습니다. 오늘은 서류만 제출하시고 3, 4일 안에 서류 심사를 해서 통과 여부를 알려드립니다. 그때 보증금 42만 원을 입금하시면 됩니다.」

「네.」

오늘 당장 취직될 줄 알았던 현서는 대리운전에도 이런 보증금 제도가 있다는 알게 되자 맥이 조금 빠졌다.

'한때는 괜찮은 회사 과장까지 지냈는데.'

자신의 처지가 한심스럽기도 했지만 별 뾰족한 방법이 없다는 것을 받아들이고 일단 고소득 보장이라는 사실 하나만 믿고 서류 제출 후 기다려보기로 했다. 그런데 바로 다음날 대리운전 회사에서 연락이 왔다. 전과가 없어 서류가 빨리 통과되었으니 오늘 안으로 보증금을 회사 계좌로 입금하고 내일부터 출근해서 간단한 교육을 받으라는 것이었다. 현서는 당장 일할 수 있다는 생각에 마지막 남은 피 같은 돈 42만 원을 서둘러 송금했다. 이력서를 낸 회사에 취직될 동안 당분간 일하면서 돈을 벌 수 있다는 생각에 현서는 이것저것 물어볼 여유도 없었다. 그러나 현서는 다음날 오후 출근한 후, 큰 문제가 터진 것을 알고 소스라치게 놀라고 말았다. 회사 사무실은 그야말로 아수라장이었다. 사무실 안에는 이리저리 흩날리는 휴지 조각과 함께 부서진 의자 몇 개만이 덩그러니 남아 있을 뿐이었다. 이미 그곳에는 입금 후 일하려고 찾아온 댓 명의 사람이 고함을 지르며 흥분해 있었다. 심지어 연락 받고 찾아온 경찰에게 따지며 대드는 사람도 있었다. 한눈에 사기였음을 직감한 현서는 온몸의 맥이 풀리면서 순식간에 기운이 쫙 빠져버렸다. 그때 사건의 진상을 대충 파악한 경찰이 모든 피해자에게 조용히 해줄 것을 당부했다. 경찰의 말에 의하면 이 회사는 다른 회사보다 수익을 두 배로 보장해준다는 광고를 생활 정보지에 실은 후 서울과 부산, 대구, 인천 등 전국 10대 도시에 사무실을 연 뒤 단 일주일 만에 광고를 보고 찾아온 3백여 명에게 1억 4천여만 원을 거둬들여 잠적해버렸다는 것이다.

「개 같은 새끼들, 어디 해쳐먹을 짓이 없어서 이 짓을 해? 내가 반드시 잡아 대갈통을 깨부숴버릴 거야.」

「이 더러운 짐승보다 못한 놈들!」

사무실 안에서 고함치며 바락바락 악을 쓰는 사람들 때문에 아수라장으로 변해버린 광경을 보던 현서는 앞이 캄캄했다. 그나마 가졌던 희망이 다 사라져버리는 것 같았다. 분노가 치밀어 올라왔다. 현서에게 42만 원은 무척 큰돈이었다. 언제 끝날지도 모르는 객지 생활에 돈마저 없다는 사실이 더 큰 불안과 두려움에 빠지게 했다. 현서는 그 와중에도 남은 돈이 얼마나 되는지 얼른 지갑을 열어 확인해봤다.

「9만 원밖에 없네. 이 개 같은 새끼들!」

순간 갑자기 억울한 생각이 들면서 현서의 입에서는 자신도 모르게 참을 수 없는 감정이 폭발하며 평소의 그답지 않게 입에 담지 못할 천박한 욕들이 터져나오기 시작했다. 그런데 이상했다. 욕을 하면 할수록 더 악에 받치며 아무리 욕을 해도 분이 풀리지 않는 것이었다. 당장 갈 곳도 없지만 현서는 서둘러 사무실을 빠져나왔다. 어느덧 날은 어두워지고 있었다. 머릿속은 조금도 정리가 되지 않고 점점 무거워졌다. 뭘 어떻게 해야 할지 아무런 생각도 나지 않았다. 거리에는 여전히 많은 사람들이 바쁘게 오가고 있었다. 그래도 가정이 있고 직장이 있을 때는 술친구도, 갈 곳도 참 많았었는데 막상 집을 나와 혼자서 살아보니 생존 자체에 목숨을 걸어야 하는 현실이 참

담하기만 했다. 거대한 회색 도시의 정글 속에서 분초를 다투며 정신없이 바쁘게 살아야만, 그들 속에 들어갈 수 있겠다는 생각이 들자 더 이상 혼자 살아갈 자신이 없을 것 같은 나약한 마음만 들기 시작했다. 첫 단추부터 잘못 끼워진 것 같은 자신의 삶이 아무래도 실패한 인생 같았다. 그제 밤에 그렇게도 울었는데 또다시 눈물이 터질 것 같았다.

갑자기 목이 메이며 문득 아내의 얼굴이 떠올랐다.

'왜 내가 민지에게 큰소리쳤을까? 왜 내가 별것도 아닌 일에 목숨을 걸었을까?'

5장

* * *

아침에 일어날 때마다 민지의 눈에서는 눈물이 마를 날이 없었다. 감정의 기복은 심하고 마음은 늘 복잡했다. 그러나 오늘 아침은 모처럼 민지의 얼굴이 상기되어 있었다. 다희의 생일이기 때문이다. 오늘은 어쩌면 남편이 돌아오리라는 기대감이 들었기 때문이다. 남편의 실직 후 지난 2년간 별 수입이 없었던 터라 민지는 조금씩 생활의 어려움을 겪고 있었다. 더구나 남편의 가출로 요즈음 생활은 말이 아니었다. 그렇다고 아이들에게 내색할 수도 없는 형편이었다. 더 이상 넋 놓고 앉아 있을 수만 없어 여러 군데 직장도 알아보는 중이었다. 여기저기 아는 사람들에게 일자리를 부탁해봤지만 생각만큼 쉽게 얻어지지 않았다. 이런저런 생각들로 머릿속이 복잡했지만 오늘만큼은 새로운 일이 생겼으면 하는 간절한 마음에 모든 것을 잠시 잊기로 했다. 만약 오늘 남편이 와주기만 한다면 민지는 진심으로 남편에게 용서를 구하고 싶었다. 아니, 용서고 뭐고 필요 없었다. 무조건 "잘못했다"라고 먼저 말하고 싶었다. 남편은 유난히 아이들의 생일을 잘 챙겨주는 아빠였다. 아내의 생일이나 결혼기념일보다 아이들 생일을 더열심히 챙겼다. 그런 남편이 때로는 얄미울 때도 있었지만 그렇다고 싫은 적은 한 번도 없었다. 다희 생일은 하얀색의 상징이라 불리는 화이트 데이다. 유난히 하얀색을 좋아하는 남편은 화이트 데이는 축복의 날이라며, 언제나 사탕 바구니와 케이크를 선물하는 아빠였다. 오늘 민지는 내심 기대하며 남편을 기다리지 않을 수 없었다.

시곗바늘은 밤 11시를 가리키고 있었다. 둘째 다영은 여전히 소파에 쪼그리고 앉아 열심히 텔레비전을 보고 있었다. 아빠를 기다리며 짜증을 내던 다영은 혼자서 먼저 저녁을 먹었다. 엄마와 다희의 마음과는 달리 다영은 저녁을 먹는 게 더 급했다. 민지와 다희도 결국 11시가 넘어서야 다 식은 미역국을 다시 데워 먹기 시작했다. 아주 천천히 침묵 속에 숟가락이 오고 갔다. 식탁 한복판에 있는 케이크에는 열일곱 개의 초가 꽂혀 있었고 아직 자르지도 못한 케이크는 덩그러니 외롭게 놓여 있었다. 다희에게 아무 말도 하지 못하던 민지의 얼굴은 매우 어두웠다. 다희 역시 별말 없이 수저로 천천히 밥을 뜨고 있을 뿐이었다. 민지는 어색한 분위기를 바꾸려고 말을 꺼냈다.

「우리 다희가 벌써 열일곱 살이 됐구나. 이제 숙녀 티가 확 나는 아가씨가 다 됐네. 엄마가 내일은 봄옷 하나 사줘야겠네.」

「엄마, 주무세요. 나 먼저 들어갈게요.」

「왜! 벌써 다 먹었어? 」

엄마 말이 끝나기도 전에 다희는 벌떡 일어나 자기 방에 들어갔다.

「엄마, 저도 잘게요. 안녕히 주무세요.」

다영마저도 얼른 제방으로 들어가 버리는 것이었다. 조용한 거실 한복판에 한참을 우두커니 앉아 있던 민지는 깜깜한 바다 한가운데 혼자 있는 듯한 착각이 들었다.

'결국 이렇게 되고 마는 건가? 그래도 오늘만큼은…….'

받아들일 수 없는 현실이었다. 그러나 이제는 현실로 받아들여야만 했다. 온갖 불안과 걱정 그리고 절망의 감정이 민지의 머릿속을 마구 어지럽히기 시작했다. 한 치 앞도 내다볼 수 없는 미래를 생각하니 심장이 턱턱 막히는 것 같았다. 민지의 입에서는 자신도 모르게 신음이 터져 나왔다.

「여보, 난 어떡해? 당신 없이 나 혼자 어떻게 살아요, 여보!」

갑자기 남편에 대한 그리움이 솟구치면서 눈시울이 뜨거워지기 시작했다.

「다영이는? 다희는? 우리 애들은 어떡하라고, 당신이 그렇게도 사랑하는 애들이 여기 있는데, 당신은 도대체 어디 있어요? 」

아이들 없이는 하루도 못 산다고 말하던 남편이었다. 눈에 넣어도 아프지 않은 딸들이라며 바보처럼 말하던 남편이었다. 내 분신 같은 예쁜 딸을 위해서라면 무엇이라도 줄 수 있다고, 아니, 죽을 수도 있다는 말도 서슴지 않던 남편이었다.

「당신에겐 목숨보다도 더 소중한 아이들이잖아요. 그런 아이들을 두고 떠나버리면 우리는 어떻게 살아가고 당신은 어떻게 살아요? 여보. 제발 좀 돌아와 줘요.」

결국 민지는 슬픔과 좌절감을 이기지 못한 채 땅바닥에 엎드려 엉엉 울기 시작했다. 아이들이 울음소리를 들을 새라 목놓아 울지도 못하던 민지는 거실 바닥에 얼굴을 파묻고 서럽게 울기 시작했다. 그것은 남편을 매몰차게 몰아붙인 자신이 얼마나 나쁘고 못된 여자였는지 통감하는 자책의 눈물이었고, 회한과 함께 이제 돌이킬 수 없다는 후회의 눈물이었다.

울면 울수록 남편에 대한 미안한 마음이 끊임없이 밀려왔다.

「여보, 내가 어리석었어요. 당신이 얼마나 소중한 사람이었는지 이제야 알겠어요. 여보! 우리 다시 시작하면 되잖아. 이제 나도 돈 벌어 오면 되잖아요. 여보!」

항상 자신만을 사랑해온 남편의 따뜻했던 마음이 떠오르며 남편의 존재가 얼마나 소중한 존재였는지 텅 빈 민지의 가슴에 한 겹씩 쌓여갔다. 민지는 울면 울수록 점점 더 애달프고 서러웠다. 급기야 거실이 떠나갈 듯이 큰 소리로 울기 시작했다. 그때 민지의 울음소리를 들은 아이들이 거실로 뛰쳐나왔다. 불 꺼진 거실 한복판에서 엎드린 채 통곡하고 있는 민지의 모습에 깜짝 놀란 다희와 다영은 민지를 와락 끌어안았다. '엄마' 라는 말 말고는 아무 말도 할 수 없었다.

「엄마, 울지 마.」

어느새 민지도 아이들을 끌어안고 대성통곡을 했다. 그동안 애써 태연한 척 참고 참았던 모든 서러움을 한꺼번에 쏟아내는 눈물이었다. 그 누구도 그들의 눈물을 멈추게 할 수 없었다.

「엄마, 엄마. 엉엉.」

「얘들아, 엄마가 미안해. 엄마가 잘못해서 이렇게 됐어. 흑흑.」

「아니야. 엄마가 잘못한 거 하나도 없어. 아빠가 잘못한 것도 없어. 내가 아빠 말 안 들어서 그래. 엉엉.」

그토록 참고 참아왔던 눈물이 한꺼번에 터지면서 그들은 목놓아 울었다. 지난 일주일 동안 가슴속에 품고 있으면서 내색하지 못했던 아픔과 애써 참았던 상처가 결국 눈물로 변하여 모든 서러움을 깡그리 토해냈다.

새 휴대폰으로 바뀐 지 꽤 여러 날이 지났지만 서류를 제출한 회사에서는 단 한 통의 전화도 오지 않았다. 그동안 수도 없이 휴대폰을 꺼냈다 만졌지만 주인 없는 휴대폰처럼 끝까지 침묵으로 일관했다. 그동안 현서는 자신의 어리석음에 대해 한없이 원망하고 후회했기에 이제는 어리석었던 모든 과거를 하나하나 기억 속에서 지워갔다. 취업을 위해 틈틈이 고용노동부나 취업 알선 박람회까지 찾아다니면서 재취업 교육까지 받아보려고 해 봤지만 모든 것이 쉽지가 않았다. 때로는 단기간에 기술이라도 배울 수 있다고 해서 가보면 말도 안 되는 것을 가르치며 돈을 요구하는 이상한 곳도 있었다. 정말 녹록한 것이라고는 도대체 찾을 수가 없었다. 그런 쪽의 일은 모조리 다 접기로 했다. 하루하루의 생존이 급급했던 현서는 이번에는 고소득이 아닌 일반 대리운전 회사에 취직했다. 다행히 보증금도 아주 적고, 벌면서 갚아나갈 수 있는 작은 규모의 회사로 휴대폰 하나로 시작할 수 있었다. 오늘로 벌써 나흘째다. 첫날은 많이 긴장도 되었지만 벌써 며칠 되다 보니 긴장은 사라지고 더 많은 연락이 왔으면 하는 바람으로 오늘도 포장마차에서 어묵 꼬치로 늦은 저녁을 때웠다. 그러나 마음만은 여느 때보다 행복했다. 가출 후 처음으로 돈을 벌어보는 현서로서는 자신이 대견스럽다는 생각까지 들었다. 물론 사흘 동안 큰돈을 벌지는 못했다. 첫날은 교통비와 콜비 수수료를 빼고 나니 고작 2만 3천 원이 남았고 사흘째는 또다시 2만 원 정도밖에 벌지 못했다. 하지만 홀로 세상밖에 던져져서 이렇게나마 일어설 수 있다는 것만으로도 현서는 마냥 뿌듯했다. 3월 중순이 지났지만 아침저녁으로 날씨가 꽤 차가웠다. 문득문득 따뜻한 집 생각과 아이들 생각이 나기도 했지만 지금 하는 일들이 또 다른 현서의 세상을 만들어 가는 것을 느낄 수 있었다. 그때 벨소리가 요란하게 울려왔다. 신대방 쪽으로 가는 손님이었다.

「저기, 기사 양반.」

「예, 사장님.」

「오늘 내가 자식 자랑 하나 해도 되겠소? 」

「예, 사장님. 얼마든지 하십시오.」

차 안에서 느닷없이 손님이 말했다.

「나는 직원 일곱 명을 데리고 조그마한 하청 업체를 하는 사람이요. 정말 코딱지만 한 공장이요.」

「예, 그러세요? 」

「그런데 이놈의 회사가 왜 이리도 힘든지 갈수록 하루하루가 살얼음판이요. 은행은 목 조르지, 거래처는 무시하지…….」

「아이고, 많이 어렵겠네요.」

따뜻한 차 안이라 취기가 올라오는지 그는 금방이라도 옆으로 쓰러질 것 같았다. 그러나 백미러로 바라보던 현서는 그래도 자기보다는 백배 천배 낫다는 부러운 생각이 들었다.

「그런데 말이오. 내가 죽을 만큼 일해서 근근이 가정을 꾸려나가지만 요즈음은 내 딸내미가 나를 참 행복하게 만들고 있소. 고 예쁜 우리 딸이 말이요. 고등학교 2학년인데 말이요.」

「예, 그래서요? 」

「고 녀석이 말이요 어제 전교에서 4등을 했다는 거요. 전교에서 4등 말이요. 하하.」

「그러세요? 아이고, 축하드립니다, 사장님. 정말 기쁘시겠습니다.」

「기쁘다마다요. 너무너무 기뻐 가족 앞에서 덩실덩실 춤을 췄지요.」

「사장님은 그렇게 공부 잘하는 딸이 있으니 힘들게 일하셔도 행복하시겠습니다.」

「하하. 그럼, 그럼요. 행복하다마다요. 오늘 당장 죽어도 여한이 없지요.」

조금 전까지만 해도 사업이 힘들다며 온갖 넋두리에 신세 한탄을 하던 그의 얼굴은 어느덧 행복한 표정으로 변해 있었다.

「그래서 오늘 내가 술 한잔 한 것 아닙니까? 하하. 공장 일만 생각하면 술맛이 오만상 떨어지는데, 고놈의 우리 딸 아이 생각만 하면 술맛이 확 살아나는 거지요. 그래서 오늘 너무 기분이 좋아 직원들 모아놓고 한잔 쏜 거 아니요. 비록 소주에 삼겹살이지만 말이요. 하하.」

「아이고, 잘하셨습니다. 요즘같이 어려울 때 우리가 무슨 재미로 살겠습니까? 그저 아이들 잘 크는 재미로 사는 것 아니겠습니까? 참으로 행복하시겠습니다.」

그리고 현서는 백미러로 손님을 쳐다보았다. 그러나 손님은 이미 반쯤은 누운 채 곯아떨어져 자고 있었다. 무척이나 힘들고 지쳐 보였지만 딸아이 때문에 행복해하는 손님이 마냥 부러웠다. 갑자기 아이들 생각이 났다. 자신에게도 죽을 만큼 사랑하는 딸들이 있다는 생각이 들자 현서의 눈시울은 금세 붉어져 버렸다.

'애들아 미안해. 너희는 내가 살아가야 하는 이유인데 아빠가 너희 곁에 있지 못하는 것이 정말 미안하구나.'

6장

* * *

두 달이 넘도록 대리운전 기사 일을 하던 현서는 심한 좌절감에 빠졌다. 생각보다 수입이 형편없었기 때문이다. 보험료에 콜비, 수수료, 교통비를 제하고 나니 두 달 동안 수입이 110만 원도 채 되지 않았다. 그나마 생활비를 쓰고 나니 별로 남는 게 없었다. 삶의 현실은 냉정하다 못해 혹독했다. 밤마다 긴장하며 오전에는 늦잠을 자고 시간에 쫓기느라 하루 두 끼밖에 먹지 못했다. 그것도 대충 때울 때가 더 많았다. 그리고 낮과 밤의 삶의 리듬이 깨져버린 탓인지 살은 빠지고 돈도 별로 벌리지 않아, 이런 일을 계속해야 할지 의문이 생겼다. 이력서를 낸 회사에서 두어 군데 연락이 오기는 했지만 모두 물건을 들고 다니면서 파는 영업직이었다. 정수기도 있었고 접착제도 있었다. 어떤 것은 자신이 봐도 살 수 없을 정도로 조잡한 물건들도 있었다. 도저히 영업할 자신이 없었다. 몇 군데 직접 전화도 해 보았지만 결과는 참담했다.

「연락이 없으면 떨어진 줄 알지 무슨 전화까지 하고 그래요? 」

마흔 다섯 살이라는 나이에 특별한 기술도 없는 현서가 애당초 번듯한 곳에 취직할 꿈은 꾸지 않았지만 정말 이렇게까지 어려울 줄은 몰랐다.

'젠장, 그래도 젊은 날에는 세상도 바꿀 수 있을 것 같은 시절도 있었는데…….'

그때였다. 갑자기 현서의 머리를 스쳐 가는 것이 있었다.

'대구? 대구라……. 그래, 대구로 가자.'

뜬금없이 대구가 현서의 머리를 확 스쳤다. 현서는 안동에서 태어나 아버지의 직업을 따라 초등학교와 중학교를 대구에서 다녔다. 다시 고등학교 때 아버지의 직업 때문에 서울로 올라와서 결혼하고 지금껏 서울에서 살아왔지만 대구는 현서에게 유년기까지 보낸 고향이나 마찬가지였다. 아직도 경상도 사투리를 완벽하게 구사하는 경상도 촌놈이었다. 서울에 살면서도 가끔 고향이 그리웠다.

'그래, 내가 서울에 꼭 있을 이유가 없지. 맞아! 대구에 가면 아는 사람도 없고 내가 무슨 일을 하든 아무도 상관하지 않을 거야. 그래, 대구에서 새롭게 한번 부딪혀보는 거야.'

임시로 대리운전 기사 일을 했지만 별 희망이 없다는 것을 깨달은 현서는 전혀 예기치 않았던 생각이 떠오르자 한시라도 빨리 서울을 떠나야겠다고 결심했다. 찜질방에 있던 가방에 옷들과 간단한 세면도구를 챙기기 시작했다. 그리고 제일 먼저 수중에 있는 돈을 확인해보았다. 41만 원이었다.

그러나 앞으로 어떤 새로운 길이 열릴지도 모른다는 기대에 벅차 자신이 서글픈 상황에 있다고는 생각하고 싶지 않았다.

가출 때문에 이 지경까지 왔다는 걸 인정하고 싶지 않았던 것이다. 찜질방을 나온 현서는 심호흡을 하며 상쾌한 공기를 마음껏 들이켰다. 그리고 하늘을 올려다 보았다. 실로 오랜만에 여유를 가지고 올려다보는 푸른 하늘이었다. 3개월이 넘도록 하늘 한번 제대로 쳐다보지 못하며 살아왔던 자신에게 대구라는 새로운 세상이 있다는 것을 발견하고 나서야 비로소 자신의 가슴속에도 여느 사람들처럼 소박한 꿈이 깃들어 있다는 것을 느낄 수 있었다.

서울역에 도착한 현서는 대구로 가는 열차 요금이 만만치가 않음을 알게 되었다. 가장 싸다는 무궁화 열차도 꽤 비쌌다. 현서에게는 그야말로 거금이었다. 무작정 대합실에 앉은 현서는 이 생각 저 생각으로 잠시 고민했다. 그때 가끔 동료와 지방으로 출장 갔을 때가 갑자기 생각났다. 그것은 역마다 개찰구를 지키는 역무원이 없었다는 사실이다. 그리고 열차 안에서도 표를 제대로 검사하지 않는다는 것이었다.

'그래, 바로 그거야. 그렇지만.'

한참을 중얼거리던 현서는 지금 자신이 처한 현실을 인정하기 시작했다.

'그때는 그때고 지금은 지금이야. 아무리 생각해봐도 내겐 너무 비싼 요금이야.'

이미 현서의 양심은 거기에서 정지되어 있었다. 아니, 돈 한 푼이 아쉬운 그에게는 양심 따위를 생각할 겨를이 없었다. 그보다 어떻게 목적지까지 무사히 가야 하는가가 더 중요했다.

'젠장, 이제는 내가 별짓을 다 하는구나.'

순간 자신의 행동에 양심이 찔렸지만 그것은 잠시뿐이었다. 마음을 강하게 먹은 현서는 시간에 맞추어 개찰구로 들어갔다. 다행히 출구에서부터 승차권을 검사하는 역무원은 없었다. 누구 하나 제지하는 사람도 없었다. 현서는 아주 순조롭게 열차에 탈 수 있었다. 열차 안에서는 좌석 정보가 담긴 손바닥만 한 PDA 같은 것을 들고 다니며 좌석을 확인하는 승무

원이 있었지만 그들과 마주치기 전에 현서는 화장실에 있다가 나오면 그만이었다. 그때마다 심장 뛰는 소리가 요란하게 들리기는 했지만 생각보다는 그리 어렵지도 않았고 피하기도 쉬웠다. 그러나 등줄기와 이마에서 떨어지는 땀방울은 피할 수가 없었다. 열차는 현서의 마음을 아는 듯 빠른 속도로 달려 한 시간 50분 만에 동대구역에 도착했다. 한숨이 터져 나왔다. 출구를 완전히 빠져나온 현서 입에서는 자신도 모르게 경상도 말이 튀어나와 버렸다.

"등신 같은 놈, 우짜다가 이꼬라지가 됐노...."

고향은 누구에게나 가슴 설레게 하는 정겨운 곳이다. 그러나 더 이상 포근한 고향으로 다가오지는 않았다. 아련했던 행복한 기억과 봄처럼 설렘이 느껴지는 고향은 더더욱 아니었다. 굳은 결심을 하고 대구까지 내려온 현서는 곧바로 인력사무소를 찾아갔다. 당장 일하는 것이 급선무였다. 더 이상의 자존심은 앞으로 살아가는 인생에 아무런 도움이 되지 않는다는 뼈아픈 사실을 경험했기에 곧 행동으로 옮겼다. 다행히 공사판 일자리는 별로 힘들지 않게 찾을 수 있었다.

6월 중순 날씨치고는 믿을 수 없을 정도의 불볕더위였다. 숨이 턱턱 막혔다. 난생처음 공사판에서 일하는 현서에게 날씨마저 그의 편이 되어주지 않았다. 가만히 서 있기만 해도 이마에서는 쉴 새 없이 땀이 흘러내렸다. 오후가 되자 공사장 건물은 펄펄 끓기 시작했다. 생전 처음 질통을 짊어지고 1층에서 5층까지 벽돌과 모래를 나르는 일은 결코 쉽지 않았다. 온몸은 땀으로 범벅이 되었고 힘들었지만 그런대로 참고 견딜 만했다. 그런데 한참이나 나이가 어려 보이는 젊은 미장이들이 함부로 사람을 대하고 처음부터 끝까지 반말로 지껄여댔다.

「어이, 빨리빨리 안 움직이나? 」

「저 옆에 가가 물통 퍼뜩 가져온나.」

아무리 기술자라고 하지만 자기보다 띠 동갑 정도는 족히 어린것들이 반말로 지껄이는 것이었다. 그러나 그저 혼자 가슴을 삭이는 것 말고는 별다른 방법이 없었다. 세상살이가 마음대로 되지 않는다는 것이 어제 오늘의 일은 아니었지만, 나이가 많아 보이는 어른들과 자신보다 더 힘없고 연약해 보이는 중년의 여자들을 바라볼 때는 마음이 아팠다. 그들 모두가 연약한 작은 몸으로 스스로 생존하기 위해 묵묵히 일하는 모습들을 바라보면서 괜히 고개가 숙여졌다. 그리고 힘들게 일해 보니 그동안 다녔던 회사에서 얼마나 쉽고 편하게 돈을 벌었는지 이제야 조금은 알 것 같았다. 비록 오늘 하루가 힘든 시간이었지만 현서는 가출 후 처음으로 땀을 흘리며 노력하는 대가만큼 삶의 보람과 진정한 노동의 가치가 어떤 것인지 비로소 알 것 같았다. 그렇게도 무더웠고 힘들었던 대구에서의 첫날이 또 이렇게 지나갔다.

민지는 더 이상 버틸 수가 없었다. 여러 군데 이력서를 내보기도 하고 몇몇 사람에게 일자리를 부탁해봤지만 쉽게 얻어지지 않았다. 이러다간 전세금을 빼서 월세로 옮겨야 할 판국이었다. 시간이 지날수록 생활의 무게에 짓눌리면서 삶이 점점 힘들다는 것을 온몸으로 느끼고 있었다. 남편이 있을 때는 생각조차 해 보지 않았던 일들을 남편 없이 여자 혼자서 부딪혀보니 어려운 문제가 한두 가지가 아니었다. 몇 주 전에는 혹시나 싶어 초등학교 급식 보조원 모집에 서류를 냈다. 과거에는 거들떠보지도 않던 직업이었는데 경쟁률이 무려 9대 1이었다. 그것도 떨어졌다고 연락이 왔다. 다행히 두 달 전부터 김밥 프랜차이즈 식당에서 일할 수 있게 되었다. 당장 생활비가 없는 판에 이것저것 따질 때가 아니었다. 마냥 좋은 일자리를 기다릴 처지는 더더욱 아니었다. 이제는 더 강해져야만 살아갈 수 있다는 절박함에 아이들을 위해서라도 생존에 우선을 두기로 했다. 하루 열 시간 일하고 80만 원의 월급을 받는 주방 보조가 민지에게는 마음에 들 리 없었다. 그러나 아이들을 생각하면 그것도 사치스러운 생각이었다. 다행히 2개월 이상만 일하면 음식 조리를 배울 수 있고 월급도 백만 원으로 올려준다는 주인의 말에 앞뒤 가릴 것도 없이 일하기로 했다. 김밥부터 무려 예순일곱 가지의 방대한 메뉴에 한숨이 나오기도 했지만 배워보기로 했다. 어느덧 2개월의 주방 보조 일이 끝나 조리를 배울 수 있게 되었다. 배우면서 손도 많이 긁히고 베이고 데이기도 했다. 며칠 전에는 채소를 썰다가 손가락의 반 정도를 베었다. 처음엔 피도 나지 않고 속살만 허옇게 보였다. 잠시 후 피가 솟구치기 시작했다. 병원에 가서 꿰매야 하는데도 그럴 만한 처지가 못 되었다. 하루 중 제일 바쁜 점심시간이었기 때문이다. 도저히 그냥 버틸 수가 없었다. 그런데도 그 누구도 병원에 가보라는 사람이 없었다. 그냥 붕대로 감으라고만 해서 붕대로 칭칭 감았다. 그러나 금방 붕대 위로 핏방울이 보글보글 올라왔다. 붕대를 감고 또 감았다. 그런데도 시뻘건 피는 멈추지 않았다. 그런데도 누구 하나 관심이 없었다. 너무나 쓰라리고 아팠다. 도저히 참을 수 없던 민지는 자신도 모르게 큰 소리로 고함을 질러버렸다.

「사람이 사람처럼 살아라, 이것들아!」

설거지하던 그릇을 냅다 던져버린 민지는 앞치마도 벗어

던졌다. 그리고 가방을 챙겨 무조건 주방을 뛰쳐나왔다. 민지의 악을 쓰는 돌출 행동에 그제야 주방 아줌마들이 사태를 짐작하고는 한마디씩 거들기 시작했다.

「그래, 빨리 병원에 가봐야지.」

「그렇게 피가 많이 나면 진작 이야기할 것이지.」

그 순간 민지는 더 화가 치밀어 올라왔다.

민지는 자기들밖에 모르는 사람들을 향한 분노를 억누르며 동네 병원으로 뛰어갔다. 여섯 바늘을 꿰맸다. 너무나 쓰라리고 아팠다. 서러움이 밀려오면서 눈물이 펑펑 쏟아지기 시작했다.

'울지 마, 이 등신아. 뭘 잘했다고 울어? 바보같이.'

너무나 초라하게 변해버린 자신이 그렇게 미울 수가 없었다. 집으로 터덜터덜 걸어가며 남편 얼굴밖에 떠오르지 않았다.

'여보, 어딨어? 도대체 어딨어? 나 지금 너무 힘들어 못 살겠단 말이야.'

그때였다. 갑자기 찾아왔던 남편의 정리해고와 사업 실패라는 무서운 폭군들이 시커먼 그림자가 되어 순식간에 민지의 주위를 에워싸기 시작했다. 악몽과도 같았던 과거의 상처들은 두려움과 절망으로 떨고 있는 민지의 영혼과 육체를 사정없이 뚫고 들어오는 것이었다. 민지는 땅바닥에 풀썩 주저앉고 말았다. 길거리의 담벼락을 간신히 붙잡아봤지만 오가는 행인들조차도 의식할 수가 없었다. 그때 민지를 일어서게 하는 음성이 들려왔다.

「이것아. 아무리 힘들어도 부부가 끝까지 함께 살아야지 힘들다고 그때마다 헤어지면 이 세상에 남아 있을 부부가 어디 있어? 이 어리석은 것아. 쯧쯧.」

몇 년 전에 돌아가신 친정어머니의 목소리였다. 분명 책망하는 음성이었다. 담벼락을 잡으며 간신히 일어서려던 민지의 얼굴은 또다시 슬픔으로 일그러지고 말았다. 그날 밤도 속울음을 쏟아내며 하얗게 지새는 밤이 되고 말았다.

7장

* * *

지글지글 타오르는 삼겹살 냄새와 손님들이 피운 담배 연기로 뒤엉킨 술집에 들어선 현서는 안을 열심히 둘러보았다. 그러나 만나기로 한 친구 성빈의 얼굴은 보이지 않았다. 어저께 밤에 우연히 통화하게 된 성빈은 서울에서 함께 고등학교에 다녔던 친구다. 특별히 가깝게 지냈던 친구는 아니었지만 그런대로 잘 알고 지내던 사이였다. 대구에서 몇 달을 지내는 동안 어느 날 갑자기 성빈이 생각났다.

'그래, 맞아. 성빈이가 대구사람이었어.'

현서가 성빈을 그나마 아직까지 기억하고 있는 것은 유일하게 대구에서 전학 온 친구였기 때문이다. 그리고 성은 달랐지만 흔하지 않은 성빈이라는 이름이 담임선생님 이름과 똑같았기 때문에 20여 년의 세월이 흘렀어도 어렴풋이 기억이 남아 있었던 것이다. 그것도 대구에 와서 몇 달이 지난 후에야 불현듯 생각이 났다. 가능한 말쑥한 차림으로 술집에 먼저 도착한 현서는 20분이 지나도 그가 나타나지 않자 무료하기도 해서 소주 한 병을 먼저 시켰다. 고기 굽는 냄새에 허기를 느낀 현서는 소주라도 마시며 기다리기로 했다. 부추전 한 접시와 함께 소주 한 병이 나왔다.

단숨에 한잔을 쭉 들이켰다. 세월이 많이 흘러 성빈의 얼굴을 기억할 수 없을 것 같아 연방 가게 입구 쪽을 바라보았지만 혼자 들어오는 손님은 보이지 않았다. 여기저기서 시끄러운 소리가 들려왔다. 그야말로 경상도 사투리가 술집 안을 쩌렁쩌렁 울리고 있었다. 테이블마다 마치 싸우는 것 같았다. 친구 성빈이 가게에 들어선 것은 현서가 소주를 반병 쯤 비웠을 때였다. 식당 안으로 한 남자가 헐레벌떡 들어오는 순간 현서는 직감적으로 성빈임을 알 수가 있었다.

「어이, 성빈아.」

현서는 반갑게 손을 흔들었다. 많은 사람 속에 혼자 앉아 있는 손님은 현서밖에 없었기에 성빈도 금방 알아보고는 반갑게 손을 흔들며 현서의 테이블 쪽으로 걸어왔다.

「이게 누고? 현서 아이가? 」

「그래, 성빈아. 내 현서다.」

현서는 얼른 일어나 성빈에게 악수를 청하며 두 손을 잡았다. 성빈도 반가움에 현서의 손을 두 손으로 꽉 잡았다. 잠시 서로의 얼굴을 유심히 바라보더니 이내 둘 다 동시에 웃음을 터뜨렸다.

「야, 니 진짜 현서 맞네.」

「그래, 니도 정말 성빈이 맞네. 이야, 옛날 얼굴 살아 있네.」

「그래? 」

「반갑다, 인마.」

「그래, 진짜 반갑다.」

일어서서 계속 손을 잡고 흔들던 현서는 성빈의 손을 끌어당기며 얼른 자리에 앉혔다.

「우선 앉아봐라.」

「그래.」

「아지매요. 여기 잔 하나 더 주이소.」

「그라고 안주는 뭐 시키꼬? 해물 전골 괜찮겠나? 」

「그래 좋지.」

의자를 바짝 끌어당기며 자리에 앉던 성빈이 물었다.

「그런데 이게 얼마 만이고? 」

「그래 한 20년은 됐제.」

「20년이 뭐꼬 26년은 됐지.」

「그렇네. 83년에 졸업했으니 26년이나 됐네.」

「와, 벌써 그마이 됐나? 」

「야, 그런데 자세히 보이 인자 니도 중년티가 좀 나네? 」

「그렇제? 내사 뭐, 머리카락이 마이 없어졌다 아이가. 인자 대머리 다 됐뿟다. 하하하.」

실로 26년 만에 만난 친구와 옛이야기를 나누며 술잔을 기울이던 현서는 집을 나온 후 처음 찾아온 이 시간이 그렇게 행복할 수가 없었다. 옛 친구를 만났다는 기쁨도 있었지만 마음을 터놓고 대화할 수 있는 자리에 자신이 있다는 것 하나만으로도 현서는 꿈을 꾸는 듯 행복했다. 지난 6개월 동안 지독한 고독 속에서 외롭고 힘들게 살아왔던 현서로서는 그야말로 모든 시름이 다 사라지는 것 같았다. 지나온 26년 인생의 긴긴 세월을 이야기하면서 반가움에 주거니 받거니 하던 술잔은 어느덧 세상마저 잊어버리게 했다. 벌써 다섯 병째였다. 성빈을 기다리며 혼자 먼저 마셨던 술 때문인지 현서는 제법 취기가 오르기 시작했다. 그러나 술기운에 가끔 눈물도 흘리며 불안해 보이는 현서의 모습에서 뭔가 이상한 낌새를 차린 성빈이 집요하게 묻기 시작했다. 성빈의 끈질긴 질문에 아무 일도 아니라고 끝까지 버티던 현서도 더 이상 숨길 수 없다는 생각이 들었는지 결국 자신이 가출했다는 고백을 할 수밖에 없었다.

「뭐, 가출했다꼬? 」

「그래, 가출했다.」

「하하하.」

혼자서 한참을 웃어대던 성빈이 갑자기 웃음을 멈추더니 현서를 뚫어지게 바라보는 것이었다.

「진짜가? 진짜로 집 나왔나? 」

「그래, 진짜로 집 나왔다.」

「이혼한 거는 아이고? 」

「뭐? 아이다. 이혼은 무슨…….」

「그래. 우짜든가 이혼은 하지 마래이. 요즈음은 이혼하고도 잘난 척하는 놈들이 너무 많더라, 그게 잘난 일이가? 」

「내가 미쳤나, 이혼하게.」

「그라믄 집을 나온 지는 얼마나 됐노? 」

「좀 됐다.」

「야, 아무리 그렇지만 마누라가 있고 자식새끼가 둘이나 있는데 애비가 되가꼬 집 나온다 카는 게 말이나 되는 소리가? 가출은 애들이 하는 기지, 부모가 와 집 나가노 말이다.」

「니는 내 마음 모린다. 내가 백번 천 번 설명해도 이해 못 할 끼다.」

「그래. 그래, 내가 니 맘 우째 다 알겠노. 너무 황당해서 안 카나, 그라마 너거 마누라는? 너거 마누라는 도망갔나? 」

「그런 건 아이다. 우리 마누라가 와 도망가노. 내가 가출했지.」

「그래. 그래, 니 마음은 나도 안다. 사실 나도 마누라하고 쫌 싸워봐서 잘 안다. 어떤 때는 마, 다 때리 뿌싸뿌고 뛰쳐나오고 싶었을 때도 진짜 있었다. 그라고 정말 중요한 기 뭔지 아나? 자존심 아이가, 자존심. 니도 남자지만 남자들은 자존심에 죽고 사는 이상한 짐승들 아이가? 마누라가 남편 무시하면서 자존심 빡빡 긁을 때는 정말 눈 튀어나오는 거 와 모리겠노.」

「그래. 바로 그기다 카이. 나도 우리 마누라가 내 자존심 깔아뭉개뿌는 바람에 집 나온 거 아이가.」

「그래, 부부 싸움이라 카는 게 아무것도 아이면서도 한번 잘못 터지면 이혼도 하는 게 부부 싸움이더라. 뭐 이혼만 하나? 부부싸움 그거 조심해야 되는 기라. 내가 그걸 와 모리겠노? 그라고 니 마음도 백번 천 번 이해는 한다. 그런데 현서야. 아무리 그래도 그렇지 가장이 가출하는 건 아이다. 세상에 그런 법이 어딨노? 아무리 싸워도 집에서 싸우고 집에서 끝내야지.」

「…….」

「그라고 마누라는 그렇다 치자. 니 새끼들이 무슨 죄가 있노? 」

「안 그래도 아이들 때문에 마이 괴롭다. 보고 싶어 미치겠다.」

「어허. 그러이끼네 가출은 아인 기라, 그라고 막말로 니가 가출해서 우짤 끼고? 뭐 뾰쪽한 해결책이라도 있나? 아이면 억수로 돈이라도 마이 벌 자신 있나? 」

「그런 건 아이고. 지금 현재로서는 우리 마누라하고 같이 살 형편이 못 된다. 내 생각은 한 2~3년 정도라도 떨어져 살다가 그때 봐가면서 들어갈 끼다. 그라고 들어간다 케도 돈 좀 벌어가꼬 갈 끼다. 그전에는 못 들어간다.」

「돈? 얼마나? 얼마나 벌어가꼬 들어갈 낀데? 」

정확한 액수에 대해서는 단 한 번도 생각해본 적이 없던 현서는 한동안 머뭇거렸다.

「1억? 」

「뭐? 1억? 와 1억인데? 」

「그런기 있다.」

성빈은 같잖다는 듯 미소를 지으며 소주를 쭉 들이키더니 밝지 않은 표정으로 말했다.

「현서야. 니가 지난 세월 동안 어떻게 살아왔는지는 나는 잘 모르겠지만 빨리 집에 들어가라. 그 길만이 니가 살길이다. 그라고 그래야 니 가족도 살수 있는 기다. 현서야. 인생이라는 기 그렇다. 절대로 꿈과 이상만으로 되는 기 아이다.」

「……? 」

「현서야. 나도 내 나이 마흔이 훌쩍 넘어보이끼네 인생이 뭔지 쪼매 알겠더라. 사람이란 좀 힘든 일 닥쳤다고 그때마다 지 마음대로 행동하고 지 감정대로 행동했다가는 결국 마지막에는 개꼴되고, 극단적인 선택을 하는 사람들 나는 마이 봤다. 결국 자기 인생만 개박살 난다는 것, 나도 마이 봤다 아이가. 정말 그건 아이더라. 지금 니 심정을 내가 이해 못 하는 건 아이지만 들어가라. 무조건 들어가라. 자존심이고 나발이고 무조건 들어가기만 하면 모든 것은 그냥 자동적으로 술술 다 해결되뿐다. 아이다, 무조건 해결되게 돼있다. 그때까지 내가 너를 도와줄 수 있는 일이 있으면 내가 도와주꾸마.」

「도와주기는 뭘 도와줘, 나도 밥 묵고산다, 인마.」

「현서야. 니 내 이야기 하나만 들어볼래? 」

「…….」

「니도 알다시피 내가 서울에서 고등학교 다녔잖아. 그때 애들이 내한테 뭐라캤는지 아나? 경상도 보리문디라꼬 억수로 마이 놀렸다 아이가. 괜히 사투리 따라하면서 이상한 흉내 내는 놈들도 있었고, 어떤 놈들은 내가 대구에서 왔다고 이유도 없이 시비 거는 또라이 들도 안 있었나. 요새는 그런 일이 잘 없지만 26년 전에는 마이 그랬다 아이가. 그중에 특별하게 좀 꺼떡거리며 노는 놈들은 저거 따나 세력을 확장해 나간다 카면서 내를 억수로 경계했잖아. 뭐 청량리파, 맘모스파 케싸면서, 니도 그 사건 알제? 그 놈들이 내를 죽일라꼬 무려 여섯 놈들이 학교 뒷산에서 쪽칼 들고 설쳤던 일.」

「알지. 그 사건 모르는 학생들이 어디 있었노? 그래서 그때 니가 영웅되뿌렀잖아!」

「사실 그때 내가 가방에 뭐 넣고 다녔노? 」

「도끼. 나중에 체육 선생한테 들키 갖고 학교 전체가 난리 났잖아.」

「그래, 그때 내가 그 도끼 들고 혼자 싸움 붙었잖아. 6대 1로, 결국 그 새끼들 기겁하면서 내한테 먼저 화해했잖아.」

「전교에 소문이 쫙 났지.」

「그날부터 나한테 시비 거는 놈들 단 한 놈도 없었잖아. 무슨 파, 무슨 파 지랄 떨면서 까부는 놈들 모조리 내한테 얼마나 잘 해줬노. 결국 나도 잘해줬고 그후 친하게 지냈지만, 현서야 그때 내가 와 그랬는지 아나? 그때는 그 도끼 하나가 내한테는 생존이고 삶이고 현실이었다.」

「…….」

「그러니까 현서야. 지금 내가 하고 싶은 말은 지금은 니 가족이 곧 너의 삶이고 생존이고 현실이다 카는 기라. 이게 무슨 말인고 하면 그때는 도끼 하나가 내 삶에 있어서 나를 지켜주는 가장 중요한 구심점이었지만 지금은 니 인생에 있어서 너를 지켜주는 가장 중요한 구심점은 니 가족밖에 없다는 뜻이다. 무슨 말인지 알겠나? 어렵나?」

「아이다. 억수로 쉽다.」

「쉽제? 현서야. 니는 니 혼자서 살아갈 수 있다고 생각하나? 인생은 그런 기 아이다. 우리 인간은 절대로 혼자 살아갈 수가 없는 기다. 떡을 치든 죽을 쑤든 더불어 함께 살아가는 게 인간이라는 동물인기라. 그라고 자존심이 뭐꼬? 그 자존심이라는 게 도대체 뭐꼬? 그게 니 밥 먹여주더나? 그노무 자존심 니가 죽을 때 갖고 갈 끼가? 너를 한순간에 악하게 만들 수 있고 니 인생을 한방에 훅 날릴 뿔 수도 있는 기 바로 자존심이라 카는 기라. 니가 자존심 때문에 끝까지 고집피우다가는 언젠가는 후회하는 날이 온데이. 현서야! 자존심 그거 정말 개똥 아무것도 아이다. 그냥 눈 딱 감고 한번 꺾어뿌마 모든 게 술술 다 풀리게 돼 있다. 아무 잡소리 하지 말고 빨리 집에 들어가라. 너거 마누라 그카다 죽는데이, 결국 니도 죽고. 알았제? 」

「…….」

「당분간 내가 좀 도와주께. 니가 집에 들어갈 때까지 그래도 내가 도와줄 수 있는 능력은 있다. 알았제? 」

성빈의 말을 듣고 있던 현서는 갑자기 머리가 혼란스러워졌다. 굶어 죽어도 자존심을 버리고 집으로 들어갈 수 없는 자신의 처지를 너무나 잘 알고 있기 때문이었다. 갑자기 주눅이 들어 별말을 하지 않고 계속 술만 마시는 현서가 측은해 보였는지 성빈은 갑자기 화제를 돌렸다.

「현서야, 우리 고리타분한 이야기는 고마하자. 참, 그라고 니 혹시 우리 고3 때 우리반에 순례라는 아, 기억나나? 정순례.」

「순례? 그래, 알지. 알고말고.」

오래 생각해보지도 않고도 현서는 금방 순례를 기억할 수 있었다.

「지금 대구에 살고 있데이.」

「순례가 대구에 산다꼬, 우째 됐는데? 뭐 하는데? 지금 어데 있는데? 」

현서는 속사포처럼 질문을 퍼부었다. 그 당시 남몰래 짝사랑했던 순례가 이곳에서 살고 있다는 소식에 현서는 자신도 모르게 흥분되었다.

「그런데 참 안됐더라.」

「아니, 와? 」

「야야, 그건 내가 천천히 이야기해주께. 어쨌든 오늘은 오래간만에 실컷 퍼마시고 한번 취해보자.」

「그래, 그래. 오늘은 뒤지도록 마셔보자.」

현서는 죽도록 취하고 싶었다. 그리고 오늘만큼은 모든 세상을 잊어버리고 싶었다.

「자, 반갑다. 친구야, 위하여!」

「그래, 정말 반갑다, 위하여!」

8장

* * *

얼마 전까지만 해도, 도무지 연락되지 않는 남편 때문에 민지는 참 많이 울었다. 미안하기도 하고 자신이 원망스럽기도 해서 하루도 마음 편할 날이 없었다. 그러나 이제 남편이 집을 나온 지도 6개월이 지나자 눈물도 조금씩 메말라 가기 시작했다. 그동안 민지는 육체적으로나 정신적으로 만신창이 상태였다. 그나마 다행인 것은 다희가 많이 성숙해졌다는 것이다. 처음엔 다희도 많이 힘들어했지만 지금은 오히려 엄마를 더 걱정하고 챙겨주었다. 다희도 내색은 안 하고 있지만 요즈음 공부도 집중이 안 되고 여러 가지 생각도 많아졌다. 특히 아빠 생각에 너무 집착한 나머지 아빠가 집을 나온 것이 자신 때문만은 아니지만 왜, 아빠가 힘들어할 때 옆에서 힘이 돼주지 못하고 엄마, 아빠가 말다툼이라도 할 때면 괜히 덩달아 짜증을 부리며 화를 냈는지, 시간이 지날수록 많이 후회하는 것 같았다. 그런 다희가 요즈음은 엄마 곁에 있으려고 자주 엄마의 손을 잡아주기도 하고, 때로는 옆에 앉아 엄마의 등을 손바닥으로 비벼주기도 했다. 남편의 가출 이후 성숙해진 다희 덕택에 민지도 버틸 수가 있었다. 다니던 학원을 그만둔 지도 오래되었건만 한마디 내색도 하지 않는 다희가 그저 대견스럽고 고마울 뿐이었다.

'내 딸이 저렇게도 컸나? '

집에 아빠가 없으면 큰아이가 가장이 된다는 옛 어른들의 말씀을 요즈음 민지는 자주 실감하고 있었다.

숨을 쉬기가 힘들 정도의 찜통더위였다. 한낮의 불덩어리 태양은 거대한 도시 안에 있는 모든 것을 한 점도 남김없이 태워버리기도 할 것처럼 이글이글 타올랐다. 이렇게 무더운 여름이 되면 매년 가족은 피서를 떠났다. 그러나 이제는 그러한 시간조차도 돌아올 수 없는 추억 속으로 묻혀버리고 말았다. 늘 웃으며 수영을 가르쳐주고 함께 물장난하던 아빠가 오늘따라 너무 그리웠다. 요즘 들어 아빠에 대한 걱정과 그리움이 때로는 원망으로 변할 때도 있었지만 그 원망은 금세 또 다른 그리움으로 바뀌곤 했다. 시간이 지나면 지날수록 아빠의 빈자리는 더욱 크게 다가왔다.

사랑하는 아빠에게

아빠, 나 다희야.
아빠가 이 세상에서 제일 사랑하는 딸, 다희.

아빠가 떠난 지 벌써 6개월이 넘었는데,
지금 어디 있어? 다희가 보고 싶지 않아?
다희는 아빠가 너무너무 보고 싶은데…….

아빠. 언제 와?
잠은 어디서 자?
밥은 잘 먹어? 힘들지 않아? 외롭지 않아?

그렇게 많은 시간은 아니었는데도 아빠가 없는 현실은
다희에게는 너무 길어.
그래서 이제는 날이 갈수록 아빠 생각만 하면 눈물이 더 나.

아빤 왜 다희한테 한마디 말도 안 하고 갔어?
그리고 왜 연락도 안 해?
다희 생일 때는 왜 안 왔어?

지금까지 단 한 번도 잊지 않고 다희한테 생일 선물을 사줬잖아.
그날 케이크를 사놓고 우리가 아빠를 기다렸단 말이야.

아빠,
혹시 다희 때문에 집 나간 건 아니지?
저번에 아빠가 집에 들어오면서 다희를 반갑게 끌어안아주었을 때 괜히 아빠를 밀치며 신경질 냈을 때 아빠가 멋쩍어했잖아.
그때 아빠가 많이 서운했다는 걸 나중에 엄마한테 이야기 들었어.
미안해 아빠.
그때는 다희도 속상한 일이 좀 있어서 그랬어.
그땐 정말 너무너무 미안했어.

아빠는 항상 내가 필요한 것이 있으면 뭐든지 다 해주었잖아.
엄마보다 다희한테 더 잘해준다고……. 그래서 이상한 아빠라고 엄마의 핀잔도 많이 들었잖아.
그런데 다희는 아빠의 마음도 모르고 떼만 쓰며 늘 내 마음대로 했잖아.
정말 미안했어. 아빠.

아빠는 내가 무엇이든지 물어보면 우리 딸 예쁘다고 신이 나서 가르쳐줬잖아.
그런데 나는 아빠가 뭘 물어오면 괜히 짜증내고 귀찮아했어.
그것도 정말 미안해. 아빠.
가끔 아빠에게 심통 내고, 대꾸도 하지 않고,
항상 내 입장만 먼저 생각하고 가끔 소리도 지른 못된 다희가
지금은 정말 많이 후회하고 있어.

아빠를 너무 몰아붙이고,
우리 때문에 설 자리를 잃어버린 아빠의 마음이 얼마나 아팠을까 생각하니 요즘은 다희 마음도 정말 너무 많이 아파.
아빠. 이제 다희도 철이 많이 들었어.

이 세상에서 제일 사랑하는 아빠!
아빠는 누가 뭐라든 다희에게는 최고의 아빠야. 알지?
내가 아빠한테 표현은 잘 못했지만…….
지금 생각해보니
내 마음속에 있는 최고의 아빠였어.

아빠.

아빠가 떠난 지 벌써 6개월이 지났는데도 한 번도 다희 꿈에 나타나지 않았어.
그러나 꿈속이 아닌 그날, 현관문을 열면서 다희 부르는 날……
그땐 다희도 아빠한테 잘할게.
정말 정말 잘할게.

그런데 아빠.
요즈음 엄마가 너무 많이 힘들어하는 것 같아.
그래서 마음이 더 많이 아파.
엄마 혼자서 외롭게 밥을 먹고 있는 모습도 그렇고,
혼자 방으로 들어가는 엄마의 뒷모습을 볼 때는…… 참 많이 울었어.
참으려고 많이 노력하는데도 그게 잘 안 돼.
아빠가 없는 빈자리를 엄마가 채워주는 걸 보면서 이제는 내 생각만 하지 않기로 했어.

아빠.
아빠 목소리가 너무 듣고 싶은데…… 어떡하지?
다희한테 전화 한 통 해주면 안 돼?

아빠가 이 메일 보고 빨리 돌아와 줬으면 정말 좋겠어.
이제는 아빠의 빈자리를 다희가 다 채워줄 수 있거든.
예전에 아빠에게 잘해주지 못했던 것까지 다 말이야.
그래도 다희는 행복해. 어디엔가 있을 아빠를 생각하며 편지를 쓸 수 있으니까.

다희를 이만큼 예쁘게 키워준 아빠. 고마워.
정말 고마워.
그리고 사랑해. 너무너무 사랑해.

- 이 세상에서 제일 사랑하는 아빠 딸 다희가

추신: 아빠, 우리 집 문단속은 항상 아빠가 했는데 이제는 다희가 하고 있어. 이젠 아빠가 했음 정말 좋겠어.

여러 차례 아빠에게 메일을 보냈지만 메일 전송이 정상적으로 이루어지지 않는다는 확인뿐 아빠의 메일함은 늘 굳게 닫혀 있었다.

몇 개월을 공사판에서 무리하게 일을 했던 현서는 오후부터 열이 심하게 나자 일과도 다 마치지 못한 채 급히 집으로 돌아왔다. 집에 도착하자 현서는 곧바로 방바닥에 쓰러지고 말았다. 평생 해보지도 않았던 공사판 일을 몇 달째 무리하게 한 탓에 체력이 따라가지 못했던 것이다. 거기다 하루의 피로와 외로움을 잊으려고 거의 매일 동료들과 마셨던 술이 몸살의 화근이 된 것이다. 그러나 그것보다도 현서가 이렇게 아프게 된 것은 평상시에도 이상한 행동으로 현서를 가끔 놀라게 하던 룸메이트, 강 씨라는 영감이 그동안 공사판에서 열심히 모았던 통장을 며칠 전에 들고 잠적한 충격이 더 컸기 때문이었다. 돈 한 푼 아끼려고 생활 정보지를 보고 찾아간 쪽방촌, 그것도 혼자 있기에는 돈이 아까워 룸메이트로 들어갔는데 그런 일이 터져버린 것이었다. 종잣돈이라 생각하고 어느 정도 모이면 노점상이라도 해볼 요량으로 열심히 준비하던 중이었다. 먹을 것 먹지 않고 모았던 피 같은 돈이었는데 이런 어처구니없는 일을 당했다. 새벽같이 일어나 공사장에 나가기 때문에 은행에 들릴 시간이 없어 차일피일 미루다 변을 당한 것이다. 정말 후회스러웠다. 지난번 대리운전 사기 때보다 백배 천배 더 화가 나고 억울했다. 현서가 누워 있는 곳은 해가 중천인데도 마치 상자 속에 누워 있는 듯 숨이 콱콱 막히는 두 평 남짓한 쪽방 촌이었다. 지나가는 사람들의 웃음소리나 술 취한 소리, 밤이 되면 행인들의 한숨 소리까지도 들리는 옹색한 판자촌, 말 그대로 달동네였다. 현서는 배가 고파 뭘 좀 먹어야 하는데 먹을 힘조차도 없었다. 머리가 너무나 아파서 그런지 이불에서 늘 풍기는 땀 냄새와 곰팡내조차도 맡을 수가 없었다. 말 그대로 춥고, 배고프고, 서러운 상황이 된 것이다. 머리가 아파도 너무 아팠다. 깨질 듯이 아팠다.

무릎을 꿇은 채 방바닥에 머리를 처박은 현서는 양손으로 자신의 머리를 쥐어뜯었다. 그 누구도 자신의 아픔을 어루만져주는 사람이 없었다.

「현서야. 밥은 잘 묵고 댕기제? 」

그때 갑자기, 돌아가신 어머니의 음성이 들려왔다. 분명히 어머니의 목소리였다. 늘 하시던 똑같은 말이었다. 그저 밥, 밥, 밥이었다.

'어무이요. 미안합니더.'

갑자기 서러운 눈물이 울컥 쏟아지기 시작했다. 오랫동안 가슴 한켠에 묻어 두었던 어머니의 목소리가 현서를 더 슬픔에 잠기게 했다. 살아 계시며 곁에 있어 주는 것만으로도 언제나 가슴 벅차고 힘이 되는 존재였는데, 이렇게 아파 보니 오늘따라 어머니가 사무치게 보고 싶었다. 그런 어머니가 평생 가슴에 남아 있어서 표현할 수 없는 사랑으로 영원히 품어줄 줄 알았는데, 그때는 왜 어머니의 고마움을 몰랐을까?

「어무이, 너무 보고 싶어예. 그리고 너무 힘들어예. 어무이가 옆에 있으면 금방 일어날 수 있을 것 같은데. 아이고 어무이요. 내 좀 살려주이소.」

참을 수 없는 설움이 밀려오기 시작했다.

「현서야, 밥은 잘 묵고 댕기제? 애미 걱정하지 말고 너거들이나 행복해래이. 너거들만 행복하면 나는 배부린 기다.」

수화기 너머로 들려오는 엄마의 목소리는 늘 한결같았다. 별다른 말씀도 안 하셨다.

「너거들만 잘 살면 너거 아부지하고 나는 두 다리 쭉 뻗고 자는 기라.」

서울에서 같이 살자고 해도 하시는 말씀도 항상 똑같았다.

「너거 아부지 밥은 누가 챙겨주노? 그래도 내가 챙겨드려야제.」

「두 분 다 서울로 올라오시면 되잖아예.」

「너거 아부지가 서울 갈라카나? 개안타. 그냥 너거들끼리 잘살면 되는 기라.」

「그래도 어무이요,」

「됐다 마. 그래, 새끼들은 잘 크나? 다희하고 다영이는 잘 크제? 인자 마이 이뻐졌제? 나는 사실 고것들이 보고 잡지 너거들은 별로 안 보고 잡다. 안 봐도 된다.」

결국 아버지가 세상을 떠났어도 서울로 오지 않던 어머니는 아버지가 그리도 좋으신지 넉 달 만에 아버지 곁으로 훌쩍 떠나버렸다. 밤늦도록 음식을 만들어 행여 상할까 봐, 국물이 쏟아질까 봐, 무거운 김치 통에 물김치까지 담아 머리에 이고 양손에는 보따리를 들고 그 먼 길 서울 자취방까지 달려오실 때마다 어머니는 하얗게 센 머리카락과 깊게 팬 주름이 늘어만 가고 있었다.

「어무이도 참. 그런 건 뭐 할라꼬 가져옵니꺼? 여기도 이런 거 마이 있심더.」

「야야, 그런 거 하고 우째 같나? 」

「어무이가 힘드이끼네 그렇지예.」

「내사 뭐가 힘드노. 집 떠나 공부하는 니가 더 힘들제.」

이것저것 보따리에 된장, 고추장 그리고 부엌 살림살이까지 바리바리 싸 가지고 오시며 언제나 환하게 웃으시던 어머니의 모습은 늘 한결같았다. 오직 자식 때문에 살아가는 어머니였다. 그러나 어느덧 기억 저편 아스라이 떠오르는 어머니의 모습을 아무리 또렷이 기억하려 애를 써도 점점 멀어져갔다. 멀어져가는 어머니의 희미한 모습을 향해 현서는 크게 소리 질렀다.

「어무이, 어디 갑니꺼? 머리 아파 죽겠심더. 빨리 와 가꼬 내 머리 좀 만져주이소.」

그러나 더 이상의 아픔과 고통을 이기지 못하던 현서는 자신의 모든 것을 포기하기 시작했다.

「어무이요. 인자 내 혼자 살 자신 없심더, 더 이상 내 혼자 못 살겠심더. 자존심이고 나발이고 다 필요 없심더. 무조건 집에 들어갈랍니더. 이러다가 내 정말 죽겠심더.」

현서는 더 이상 혼자서 살아갈 자신이 없었다. 이제는 모든 것을 포기하고 집에 들어가야겠다는 절박한 마음이 생기기 시작했다.

「어무이요. 민지한테 욕을 먹어도 들어갈랍니더. 인자부터 평생 마누라 눈치 보며 살라케도 그렇게 살겠심더.」

참을 수 없는 고통이 끝없이 이어지면서 현서는 자존심이고, 창피함이고, 가장의 권위고 뭐고 아무런 생각도 나지 않았다. 더 이상 이렇게 신산(　　)스럽게 살아갈 자신이 없었다. 아무런 의미도 없을 것 같았다.

「여보, 나 집에 들어갈게. 무조건 들어갈게. 내가 잘못했어, 여보. 내가 정말 바보였어.」

그것은 자신이 그동안 겪었던 모든 고통을 남김없이 분출한 후 가족에게 돌아가야겠다는 욕구에서 찾아온 조건 없는 항복이었다. 오랫동안 고통 속에서 처절하게 몸부림치던 현서는 진통제 기운이 온몸에 퍼지기 시작하면서 서서히 잠에 빠져들었다.

9장

* * *

어지러운 발자국 소리와 아이들의 떠드는 소리에 현서는 눈을 비비며 힘들게 눈을 떴다. 시끄러운 소리에 더 이상 잠을 잘 수가 없었다. 약기운 때문인지 그토록 아팠던 고통이 조금은 사라진 듯했다. 현서는 겨우 몸을 뒤척이며 천천히 일어나 앉았다. 습관적으로 담배를 찾아 물었다. 현서는 집으로 돌아갈 생각에 잠시 머릿속을 정리해보았다. 어젯밤에 머리가 터질 듯한 고통 속에서 어머니와 약속한 것을 지키고 싶었다. 그러나 그것보다 더 이상 혼자 살아갈 자신이 없었다. 가출의 종지부를 이쯤에서 찍고 싶었다. 이제 백기를 들고 집으로 들어가야 할 때가 온 것 같았다. 집으로 돌아갈 희망의 끈을 잡기 위해 이런저런 생각을 해 보았다. 객기로 시작한 가출이 결코 호락호락하지 않은 것을 깨달은 현서는 현실을 있는 그대로 받아들이기로 했다. 그동안 현서는 그 어떤 가능성도 찾지 못했다. 그냥 하루하루 연명할 뿐이었다. 이를 악물고 죽도록 일한다고 생각처럼 돈이 모이는 것도 아니었다. 시간이 지날수록 모든 가능성은 점점 더 멀어지는 것만 같았다. 열심히 일해 돈이 좀 모이면 노점상을 해서 돈을 벌어 자신의 가게를 하나 차리겠다는 생각도, 이제는 모두가 물거품이 되어버렸다. 현서가 집으로 돌아가야 하는 선택은 이미 정해진 운명이나 다름없었다.

'그래. 돌아가는 거야. 무조건 집으로 들어가는 거야.'

갑자기 따뜻한 집이 그리워졌다. 사랑하는 아내의 손길이 그립고 아이들이 사무치도록 보고 싶었다. 저녁마다 온 가족이 도란도란 식사하던 식탁도 그립고, 아내와 함께 잠을 자던 침대도, 따뜻한 그리움으로 다가왔다. 순간 민지가 자신의 아내가 되어준 것만으로도 한없이 고마운 생각이 들었다. 아이들을 볼 수 있고 아내의 숨소리를 들을 수 있는 것만으로도 행복할 것 같았다. 그저 사랑하는 가족과 함께 하루하루 살아간다는 것 자체만으로도 영원한 힘이 될 것 같았다. 현서는 망설이지 않기로 했다. 가출 생활을 계속 한다는 것은 무의미하다는 생각이 들었다.

'돌아가자. 그냥 돌아가자. 부끄럽지만 돌아가자. 그리고 무조건 아내에게 미안하다고 말하자.'

막상 큰소리치고 집을 뛰쳐나오기는 했지만 아버지로서 자신이 한없이 작고 왜소하다는 것을 뼈저리게 깨달은 현서의 결단은 자못 진지했다. 현장 책임자에게는 급히 어딜 좀 가야 하니 당분간 못 올지도 모른다는 짤막한 문자 메시지만 남겼다. 무조건 짐을 챙긴 현서는 서둘러 동대구역으로 향했다. 그러나 지하철을 타고 가면서도 현서의 머릿속은 여전히 혼란스러웠다.

'과연 들어갈 수 있을까? 아내가 나를 용서해줄까? 아이들은 나를 원망의 눈초리로 바라보지는 않을까?'

별의별 생각이 다 들었다.

'내가 이렇게 될 줄 알았으면 차라리 가슴이 시커멓게 잿더미가 되더라도 참았어야 했는데…….'

후회가 밀려왔다. 감정만 앞서서 자신의 판단력이 흐려졌던 순간들이 그렇게도 후회스러울 수가 없었다. 특히 분을 참지 못하고 아내의 얼굴을 향해 리모컨을 던졌던 기억은 단 하루도 머릿속에 지워지지 않았다.

'그래 부딪쳐보자. 한번 부딪쳐보는 거야. 그래도 17년간 함께 살을 맞대며 살아온 남편인데 외면이야 하겠어? 지는 것이 이기는 것이라 했는데 이제부터라도 져주면서 마음 편하게 살아갈 수만 있다면, 그까짓 자존심이야. 뭐.'

떠난 지 6개월 만에 다시 돌아온 서울은 또 다른 느낌으로 다가왔다. 수많은 아파트와 자동차의 홍수, 거대한 서울의 풍경이 현서의 복잡한 마음을 잠시 잊게 해주었다. 4호선을 타고 한성대입구역에서 내렸다. 가는 도중 내내 현서는 마음속으로 평생 안하던 기도까지 했다. 무조건 집에 들어갈 수 있게 해주시고, 아내가 자신을 용서해주고, 어떤 방법으로든 새롭게 출발할 수 있도록 도와달라는 기도였다. 한성대 근처에 있는 아파트에 도착했을 때는 이미 날은 어두워지고 있었다. 하늘에는 먹구름이 잔뜩 낀 찌푸린 날씨에 간간이 가느다란 빗방울이 떨어지고 있었다. 막상 아파트 근처에 도착해서 불꺼진 자신의 집을 바라보고 있으니 만감이 교차했다. 10개월 동안 고생했던 지난날이 선명하게 떠올라왔다. 혹시나 다영을 볼 수 있을까 싶어 현서는 아파트 단지 내에 있는 놀이터로 먼저 가보았다. 그러나 다영은 보이지 않았다. 현서는 자신의 집에 불이 꺼져 있는 것을 확인한 후, 우선 허기를 채울 겸 근처 해장국 집으로 갔다. 뼈다귀 해장국 한 그릇을 시켰다. 아주 맛있었다. 주머니에 돈이 없으니 모든 게 다 꿀맛이었다. 먹으면서도 혹시 돈이 없을까 다시 한 번 주머니에 손을 넣어보았다. 만 원짜리 한 장이 있었다. 10개월 동안 고생하면서 가지고 나갔던 90만 원마저 다 쓰고 빈 털털이가 되어 돌아온 자신이 한없이 초라하게 느껴졌다. 마지막 남은 돈을 계산해보며 소주 한 병을 시켰다. 도저히 맨 정신으로 들어갈 자신이 없었다. 소주 한 병을 다 마시고 나니 취기가 오르기 시작했다. 그러나 민지를 만나야 하는 시간이 점점 가까워올수록 불안한 마음을 떨쳐버릴 수가 없었다. 마지막 잔을 비우고 시계를 보니 이미 9시가 다 되어가고 있었다. 너무 늦어서는 안 되겠다고 생각한 현서는 자리를 박차고 일어났다. 온몸에 술기운이 퍼지며 제법 취기가 도는 것 같았다. 그러나 정신은 또렷했다. 현서는 아내에게 해야 할 말을 생각해가며 천천히 걷기 시작했다.

「여보, 나야. 내가 왔어.」

별로 마음에 들지 않았다.

「여보, 미안해. 내가 잘못했어. 용서해줘.」

이것도 썩 마음에 들지 않았다. 너무 일방적이어서 거부감을 줄 것 같았다.

「여보, 내가 바보였어. 그래도 집을 나가는 건 아닌데, 미안해 여보!」

도대체 마음에 드는 게 하나도 없었다. 집이 가까워질수록 심장이 쿵쿵거리며 불규칙하게 뛰었다.

'내가 내 가족을 찾아가는데도 이렇게 힘들다니.'

뭐가 뭔지 도무지 분간이 가지 않았다. 아파트 주차장 입구에 도착한 현서는 봉고차 뒤에 숨어서 기다리기로 했다. 자신의 집 창문을 바라보았다. 아직도 불은 꺼져 있었다.

'도대체 어디 갔을까, 이 늦은 시간에?'

시계를 보니 벌써 10시가 넘어가고 있었다. 하늘에서는 금방이라도 소낙비를 퍼부을 듯 먹장구름이 가득 드리워져 있었다. 초조하게 기다리던 현서는 아파트 입구에서 시선을 뗄 수 없었다. 성공해서 돌아오려 했는데 결국 이런 꼴로 돌아올 수밖에 없는 자신의 초라한 처지가 현서의 마음을 한없이 짓눌렀다. 얼마의 시간이 지난 후 초조하게 기다리던 현서의 눈이 갑자기 커졌다. 그리곤 금세 심장이 쿵쿵 뛰었다. 후문 입구에서 오는 두 여자를 본 것이다.

정문보다 밝지 않은 후문 가로등 사이로 짙은 먹구름 때문에 어둡기도 했지만 현서는 금방 아내 민지와 딸 다희임을 알 수 있었다. 어느새 엄마만큼 커버린 다희는 엄마와 손을 잡고 아파트 안으로 들어오고 있었다. 순간 현서는 자신도 모르게 목이 메었다. 꿈속에서나 그려왔던 아내와 다희의 모습을 막상 보는 순간 말로 표현할 수 없는 수만 가지의 감정이 밀려왔다. 후문 쪽으로 방향을 돌린 현서는 아내와의 거리를 좁히기 위해서는 좀 더 빠른 걸음으로 다가가야 했다. 들킬 새라 조심스럽게 그들의 뒤를 따라가기 시작했다. 어느덧 현서의 입에서는 "여보! 다희야!"라고 부르고 있는 것 같았다. 그러나 아직 그의 입에서는 아무런 말도 튀어나오지 않았다. 현서는 놓치지 않을 새라 엉거주춤 그리고 아주 조심스럽게 따라가면서 이쯤에서 "여보"라고 불러야겠다고 마음을 먹었다. 그러나 생각보다 말이 쉽게 나오지 않았다. 그사이 민지와의 거리는 조금씩 멀어지기 시작했다.

「여, 여……!」

여전히 목소리가 나오지 않았다. 순간 아내를 부르지도 못할 걸 왜 나타났느냐는 생각이 들었다. 또다시 조금씩 뒤처지던 거리를 만회하기 위해서 좀 더 빠른 걸음으로 따라갔다. 그러고는 마침내 용기를 내어 두 눈을 딱 감고 "여보!"라고 외치려는 찰나, 앞서 가던 민지가 갑자기 걸음을 멈추더니 뒤를 획 하고 돌아보았다.

「헉!」

10장

* * *

전혀 예상치 못했던 아내의 돌발 행동에 흠칫 놀란 현서는 자신도 모르게 뒤따라가던 발걸음을 멈추고 그 자리에 석고상처럼 굳어버리고 말았다. 엉거주춤 서 있던 현서는 더 이상 따라갈 수도, 물러설 수도 없는 어정쩡한 상황이 되어버린 것이다. 미행당하던 사람이 갑자기 뒤를 돌아봤을 때 미행하던 사람이 깜짝 놀라 아무런 동작도 취하지 못하는 것처럼 아주 이상한 상황이 되어버렸다. 그런데 하필이면 현서가 서 있는 위치가 가로등과 가로등 사이의 중간자리여서 다른 곳보다는 매우 어두웠다. 거기에다 하늘은 시꺼먼 먹구름이 드리워졌고, 뿌연 가로등 사이로 반사된 불빛 때문에 유난히 사람 모습을 분간하기가 쉽지 않았다. 더 이상 앞으로 나아가지도 못한 채 어정쩡하게 서 있던 현서는 민지가 자신을 먼저 알아봐주기만을 기다렸다.

“여보, 당신? 당신이죠? 다희 아빠 맞죠? ” 하면서 자신이 있는 쪽으로 놀라면서 달려오기를 기다렸다. “그래. 나야 나, 당신 남편이야. 여보!” 민지가 자신을 “여보”라고 불러주기만을 기다리고 있던 현서는 순간적으로 아주 짧은 시간이었지만 수만 리 길을 가고 있는 긴 시간으로 느껴졌다. 아주 숨이 멎어버릴 것 같았다. 현서는 자신이 “여보”라고 부르면 된다는 것을 알면서도 뭔가에 홀린 듯 현서의 입에서는 “여보”라는 말이 떨어지지 않았다.

「엄마, 왜 그래? 」

그때 다희도 뒤를 힐끔 돌아보며 아빠를 쳐다보는 것이었다.

‘그래, 다희야. 나야. 아빠야, 아빠.’

현서는 다희라도 “아빠”라고 불러 주기를 애타게 기다렸다.

“다희야. 아빠야, 아빠”라고 말해야 하는데 뭐가 어떻게 된 건지 도무지 입에서 말이 나오지 않았다. 말을 해야 한다고 생각하면서도 혀가 굳어버린 것인지 도대체가 말이 나오지 않았다. 그때였다. 민지와 다희는 서로 손을 꽉 붙잡더니 갑자기 아파트 현관 쪽으로 아주 빠른 걸음으로 걸어가기 시작했다. 그야말로 순식간에 아파트 현관으로 사라져버렸다.

서둘러 엘리베이터를 탄 민지와 다희는 그제야 조금은 마음이 놓였는지 한숨을 내쉬며 말했다.

「휴! 이상한 사람 아냐? 」

「정말 이상한 사람인 것 같았어요.」

「그렇지? 그래도 너무 티나게 뛰면 안 돼. 혹시 같은 아파트에 사는 사람인지도 모르니까.」

「그래서 나도 안 뛰는 척하며 빨리 걷느라 혼났어요. 괜히 뒷골이 막 땡기는 것 같더라니까요.」

「하하. 그래. 사실 나도 그랬어.」

드리워진 먹구름 사이로 간간이 뿌리고 있던 빗방울은 어느덧 굵은 빗줄기로 변하여 요란하게 퍼부을 것 같았다. 전혀 예상치도 못했던 아내 민지와 다희의 돌발적인 행동에 한 발자국도 움직이지 못하고 서 있던 현서는 하늘이 무너져 내리는 것 같았다. 밟고 있던 땅이 꺼지면서 영원한 나락으로 한없이 추락하는 것 같았다.

'어떻게 이럴 수가!'

전혀 예상하지 못했던 일이었다. 정말 어렵게 결정하고 힘들게 돌아온 머나먼 길이었다. 자존심만 버린다면, 모든 오해가 풀릴 줄 알았다. 물론 쉽게 생각하지는 않았지만 그래도 아내가 자신을 외면하리라고는 꿈에도 생각하지 않았다. 그런데 이게 웬일인가? 그 꿈은 순식간에 또렷한 현실로 나타나고 말았다. 갑자기 자신의 인생도 끝났다는 절망감이 현서의 육체를 잠식해갔다. 골목길 안에 몇몇 상가들이 있는 아파트 단지 후문이라 전체적으로 어두웠고 구름이 잔뜩 드리워진 뿌연 하늘 때문에 현서를 제대로 알아보지 못했던 민지와 다희가 자신을 외면했다고 오해한 것이다.

'그래, 자존심까지 버리고 힘들게 찾아온 내가 바보였어. 정말 어리석은 짓이었어.'

먹구름 사이로 가늘게 뿌려대던 비는 삽시간에 굵은 빗줄기로 변하면서 쏟아지기 시작했다. 현서의 두 눈에서도 눈물이 쏟아졌다. 그러나 그것은 슬퍼서도 아니었고 억울해서도 아니었다. 그저 가슴 깊은 곳에서부터 하염없이 솟구쳐 올라오는 눈물이었다. 시커먼 구름이 온 세상을 캄캄하게 뒤덮어버리는 처절한 심정의 눈물이었다. 하염없이 비를 맞으며 불켜진 자신의 집을 바라보는 현서의 마음은 천 갈래 만 갈래 찢어진 심정이었다. 한참을 울다가 지쳐버린 현서의 가슴속 깊은 곳에서는 형용할 수 없는 뜨거운 분노와 적개심이 치밀어 올랐다. 이 세상 그 누구도 자신을 받아주지 않는다는 현실 앞에서 현서는 당장 어떻게 해야 할지 아무것도 생각할 수가 없었다. 그러나 그것도 잠시, 자신이 해야 할 일이 구체적으로 떠올랐다. 그리고 선택의 시간을 가지는 데는 그리 긴 시간이 필요치 않았다. 슬픔과 분노, 그에게 다가온 절망과 좌절은 더 이상의 망설임도 없이 극단적인 결론을 아주 쉽게 내리게 했던 것이다.

밤늦은 시간이었지만 서울 야경은 여전히 아름다웠다. 한강대교에서 바라본 동서남북의 어우러지는 풍경이 아름답게 다가왔다. 그러나 현서에게는 모든 것이 정지된 모습이었다. 오직 한 가지 선택만이 기다릴 뿐 더 이상 숨을 쉬어야 할 이유도 명분도, 그리고 살아가야 하는 모든 존재적 가치마저도 다 상실되어 버렸다. 비로소 지나간 시간이 얼마나 허상이었는지 깨달을 수 있었다. 45년 동안 인생의 틀 안에 담아 두었던 자신의 모습이 진짜가 아닌 허상이었다는 것을 비로소 깨닫기 시작한 것이었다.

그래, 나는 내가 제법 잘난 사람인 줄 알았다. 그래서 언제나 내 인생은 무한히 열려 있고 창창한 줄로만 알고 살아왔다. 그리고 영원히 자유로운 삶이 나를 기다려줄 줄 알았다. 적어도 가출하기 전까지만 해도 그랬다. 그런데 지금까지 살아온 나의 인생을 돌이켜보니 전혀 그렇지 않았다. 남들보다 공부를 조금 더 잘한다고 경상도 촌놈이 일류 대학에 버금가는 꽤 괜찮은 대학을 다녔다. 그리고 회사에서 승승장구할 때만 해도 나는 내가 아주 잘 나가는 사람인 줄 알고 살아왔다. 모두가 나를 똑똑한 사람으로 인정해주었다. 그래서 나는 늘 남들보다 더 능력 있는 사람이라 스스로 자부하면서 살아왔었다.

나 자신의 감정을 통제하지 못해 집단의 규율이나 사회적 규범에 맞춰 생활하지 못하는 성격도 아니었다. 그러나 지금에 와서 생각해보니 내가 어디서 왔고, 무엇을 하다가 어디로 가는지, 그리고 지금 왜 살고 있는지 아는 게 하나도 없었다.

비록 나에게도 많은 모순과 결점 그리고 넘지 못할 장애들이 있었지만, 그래서 내 능력을 발휘하기 위해 힘들게 느껴질 때도 많았지만, 난 언제나 모든 것들을 잘 극복해나갔다.

특히 회사의 몇몇 직속상관이 마음에 들지 않아 다툴 때나, 때로는 직원들이 나를 대하는 태도가 마음에 들지 않아 화를 낼 때는 더욱 더 그랬다. 사람들을 대할 때도 겉으로는 웃었지만 속으로는 불편할 때도 참 많이 있었다. 결국 주위 사람들의 행동이나 말, 그리고 모든 것들을 내 잣대와 내 기준으로만 판단하고 평가한 어처구니없는 삶을 살아왔다.

지금에 와서 생각해보니 직장에서 상하 수직 관계나 상명하복이 이루어지는 조직에서 인간관계를 잘 활용하지 못하며 살아오지 않았나 하는 생각이 들기도 한다.

그래서인지 회사에서도, 집에 와서도, 심지어는 잠자리에 들어서도 이런저런 생각에 얽매여 항상 잠을 제대로 이루지 못하고 뒤척이는 삶의 연속이 계속되곤 했다. 아내에게도 말할 수 없었다. 그러한 삶에 집착하고 빠져들수록 내 마음 안에 있는 공허함과 채워지지 않는 부족함은 더욱 더 커져만 갔다. 공허함을 달래려 술에 잠시 빠져들기도 했다. 그러나 그 어디에서도 채워지지 않는 목마름을 어느 날 깨달았고 그러한 것들이 내 삶을 지탱해주고, 버팀목이 되는 것은 아니라는 것을 알게 되었다.

결국 내 곁에서 모든 것이 다 지워져버린다 할지라도 가장 뚜렷하고 선명하게 남는 것은 가정밖에 없다는 것을 깨닫게 되었다. 결국 가정만이 내 삶의 원천이 되고 내가 살아야 할 이유가 될 수 있다는 것을 알게 되었다. 그리고 그 가정에서 기쁨과 행복을 추구하는 만큼 모든 공허와 부족함이 채워진다는 것도 깨닫게 되었다. 오직 가정만이 거짓 없이 진실로 나를 받아주고 위로해주고 행복을 줄 수 있음을 알게 되었기 때문이었다.

그후 나는 나의 모든 것을 다 내려놓게 되었다. 그 누구보다도 가정의 소중함을 알게 되었고 예전보다 더욱 아내를 사랑하고, 더 인격적으로 존중하며 큰 욕심 없이 열심히 살기 시작했다. 그러나 그것도 잠시, 겨우 제자리를 찾은 나의 제2의 인생은 얼마 지나지 않아 정리해고로부터 시작해 사업실패에 이르기까지 어려운 일들이 하나하나씩 이미 예견되었던 운명처럼 닥치기 시작한 것이었다.

'그런데. 결국 이렇게 되고 마는구나…….'

현서는 자신이 세상을 살아가는 데 부족함이 없는 사람처럼 착각하며 살아왔던 지난날이 오늘 인생 끝자락에 와서야 비로소 돌아볼 수 있었다.

'그래, 모든 사람은 항상 자신을 돌아보며 살아가야 한다는데 왜 나는 그렇게 살지 못했던가? 세상을 살면서 행복을 추구한다는 것이 무슨 거창하고 대단한 것도 아닌데 왜 나는 그렇게도 세상을 모르고 살아왔단 말인가? 내가 인생을 알면 얼마나 안다고, 바보같이.'

현서의 입에서 비명이 흘러나왔다. 인생의 벼랑 끝에 서보니 이제야 인생이 무엇인지 조금은 알 것 같았다. 그러나 자신의 잃어버린 삶이 무엇인지를 발견한 현서가 자신의 잘못된 모든 삶을 다시금 뒤로 돌리기에는 이미 영혼까지 다 말라 비틀어져버린 후였다. 더 이상 스스로 극복하며 살아갈 힘이 없다는 것을 깨달은 현서는 이제는 눈을 감고 모든 것을 편안하게 하늘에 맡겨 버릴 수 있을 것 같았다. 분명 어딘가에 있을, 저 깊은 영혼의 세계에서 영원토록 편히 쉴 수가 있을 것 같은 확신이 들었다.

'그래, 어쩌면 죽은 사람과 다시금 재회할 수도 있을지 몰라. 그리고 나보다 먼저 죽은, 사랑했던 사람들을 만날 수 있을지도…….'

순간 먼저 가신 부모님 얼굴이 제일 먼저 떠올랐다. 함께 살아왔던 생전의 모든 기억이 아주 빠르게 떠올랐다.

'그래. 더 이상 고통스러운 이 짐을 지고 살아가지 말자. 더 이상 깊은 절망과 영원히 치유될 수 없는 상처를 짊어진 채 살지도 말자. 다 씻어버리자. 단 한 번에 모든 것을 깨끗하

게 씻어버리자. 이제는 나를 위해 준비된 저 세상에서 영원한 안식을 누리며 사는 거야.'

현서는 깊은 강물을 바라보았다. 그러고는 천천히 눈을 감았다.

「엄마, 큰일 났어요. 다영이가!」

부엌에 있던 민지는 다희의 다급한 소리에 반사적으로 다영의 방으로 뛰어갔다.

「왜 그래? 다희야? 」

「엄마, 다영이가 많이 아픈 것 같아요.」

「뭐라고? 」

화들짝 놀란 민지가 다영을 끌어안았을 때는 온몸이 불덩어리였다. 온몸과 이불 속은 땀으로 흥건히 젖었고 정신은 혼미한 상태에 빠져 있었다. 거기다 호흡마저 조금씩 빨라지고 있었다.

「다영아, 정신차려! 다영아!!」

민지는 다영의 얼굴을 흔들며 깨웠지만 의식을 잃은 사람처럼 신음만 낼 뿐 눈도 제대로 뜨지 못한 채 양팔과 다리는 축 늘어져 있었다.

「다영아! 정신 차려!」

이리저리 뺨을 흔들어보던 민지는 구급차를 부를 겨를도 없이 다영을 업고 동네 병원으로 달려갔다. 그런데 몇 명의 간호사만 있을 뿐 이미 다 퇴근해서 의사는 단 한 명도 없었다. 시간만 자꾸 지체되어 급히 몇몇 의사에게 연락해봤지만 모두 멀리 있다고 했다. 상태가 좋지 않으면 종합병원으로 급히 이송하는 것이 좋겠다는 의사의 말에 간호사가 그제야 구급차를 불렀지만 이미 시간이 많이 지체된 후였다. 가장 가까운 병원 응급실에 도착했지만 이미 밤 12시가 넘은 시간이었다. 응급실로 가는 복도 너머로 점점 멀어지는 다영의 모습은 영원히 돌아올 수 없는 또 다른 세상으로 떠나가는 사람처럼 보여 민지는 불안해졌다. 응급실 입구에서 안절부절 서성인 시간은 그야말로 아득한 절망 속에 빠져 기다리는 두려움의 시간이었다. 이미 민지와 다희의 눈은 눈물로 젖었다. 담당 의사가 민지에게 온 것은 그로부터 한 시간이 훌쩍 지난 새벽 1시가 거의 다 되었을 때였다. 민지는 떨리는 손으로 다짜고짜 의사의 오른팔을 붙잡았다.

「선생님. 어떻게 되었습니까? 그냥 감기지요? 」

민지는 다급하게 물었다. 그러나 담당 의사는 아무 말이 없었다. 민지는 다그치듯 의사에게 또 물었다. 여전히 의사는 말이 없었다. 무거운 침묵이 흐른 후 의사가 다영의 현재 상태를 설명하기 위해 조심스럽게 말했다.

「단순한 감기가 아니라 급성 폐렴입니다.」

「네? 급성 폐렴요? 」

「그런데 지금 생각보다 상태가 좋지 않습니다. 호흡 곤란이 심해서 곧바로 항바이러스제 타미플루를 투여했습니다만 좀 더 일찍 왔더라면 훨씬 더 좋았을 텐데…….」

「그래서요? 그럼 애가 잘못되기라도 한단 말입니까? 」

민지는 예상보다 심각하다는 의사의 말에 당황하여 놀라 따지듯이 물었다.

「치료가 좀 늦어진 것 같습니다. 가능한 한 빨리 서두르는 것이 좋을 것 같습니다.」

「어떻게요? 어떻게 서둘러요? 」

급기야 민지는 정신이 나간 여자처럼 의사의 팔과 옆구리를 꽉 붙잡았다. 이때 조금 망설이는 표정을 짓던 의사는 자세하게 설명하기 시작했다.

「우선 진정하십시오. 저희로서도 최선을 다하고 있습니다. 그리고 다행히 상태가 한 시간 전보다 호전되기는 했습니다만 일단 아침에 흉부 엑스선 촬영 후 폐렴 증상이 사라지면 다행이지만 만약 그렇지 않을 경우에는 뇌부종과 뇌출혈이 발생해 뇌사 상태에 빠질 수도 있다는 게 걱정입니다. 그러나 더 큰 걱정은 만약 요즈음 한창 유행하는 신종플루로 확진되면 패혈증으로 인한 심장마비가 오지 않을까 하는 것입니다.」

「예? 신종플루까지요? 」

「아니길 바라야지요. 그리고 신종플루라고 무조건 다 위험한 것은 아닙니다. 오늘 아침 일찍 흉부 엑스선 촬영을 빨리 하려 합니다. 그렇게까지는 아니길 바라고 최선을 다하겠지만 혹시 모르니 아버지도 함께 오셔야 할 것 같습니다. 다른 데 가지 마시고 일단 여기서 교대로 대기하시는 게 좋을 것 같습니다.」

「애 아빠도요? 그럼 위험하다는 겁니까? 」

「꼭 그렇다는 뜻이 아니라…….」

순간 의사의 말투나 행동 그리고 표정이 그리 썩 밝지 않다는 것을 느낀 민지는 의사의 가운 주머니를 붙잡고 매달렸다. 순간 가운 주머니가 북 찢어지고 말았다. 의사의 당황스런 표정에도 아랑곳없이 민지는 계속 매달리며 물었다. 그때 다희도 선생님의 다른 한쪽 소매를 붙잡으며 갑자기 울기 시작했다.

「선생님, 내 동생 다영일 살려주세요. 죽으면 안 돼요, 선생님! 제발 살려주세요. 우리 집에는 지금 아빠도 없어요. 아빠가 올 때까지라도 살려주세요. 네? 선생님! 제가 이렇게

빌게요. 제발요!」

다희는 아예 무릎을 꿇다시피 의사의 바짓가랑이를 붙잡고 눈물을 뚝뚝 흘리기 시작했다. 다희의 행동에 당황스러워하며 난감한 표정을 짓던 의사는 차분히 말했다.

「이러지 마세요. 우리도 최선을 다하고 있으니 너무 걱정하지 말고 일단 기다려보세요.」

그러나 의사의 말이 그들의 귀에 들어올 리가 없었다. 민지도 단 몇 퍼센트의 가능성이라도 있다는 의사의 확답을 듣고 싶어 의사의 팔을 더 꽉 붙잡았다. 그러나 의사는 잡혀 있던 소매를 끝내 뿌리치더니 황급히 떠나버렸다. 멀어져 가는 의사의 뒷모습을 바라보던 민지는 더 크게 소리 지르며 울기 시작했다.

「다희야 어떡하면 좋아. 우리 다영이 어떡해? 우리 불쌍한 다영이 어떻게 해.」

「엄마. 울지마. 우리 다영이 죽지 않을 거야 엄마. 괜찮을 거야. 우리 다영이.」

「다영아, 다영아!」

11장

* * *

아직도 세상은 깜깜하고 적막한 새벽이었다. 물속같이 고요한 정적만이 감도는 칠흑 같은 어둠 속에서 외로움과 추위에 떠는 한 사람이 있었다. 현서였다. 고통스럽고 두려웠다. 뼈가 시리도록 가슴이 아팠다. 서럽고 또 슬펐다. 그래서 울고 또 한없이 울었다. 평생 흘릴 눈물을 다 쏟아 버렸다. 그리고 마지막으로 선택한 것이 죽음이었다. 그러나 죽음이 현서를 그렇게 쉽게 부르지 않았다. 아니, 현서를 피해버린 것이다. 인생의 막다른 골목까지 경험한 현서는 더 이상의 방법이 없어 죽음을 결심하고 이곳까지 왔을 때만 해도 자신을 미련없이 던지기로 마음먹었다. 오직 죽음이라는 극단적인 결론 하나에만 모든 것을 집중하면서 정신없이 달려왔었다. 그러나 아무리 죽음이 자신을 삶에서 벗어나게 하는 길이라 생각해도, 막상 죽음 앞에 한 발자국 내디뎌보니 어떠한 고뇌로도 받아들일 수 없는 엄청난 공포로 밀려온 것이다. 아니, 1초 뒤에 바로 닥쳐올 어둠의 세계가 너무나 두려웠다. 그것은 마지막 순간까지 고통 속에서 몸서리쳐야 하는 죽음과 앞으로 살아야 할 삶에 대한 처절한 고뇌와의 싸움이었다. 그때였다. 죽음을 생각해보니 무섭고 두려웠지만, 삶을 생각해보니 죽음보다는 그나마 익숙한 것이니 선택하기가 훨씬 더 쉬울 것 같다는 생각이 갑자기 현서의 머리를 스쳤다. 그리고 세상 끝자락에 섰을 때 누구나 그러하듯 어쩔 수 없이 현서에게도 가족의 얼굴이 떠올랐다. 순간, 지금 자신이 하는 극단적인 선택이 사랑하는 가족에게는 영원히 씻을 수 없는 상처를 남길 수 있다는 생각이 들었다. 비록 자신에게는 배신의 고통과 상처가 남아 있다 할지라도, 남아 있는 가족에게까지 평생을 두고도 치유할 수 없는 상처와 고통의 짐을 남기고 떠날 수는 없을 것 같았다. 자신의 모든 것을 버린다 할지라도 무조건 살아야 한다는 절박함이 들기 시작했다. 갑자기 죽음으로 떨어지기 전, 삶의 소중함에 대해 말하는 마지막 누군가의 소리를 듣고 싶었다. 그 작은 소리의 끈이 있다면 무조건 잡고 싶었다. 그때, 현서의 마음을 움직이게 한 것은 두렵고 암흑 같은 죽음을 택하느니 불안하더라도 낯익은 삶을 붙잡아야 한다는 아주 작은 영혼의 목소리였다. 현서는 그것을 붙잡았다.

'그래, 암흑 같은 죽음을 택하느니 그래도 익숙한 삶을? '

끝없는 혼란 속에서 흐르는 강물을 바라보던 현서는 문득 자신이 숨을 쉬고 있다는 것을 의식했다.

'그래. 죽으면 내 모든 것이 다 없어져버리는 거야. 비록 세상의 삶이 아무리 고통스럽고 힘들다 할지라도 내 존재가 없어지는 것은 더 무서운 일인지도 몰라. 내가 없어지는 것보다는 비록 고통스럽고 힘들더라도 살아 있는 것이 백배 천배 더 나은 것인지 몰라.'

삶을 버리겠다고 어리석게 행동했던 자신을 자책하며 현서는 더 이상 비겁해지지 않기로 했다. 축 처진 몸을 이끌고 한강 둔치로 천천히 발걸음을 옮기기 시작했다. 차가운 새벽 강바람이 현서의 옷자락과 머리카락을 스치며 지나갔다. 그때서야 유유히 흐르는 강물 소리를 들을 수 있었다. 어느덧 날이 뿌옇게 밝아왔다. 현서는 고통과 상처를 뒤로하고, 어딘가에 있을 새로운 시작을 위해 다시 대구로 발길을 돌렸다. 어제까지만 해도 이 세상은 삶의 가치를 잃어버려 희망이 없었고 오직 고통만이 현서를 지배했다. 이곳저곳, 동서남북, 세상 어느 곳을 돌아봐도 자신을 찾아오는 사람이라고는 한 사람도 없는 외롭고 쓸쓸한 밤이었다. 그러나 이제는 혼자라는 사실이 더 이상 외롭지 않았다. 눈부시게 떠오르는 거대한 태양을 한동안 말없이 바라보던 현서는 서둘러 발걸음을 서울역으로 옮겼다.

서울역 지하도를 따라 나오는 동안 현서는 자신의 형편과 처지가 비슷해 보이는 사람들을 군데군데 볼 수가 있었다. 노숙자들이었다. 출근을 서두르는 수많은 사람들이 바쁜 걸음으로 분주하게 지나가고 있었지만 대부분의 노숙자는 아직도 지하도 한쪽 벽 밑에서 라면 박스를 깔고 위에 신문지를 덮은 채 자고 있었다. 주위에는 먹다 남은 컵라면과 나무젓가락 그리고 소주병들이 어지럽게 널려 있었다. 바닥에서 배어나는 한기 때문에 새우등처럼 꼬부린 채 두 손을 사타구니에 처박고 옆으로 누워 자는 사람, 지하도 벽에 기댄 채 잠을 자는 사람, 게슴츠레 눈을 뜨고 지나가는 사람을 멀뚱멀뚱 쳐다보는 사람……. 그야말로 모든 수치심을 잃어버린 인생 낙오자들로 보였다. 그런데 오늘 아침에는 그들의 모습에서 자신의 처지를 보는 것 같아 한없이 씁쓸하기만 했다. 그러나 그런 생각도 잠시, 수중에 천 원밖에 없는 자신의 처지도 별반 다를 게 없다는 생각이 들자 현서는 얼른 고개를 돌려 서둘러 서울역으로 갔다. 1층 화장실에는 사람들이 너무 많아 2층으로 갔다. 생각보다 사람이 적었다. 먼저 화장실 칸막이 안으로 들어가서 젖은 옷을 갈아입고 나왔다. 그리고 거울을 보았다. 밤새 울었던 흔적과 지옥의 나락으로 떨어졌던 고통의 얼룩이 고스란히 남아 있었다. 그는 가방에서 꺼낸 칫솔로 양치하고 면도를 했다. 그리고 자신의 얼굴을 찬찬히 뜯어보았다.

'짜식, 그래도 쓸만한데? 죽지도 않고 말이야. 그래, 죽기는 왜 죽어. 사는 데까진 살아봐야지.'

현서는 자신이 생각해도 백번 천 번 잘했다는 생각이 들었다. 아무리 생각해봐도 잘했다는 생각을 지울 수가 없었다. 여전히 한쪽 가슴은 많이 아프고 시렸지만 어느 때보다 마음만은 가벼웠다. 그러나 그러한 마음도 잠시, 이제는 영원히 혼자라는 생각이 들자 갑자기 목이 메오며 눈물이 왈칵 쏟아질 것 같았다. 한바탕 목놓아 울 것만 같아 얼른 세수했다.

동대구행 열차 시간표를 유심히 바라보던 현서는 배고픔을 느꼈다. 수중에 있는 천 원으로는 무엇 하나 제대로 사먹을 수가 없었다. 편의점에서 빵 하나를 집었다. 7백 원이었다. 허겁지겁 먹었다. 논산훈련소에서 고된 훈련을 마치고 피엑스에서 먹었던 초코파이보다 백배 천 배 더 맛있었다. 집에 들어갈 줄 알고 소주까지 마신 게 후회스러웠다. 목이 말랐다. 역내 수돗물을 배가 터지도록 마셨다. 그때 누군가가 현서를 밀치며 뛰어갔다. 노숙자였다.

「야, 이놈아. 왜 이제 오고 난리야. 밥 얻어먹기 싫어? 」

현서는 노숙자들이 공짜로 얻어먹는 밥이 생각났다.

'밥! 그렇지. 나도.'

현서는 앞뒤 생각할 겨를도 없이 얼른 노숙자 뒤를 급히 따라갔다. 이미 서울역 근처에는 수많은 노숙자가 무료 급식소 앞에 줄을 서서 기다리고 있었다. 하나같이 내일을 기약할 수 없는 도시의 부랑자처럼 보였다. 현서는 창피하고 부끄럽다는 생각이 들었지만 쭈뼛쭈뼛 대열에 합류했다. 추운 날씨에 따뜻한 국밥이라도 한 그릇 먹고 대구로 가자는 심사였다. 그때 현서 앞에 서 있던 노숙자가 아주 천천히 뒤를 돌아보더니 씩 웃으며 현서의 얼굴을 쳐다보았다. 푸석푸석한 얼굴에 눈곱까지 덕지덕지 붙어 있었다. 그야말로 온 전신이 땟국으로 젖어 있었다. 노숙자 특유의 냄새가 확 풍겨왔다. 기독교 단체와 교회에서 배급해 주는 걸 보면서 참 고맙게 느껴졌다.

「나중에 형편되면 나도 교회나 한번 나가봐야지.」

교회를 갈 것도 아니면서 괜히 기다림이 지루해서 던지는 말이었다. 줄을 서서 기다릴 때만 해도 무료 급식이 입맛에 맞을까 은근히 걱정되기도 했지만 막상 한 숟가락을 먹는 순간 그런 생각은 완전히 빗나가버렸다. 국과 밥 그리고 김치와 오이무침에 제육볶음까지 나왔다. 웬만한 식당의 6천 원짜리 음식보다 더 나은 수준이었다. 먹으면서도 흥분되었다. 생각했던 것보다 훨씬 더 맛났다. 수돗물로 배를 채운 게 후회스러웠다. 허겁지겁 식사를 마친 현서는 재빨리 서울역으로 갔다. 이미 무임승차에 익숙한 현서는 대구에 도착하자 곧바로 현장 감독에게 전화를 걸었다. 집에 들어가기로 마음을 먹고 대구를 떠날 때만 해도 두 번 다시는 오지 않을 줄 알았는데 불과 하루 만에 다시 오게 된 현서는 힘은 들지만 또 다시 공사판에서 일할 수밖에 없었다. 그러나 그마저도 현서가 원하는 대로 되지 않았다. 당분간 일을 할 수 없을 것처럼 애매하게 연락하고 떠나버린 자리에는 이미 다른 사람으로 채워졌기 때문이다. 자리가 나면 연락해주겠다는 현장 감독의 시큰둥한 대답만 듣고 돌아왔다. 현서는 앞이 캄캄했다. 그나마 그 일이라도 해야 고시촌으로 들어갈 수 있을 텐데 단 하루 만에 오갈 데 없는 신세가 되어버려 새로운 출발부터 막막해졌다. 당장 갈 곳을 잃어버린 현서는 역 대합실에 멍하니 앉아 있을 수밖에 없었다. 사람이 가야 할 목적지가 있고 갈 곳이 정해져 있다는 것이 별것 아닌 줄 알았는데 이제는 그마저도 소중히 여겨졌다.

갑자기 아내의 얼굴이 떠올라왔다. 하지만 행복했던 가정에서 아내와 한 침대에서 잠을 잤던 시절은 이제 현실이 아닌 동화처럼 아련하게만 느껴졌다. 아무 데라도 취직만 되면 좋겠다는 생각이 들었다. 번듯한 직장을 찾겠다는 꿈을 버린 지도 오래였다. 공장 일이든, 청소하는 일이든, 무엇이든지 하면서 우선 잠잘 수 있는 공간만이라도 있었으면 좋겠다는 생각밖에 들지 않았다. 무작정 역을 빠져나왔다. 수많은 인파가 넘치는 동성로를 지나 한참을 걸었다. 오랫동안 걸었더니 피곤했다. 전날 밤에도 차가운 추위와 함께 밤을 지새웠던 현서는 다리가 아파 더 이상 걸을 수가 없었다. 그러나 그 어디에도 자신이 쉴 만한 공간은 보이지 않았다. 어둠에 서서히 묻혀가는 밤하늘을 쳐다보니 어느새 두려운 마음이 들기 시작했다. 화려한 도시 속에서 방황하고 있는 자신만 한없이 초라하게 느껴졌다. 수많은 네온사인이 밤거리를 휘황찬란하게 비추고 있었지만 현서를 반기는 곳은 아무 데도 없었다. 다시 시작하려고 굳은 결심을 했지만 녹록지 않은 현실을 비관할 수밖에 없는 무거운 밤은 또 그렇게 깊어갔다.

12장

「바이러스와 세균들이 혈액을 타고 돌아다니면서 만들어진 독성 물질이 아이의 온몸을 중독시켰습니다. 면역력이 현저히 떨어진 폐렴 환자에게 세균감염이 주요 원인이었던 것 같습니다. 저희로서는 최선을 다했지만 급성폐렴에 패혈증으로 인한 심장마비였습니다. 좀 더 일찍 왔더라면…….」

다영에게 빨리 오라는 간호사의 연락을 받고 응급실로 뛰어간 민지는 혼비백산하여 다영을 부르며 와락 끌어안았다. 그리고 두 손을 잡았다. 그러나 잠시 엄마와 눈동자를 맞추어 나가던 다영은 "엄마, 아빠는?" 하고 힘없이 말한 뒤 스스로 손을 놓아버리고는 이내 눈을 감아 버렸다. 아주 짧디짧은 시간이었다.

「다영아! 다영아!」

「다영아, 왜 그래? 언니야, 언니가 왔어. 다영아!」

영원히 오지 못할 마지막 길을 떠나는 다영의 얼굴에서는 아침 햇살같이 눈부시게 빛나는 새하얀 빛만 감돌았다. 의사는 하얀 시트를 끌어당겨 다영의 얼굴을 덮었다. 애절하게 울부짖으며 다영을 부르는 민지와 다희의 목소리는 허공 속에서만 맴돌 뿐 그 어떠한 반응도 없었다. 밤새 응급실 대기실에서 눈 한번 붙이지 못하고 초조하게 기다리던 민지와 다희가 이른 아침에 의사에게서 들은 것은 “죄송합니다”라는 한마디 말뿐이었다. 민지는 다영을 살려달라고 애원하며 밤새도록 기도했었다. 돌아오지 않는 남편을 원망하며 밤이 새도록 기도했던 외롭고 두려운 기나긴 밤이었다. 그러나 기도는 기도일 뿐이었다. 잠시 후 들어온 두 명의 직원은 하얀 시트가 덮인 다영의 시신을 곧바로 이동 침대로 옮기기 시작했다. 짐짝 다루듯 아주 익숙한 모습으로 시신을 옮기는 직원들의 모습을 보고 있던 민지는 다영이를 보내지 않기 위해 이동 침대를 와락 붙잡았다. 그러나 노련한 직원들에 의해 급하게 영안실로 옮겨지는 이동 침대를 힘없는 민지가 끝까지 붙잡을 수는 없었다. 침대는 순식간에 멀어지기 시작했다.

「다영아! 다영아!」

아득한 나락으로 떨어지는 듯한 다영을 향해 두 팔을 허우적거리며 울부짖던 민지는 몇 발자국도 가지 못한 채 결국 땅바닥에 쓰러지고 말았다. 이에 놀란 다희는 바닥에 쓰러진 엄마의 어깨를 부둥켜안고 마구 흔들어대며 함께 울부짖기 시작했다.

「엄마, 정신 차려요! 엄마!」

그러나 민지의 표정은 순식간에 일그러지고 있었다. 얼굴이 하얘지면서 급기야 호흡곤란 증세를 일으키기 시작했다. 이에 놀란 다희는 더 큰 소리로 엄마를 부르며 외치기 시작했다.

「엄마, 정신 차려요! 엄마.」

그러나 다희의 외침에도 끝내 민지는 의식을 잃고 말았다. 혼비백산 놀란 다희는 혼절한 엄마를 보면서 얼굴이 새파랗게 질리기 시작했다. 다희도 제정신이 아니었다.

「사람 살려주세요! 여기 우리 엄마가 쓰러졌단 말이에요. 빨리요, 빨리!」

간호사들이 다급한 다희의 목소리를 들은 것은 주위에 있는 환자 가족이 알려준 후였다. 급하게 뛰어온 간호사들에 의해 민지는 병실로 옮겨지고 그야말로 분위기는 처절하게 변해갔다. 정신 나간 사람처럼 몸부림치던 다희는 더 크게 소리지르며 울기 시작했다.

「안 돼. 내 동생 다영이 살려줘요. 내 동생 다영이를 살려달란 말이에요. 불쌍한 우리 다영이 죽으면 어떡해. 이제 난 어떡하란 말이야, 엄마!」

다희는 병원이 떠나가도록 울부짖었다.

「아빠 어딨어? 다영이가 죽었단 말이야. 아빠, 빨리 오란 말이야.」

다희는 눈물과 콧물로 범벅된 채 그야말로 혼이 다 빠져버린 사람처럼 오열했다. 그러나 다희를 달래주는 사람은 그 누구도 없었다. 그저 몇몇 환자의 가족만이 다희를 측은하게 바라볼 뿐이었다. 그때 누군가가 다급하게 다희를 부르는 소리가 들려왔다.

「다희야!」

「외삼촌! 외숙모!」

「다희야, 이게 무슨 날벼락이냐. 세상에 이런 날벼락이 어딨어!」

오빠와 새언니의 안타까운 부름에도 아랑곳없이 민지의 얼굴 위로는 눈부신 아침 햇살이 쏟아져 내렸다. 그토록 아빠를 그리워하던 다영은 울부짖는 엄마의 외침과 언니의 절규를 뒤로한 채 기어이 차가운 겨울 하늘로 훨훨 날아가 버렸다. 세상에서 가장 예쁘고 사랑스러웠던 환한 미소와 따뜻한 사랑의 온기를 더 이상 느낄 수 없게 된 것은 참을 수 없는 비극이었다. 그토록 사랑한 가족과 함께 했던 10년간의 짧은 삶을 뒤로한 채 다영은 그렇게 떠나갔다.

뼈가 시리도록 추웠다. 3층 상가 건물 계단에서 쪼그린 채 자고 있던 현서는 추위 때문에 잠에서 깨어나기를 반복했다. 잠깐이라도 추위를 잊으려고 잠을 청해 보았지만 시간만 더디 갈 뿐 도저히 잠을 이룰 수 없었다. 살을 에는 듯한 차가운 12월의 길고 긴 겨울밤의 매서운 칼바람 소리는 끝도 없이 들려왔다. 계단과 벽, 그리고 창문 틈으로 스며드는 차가운 공기가 새벽 무렵이 되어서는 현서의 온몸을 에워싸면서 심장마저 얼어붙게 하는 듯했다. 몸도 마음도 세상도 다 얼어붙어 버렸다. 동이 트려면 아직 먼 시각이었다. 깜박 잠들다 소스라치게 놀라며 무거운 눈꺼풀과 사투를 벌일 때마다 가슴속 깊은 곳에서 솟구쳐오는 떨림과 적막함이 온 영혼을 삼키고 있었다. 수중에 돈 한 푼 없던 현서는 밤이 깊어지면서 수많은 사람이 떠나가버린 황량한 거리를 방황하다가 이른 새벽에야 겨우 문이 열린 상가 건물 3층 계단에서 잠을 청했던 것이다. 돈 없는 현실은 비참했다. 여관방도, 찜질방도, 심지어 피시방도 들어가 쉴 수가 없었다. 한때 대기업의 과장이었고, 한 가장의 아버지가 돈 없는 현실 앞에서는 처참한 인생이 되고 말았다. 인간의 인격이고 존엄성이고 모두 사라져버렸다. 아직도 밖은 깜깜했다. 새벽 4시도 안 된 것 같았다. 작은 창문 너머로 스며드는 아주 희미한 달빛마저 그리움으로 다가왔다. 살기 위해 노력해보자고 그토록 다짐하고 울었건만 당장 잠잘 곳 하나 없는 현실은 또 다른 비애감으로 다가왔다. 떠지지 않는 눈을 비비며 현서는 주위를 둘러보았다. 어느덧 새벽안개와 함께 날은 뿌옇게 밝아오고 있었다.

'그나저나 더 이상 노숙자가 되기 전에 오늘은 일거리를 꼭 찾아야 할 텐데…….'

가방을 어깨에 메고 자신의 행색을 바라보았다. 아직은 노숙자처럼 보이지 않는 것 같아 다행스러웠다.

「그래, 오늘도 열심히 찾아보자. 일할 수 있는 곳은 분명히 어디 있을 거야, 현서야!」

자신의 이름을 부르는 순간 눈물이 왈칵 쏟아질 것 같았다. 그러나 갑자기 쏟아지는 자신에 대한 연민의 눈물은 막을 수가 없었다.

현서는 터져 나오려는 울음을 목젖 깊은 곳까지 꾹꾹 눌렀다. 그러나 속절없이 터져 나오기 시작하는 눈물은 그칠 줄을 몰랐다. 한참 동안 서러운 눈물을 쏟아내던 현서는 스스로를 다그치며 겨우 울음을 멈춘 후에야 천천히 계단을 내려올 수 있었다. 밖은 얼음처럼 차가운 날씨였다. 현서는 자신의 목을 옷깃 안으로 쑤셔 넣은 채 차가운 이른 아침거리를 또 다시 걷기 시작했다. 우선 근처 지하철 화장실로 갔다. 배가 터지도록 물을 마시며 허기진 배를 채웠다. 오전에는 무작정 가게에 들어가 종업원을 구하느냐고 물어보기도 했다. 옷가게도, 신발가게도, 휴대폰 가게도, 심지어는 술집까지도 '종업원 구함' 이라는 문구가 보이는 곳이라면 닥치는 대로 들어갔다. 그러나 이마저도 쉽지 않았다. 아무런 경험도 없는 데다 마흔이 훌쩍 넘은 사람을 써주는 데는 그 어디에도 없었다. 나이가 숫자에 불과하다는 말은 더 이상 통하지 않았다. 어떤 가게에서는 아예 눈길조차도 주지 않았다. 오후가 되니 배가 많이 고팠다. 내리 다섯 끼를 굶었더니 모든 사물이 어른거렸다. 배가 고프니 점점 걸을 힘도 없어졌다. 조금씩 어지러워졌다. 빈속에 담배를 피워서는 안되지만 담배 연기로라도 배를 채울 수 있을 것 같아 담배를 입에 물었다. 몇 모금 빨았더니 머리가 핑 돌면서 금방 어지럽고 역겨워졌다. 얼른 담뱃불을 끈 후 타다 남은 꽁초를 답배 갑에 도로 집어넣었다. 담배도 두 개비밖에 남지 않았다.

「젠장.」

갑자기 세상으로부터 버려진 듯한 두려움이 밀려왔다. 변변한 기술 하나 없이 직장이라는 일상의 풍요 속에서만 파묻혀 아무런 자기 발전도, 노력도, 도전도 없이 살아온 지난 삶이 한없이 후회스러웠다. 그저 한 가지 일이라도 해서 먹고사는 문제만이라도 해결되었으면 하는 간절한 바람뿐이었다. 오늘 밤만큼은 또다시 그 춥고 차디찬 계단에서 쪼그리며 밤을 지낼 자신이 없었다. 다시 걸었다. 상가들이 즐비한 거리로 열심히 돌아다녔다. 이제는 '종업원 구함'이라는 문구만 보아도 반가웠다. 그러나 역시 아무런 소득도 없었다. 날은 점점 어두워지기 시작했다. 또 다시 찾아오는 것은 두렵고 불안한 마음뿐이었다. 아무리 노력해도 안 되는 것은 안 된다는 평범한 진리에 현서는 어느덧 익숙해져 가고 있었다.

13장

* * *

멀리 보이는 아파트에 불이 켜져 있는 수많은 집을 바라보았다. 성냥갑처럼 보이는 조그만 공간 하나하나가 사랑하는 가족을 담아놓은 소중한 그릇처럼 보였다. 금세 그 집안의 모습이 상상되었다. 환하게 불이 켜진 따뜻한 공간 안에서 가족끼리 서로 사랑하며 미래를 꿈꾸며 행복을 만들어나가고 있겠구나 생각하니 눈물이 왈칵 쏟아질 것 같았다. 민지와 아이들의 얼굴이 생생하게 떠올라왔다. 오순도순 가족이 식탁에 모여 앉아 단란한 식사를 했던 시간이 눈물겹도록 그리웠다. 저런 행복한 공간 속에서 사랑하는 가족과 따뜻한 대화를 나누며 화목하게 살았다고 생각하니 왜 사람이 혼자 살아갈 수 없는지 알 것 같았다. 밤기운은 더욱 더 차갑게 느껴져 왔다. 점점 힘이 빠져갔다. 몸도 마음도 지친 탓인지 이제는 모든 생각조차 멈춰버렸다. 이러다가는 마지막 남아 있는 정신줄마저 다 놓아버릴 것 같았다. 쇼윈도우에 비치는 자신의 모습이 한없이 초라하게 느껴졌다. 도대체 이날 이때까지 뭘하고 살아왔는지, 가슴을 찌르는 듯한 고통이 현서의 내부에서 소용돌이치기 시작했다.

'못난 새끼, 형편없이 못난 새끼.'

눈물이 핑 돌았다. 아무것도 이룬 게 없었다. 이루기는커녕 앞으로 살아갈 일이 끔찍했다. 거리에는 화려한 불빛과 빠르게 움직이는 차들로 더욱더 심한 현기증이 일어났다. 어젯밤에는 성빈을 찾아갈까라는 생각도 해 봤지만 도저히 찾아갈 용기가 나지 않았다. 주책없이 눈물이 자꾸만 흘러내렸다. 한참을 걸어가던 현서는 아직 치우지 않은 편의점 밖에 있는 간이 테이블을 발견하고는 얼른 걸어가 플라스틱 의자에 털썩 주저앉았다. 차가웠지만 그렇게도 편할 수가 없었다. 앉아 있는 것만으로도 살 것 같았다. 옆을 보니 누군가 열심히 컵라면을 먹고 있었다. 소주와 함께 맛있는 라면을 먹고 있는 중년 남자의 모습은 이 세상에서 가장 부러운 사람으로 보였다. 침이 꿀꺽 넘어갔다. 컵라면 하나 먹을 수 없는 자신의 신세가 비참하게 느껴졌지만 한가하게 비참이라는 단어를 생각할 겨를이 없었다. 국물만이라도 좀 남겨 줄 수 없겠느냐고 정중히 묻고 싶었다. 정말 그렇게 묻고 싶었다. 그때였다. 라면을 먹던 사람이 먹다 말고 갑자기 편의점 안으로 들어가는 것이었다. 갑자기 현서의 눈이 빛나기 시작했다. 현서는 자신도 모르게 벌떡 일어나 유리창을 통해 그의 행동을 뚫어지게 바라보았다. 밝은 형광등 불빛 때문에 편의점 안은 아주 잘 보였다. 그는 음료수를 사기 위해 냉장고 쪽으로 가는 것 같았다. 그때 현서의 뇌리에서는 번개 같은 생각이 스치며 지나갔다.

'이걸 들고 튀어? '

그러나 망설일 시간이 없었다. 다시 그 사람을 보았다. 음료수 하나를 들고 계산대 앞으로 걸어오고 있었다. 다행히 손님 한 명이 계산대 앞에 서서 기다리고 있었다. 더 이상 시간이 없었다. 현서는 순식간에 옆에 있던 컵라면과 소주를 재빠르게 들고 후닥닥 뛰기 시작했다. 국물이 떨어질 새라 오른손으로는 컵라면을 왼손으로는 소주병을 잡은 채 있는 힘을 다해 달렸다. 다섯 끼의 굶주림 앞에서 현서의 모든 양심과 자존심은 온데간데 없었다. 한참을 뛰던 현서는 더 이상 따라오지 못할 거라는 생각이 들자 그제야 멈추었다. 그보다 숨이 차서 더는 뛸 수가 없었다. 뒤를 돌아보았다. 아무도 없었다. 숨이 차 헐떡이던 현서는 담벼락에 기댄 채 쉴 새 없이 거친 숨을 내쉬었다. 결국은 땅바닥에 털썩 주저앉아버리고 말았다. 현서는 들고 있던 컵라면과 소주병을 바라보았다. 일말의 양심과 자존심이 다 뭉개지는 것 같았다. 그러나 이런저런 생각도 잠시, 이제는 라면을 먹을 수 있다는 기대감이 잠시나마 현서의 마음을 설레게 했다. 컵을 입으로 갖다 대고 손가락으로 라면과 남은 국물을 목구멍으로 마구 쑤셔 넣었다. 마치 물을 마시듯 불은 라면은 씹을 겨를도 없이 속으로 빨려 들어갔다. 그러나 내리 다섯 끼를 굶었던 현서의 텅 빈 위로 갑자기 매운 라면 국물이 들어가자 뱃속이 따끔거리기 시작했다. 물을 마시고 싶었지만 물이 없어서 옆에 있는 소주를 물 마시듯 병째로 벌컥벌컥 들이켰다. 술맛이 짜르르 식도를 타고 내려오면서 잠시 기분이 좋은 듯했다. 그러나 금세 속이 울렁거리며 위장이 뒤틀리기 시작했다. 현서는 소주병을 들고 한바탕 욕을 하며 멀리 던져버렸다. 한참 후 간신히 정신을 가다듬은 현서는 밝은 불빛이 보이는 큰길로 걸어 나왔다.

그때였다. 속이 울렁거리기 시작하더니 오장육부가 뒤틀려오기 시작했다. 아무래도 토할 것 같았다.

빈속에 매운 국물과 소주를 급하게 먹은 위장이 견뎌내지 못한 것이다. 도저히 참을 수가 없어 어두운 골목길로 다시 뛰어갔다. 그러나 골목길로 들어서는 순간 현서의 입에서는 금방 들어갔던 라면과 소주가 그대로 목구멍을 타고 쏟아져 나오기 시작했다.

「우웩, 우왁.」

침과 함께 뒤섞여 끈적하고 누리끼리한 액체가 바닥에 떨어지지도 않은 채 입가에 붙어 있었다. 열심히 뱉어봤지만 끈적끈적한 액체는 영 입가에서 떨어지질 않았다.

「미친 새끼. 병신 같은 새끼!」

거지보다도 못한 자신의 처지가 죽도록 미웠다. 정신이 몽롱했다. 눈앞이 빙글빙글 도는 것 같았다. 한참을 맥없이 앉아 있던 현서는 겨우 정신을 차린 후에야 힘없이 일어났다. 그리고 또 다시 걷기 시작했다. 발길 닿는 대로 목적지도 없이 그냥 걸었다. 해가 지니 너무 추웠다. 다시 지하상가로 내려갔다. 의자에 맥없이 앉아, 지나가는 사람들을 한 명씩 바라보았다. 수만 가지의 상념이 아른거렸다. 도무지 자신의 존재감을 확인할 수가 없었다. 머릿속에서는 아무것도 떠오르지 않았다. 한참을 멍하니 앉아 있던 현서는 또 다시 자리를 박차고 일어났다. 마냥 앉아 있을 수만은 없었다. 일자리를 찾지 않으면 오늘 밤 또 다시 상가 계단에서 자야 할지도 모른다는 생각이 들자 더 이상 지체할 여유가 없었다. 얼마를 걸어가던 현서는 어느 식당 앞에서 '종업원 구함'이라는 문구를 보았다. 경험도, 기술도, 게다가 나이까지 많다고 다른 가게에서 수도 없이 퇴짜를 맞은 터라 선뜻 들어갈 용기가 나지 않았다. 하지만 그런 생각도 잠시, 그냥 살아야겠다는 생각밖에 들지 않았다. 모든 것을 다 잃어버린 지금, 더 잃을 것도 없단 생각이 들자 창피함이고 뭐고 아무런 생각도 들지 않았다. 식당은 처음이었다.

「저……. 여기, 종업원 구한다 케서 왔는데예.」

현서는 유창한 대구 사투리로 말했다. 현서를 아래위로 힐끔힐끔 훑어보며 경박스럽게 껌을 씹어대던 뚱보 아주머니가 억센 사투리로 말했다.

「예? 일할라고예? 」

약간은 무시하는 듯한 말투에 기분이 좀 상하기는 했지만 상관할 바 아니었다.

「예. 일하는 사람 구한다 케서예.」

「경험은 있어예? 」

「경험예? 무슨 일을 하는 건데예? 」

「홀에서 손님 받고 배달도 하는 일인데 그라고 오토바이는 탈 줄 알아예? 」

여기서도 일하지 못한다면 당장 굶어 죽을 수도 있다는 생각이 들었다. 순간 현서는 무조건 경험이 있다고 큰소리쳤다.

「예, 경험은 있심더. 중국 집에서 일해봤심더. 배달도 해봤고.」

「그래예? 그런데 올해 몇이라예? 」

나이 때문에 수도 없이 퇴짜를 맞은 터라 이번엔 그냥 밀어붙이기로 했다.

「서른다섯 살인데예.」

뚱보 아주머니는 다시 한 번 현서의 얼굴을 빤히 쳐다보다 말했다.

「서른다섯은 더 돼 비는데.」

「아입니더. 어릴 때 고생을 좀 마이 해서 쪼매 늙어 보입니더.」

「뭐 고생한 얼굴로는 안 보이는데 사실 우리는 좀 젊은 사람이 필요한데…….」

별로 탐탁지 않게 여기는 뚱보 아주머니의 말 한마디마다 현서에게는 생사가 달린 문제기에 더욱 절실하게 말했다.

「저, 열심히 일할 수 있는데예.」

「우쨌든 알았심더. 사장님 들오시마 그때 이야기해보이소. 우선 여기 좀 앉아서 기다려 보이소.」

「예, 고맙심더.」

현서는 의자에 앉아 유리창에 비치는 자신을 바라보았다. 몰골이 말이 아니었다.

'그나마 여기라도 취직돼야 할 텐데.'

나이가 많다고 삐딱하게 보던 뚱보 아줌마의 말이 몹시 거슬렸다. 보아하니 주인 같지는 않았다. 다시 한 번 아줌마를 쳐다봤다.

'헉!'

뚱보 아주머니가 자기를 쳐다보고 있었다. 씩 웃었다. 괜히 쳐다봤다는 생각이 들었다. 식당 홀 안을 대충 한번 훑어보았다. 여기라도 취직이 된다면 국밥 한 그릇이라도 실컷 먹을 수 있겠다는 절박한 생각마저 들었다. 식당 계산대 안쪽으로 시선을 돌렸다. 식당 이름이 참 재미있었다.

'싱글벙글집'

오랜만에 현서의 입에서는 엷은 미소가 흘러나왔다. 그때 사장이 들어왔다. 지금 현서의 처지는 그야말로 '불감청(不敢請)이언정 고소원(固所願)'이었다. 간단하게 몇 가지를 묻던 사장은 다행히 현서의 인상이 참 좋다면서 나이가 좀 부담스럽기는 하지만 같이 일을 한번 해 보자며 흔쾌히 승낙해주었다. 월급은 70만 원이지만 열심히 일하면 그만큼 올려주겠다고 했다. 식당 안에서 먹고 자는 것을 포함해서 70만 원이라는 말에 현서는 까무러칠 정도로 놀랐다. 지금으로서는 월급 70만 원이 문제가 아니라 당장 먹고 잘 수 있는 것만으로도 고마웠기 때문이었다. 무조건 열심히 일해야겠다는 생각밖에 들지 않았다. 현서는 잠시 쉴 시간도 없이 홀 안에서 손님 받는 일을 배운 후 배달 방법을 설명 듣고 곧바로 식당에서 일하게 됐다.

「박 씨요, 요 앞길 건너에 있는 케이블 방송국에 가서 빈 그릇 좀 찾아 오이소.」

「예, 알겠심더.」

「2층 기획실 계단 문 열고 나가면 입구에 빈 그릇 내놨을 낍니더.」

현서는 식당을 나오면서 오늘 당장 먹고 잘 수 있는 문제가 해결되었다는 것이 너무나 기뻤다. 두 팔 벌리고 껑충껑충 뛰면서 만세라도 부르고 싶은 심정이었다. 45년을 살아오면서 거들떠보지도 않았던 식당 일과 배달 일이 이렇게도 자신을 감격스럽게 할 줄은 꿈에도 몰랐다. 그리고 직업의 귀천이나 창피 따위 같은 것은 아무렇지 않았다. 더 이상 빌딩의 계단에서 추위에 떨며 차디찬 잠을 자지 않아도 된다는 것 하나만으로도 행복했다.

찾아간 방송국 계단에 내어놓은 그릇을 보는 순간 현서의 눈은 휘둥그레졌다. 거기에는 밥을 말아 먹다 남은 곰탕이 반쯤이나 남아 있었기 때문이다. 너무나 배가 고팠던 현서는 잠시 주위를 돌아본 뒤 인기척이 없는 것을 확인하고는 한 숟가락을 퍼먹었다. 너무 맛있었다. 허겁지겁 퍼먹기 시작했다. 그냥 목구멍으로 넘어갔다. 갑자기 눈물이 핑 돌았다. 집 나와서 몇 끼씩 굶어보니 모든 게 다 맛있었다. 전날 아침 서울역에서 먹었던 급식도 맛있었지만 국물도 없이 불어터진 곰탕은 눈물겹도록 맛났다.

어느 정도 허기가 채워지자 우선 살 것 같았다. 금방 생기가 돌아오는 것 같았다. 갑자기 두 눈에서 불끈 힘이 솟아났다. 다 같이 숨 쉬며 살아가는 인생이지만 어디에 삶의 중심을 두고 사는지가 얼마나 중요한지 이제야 알 것 같았다. 평범한 일상 속에도 항상 감사하면서 사는 것이 얼마나 소중한 삶인지, 지금 내가 공기를 마시며 숨을 쉬고 있다는 자체가 얼마나 큰 축복인지, 남이 말아먹다 남은 식어빠진 곰탕을 먹으면서 자신의 인생을 뼈저리게 돌아보고 있었다. 생각지도 못했던 인생의 힘든 시련을 많이 겪어서일까, 이미 현서는 옛날의 현서가 아니었다. 자신의 모든 생각은 이미 가장 낮은 자리에 서 있었다. 어쩌면 자신의 운명이 거의 다 결정된 상태에서 최선을 다하는 삶을 살겠다는 생각이 들기도 했지만 철가방을 들고 걸어가는 현서의 마음은 더없이 행복하기만 했다.

「자자, 모두 수고했심더. 빨리들 퇴근하시고 안에서 잘 사람들은 빨리빨리 방 정리하고 맹 씨는 마지막 문단속 잘 하이소.」

「예, 사장님.」

오늘 하루의 모든 일과가 끝났다는 사장님의 종례였다. 11시가 넘은 시간이었다. 손님들이 식사하는 식당 방에서 잠을 자게 된 현서는 이불을 배당받고 잠자리에 들 준비를 했다. 하루의 피로와 삶의 모든 무거운 짐을 내려놓고 편안한 잠을 청할 수 있는 시간이 돌아온 것이다. 그저께는 삶을 끊지 못하고 한강에서 밤을 지새웠고, 어제는 상가 계단에서 밤새도록 추위에 떨며 온 밤을 뜬 눈으로 새웠다. 그리고 다섯 끼를 내리 굶고 온종일 돌아다녔던 현서는 비록 식당 안에 있는 작은 공간이지만 이불을 덮고 잘 수 있다는 게 얼마나 고마운지 눈물이 날 정도로 가슴이 벅찼다. 잠자리를 편 후 쭈빗쭈빗 서 있는 현서에게 마흔 살은 족히 넘어 보이는 부주방장 맹 씨가 먼저 말을 걸어왔다.

「박 형은 어디서 왔다고 했십니꺼? 」

「아, 예. 저는 창원에서 왔심더.」

그냥 생각나는 대로 도시 이름 하나를 말해버렸다.

「그래예? 저는 울산에서 왔심더. 우리 정식으로 인사나 하입시더.」

「예, 저는 박현서입니더.」

「저는 맹충길입니더. 실례지만 올해 우째 됩니꺼? 」

「마흔 다섯입니더.」

「 그래예? 저도 마흔 다섯인데…….」

「그라이끼네. 65년생? 」

「예, 65년생 뱀띱니더.」

「뱀띠? 아이고 정말 반갑심더.」

나이가 같다는 걸 안 맹 씨는 친구를 만난 양 호들갑을 떨면서 한 번 더 손을 내밀며 악수를 청했다. 객지에서 서로 나이만 같다는 이유만으로도 금방 친해지게 되는 이런 세계만의 특성이 정겹게 느껴졌다. 반가운 마음에 현서도 물었다.

「그란데 우째 대구까지 왔십니꺼? 」

「아, 지는 원래 일본에서 배를 좀 오래 탔심더. 한 20년 탔심더. 하도 떠돌아다니다 보이 인자 배타는 일도 지겹고 좀 안정적으로 살라꼬 카다보이 우째 대구까지 오게 됐심더.」

「아, 그래예? 」

「그런데 박 형은 별로 고생한 얼굴 같지는 않은데, 와 이런 데서 일합니꺼? 」

「아이고, 무신 소리요. 저도 시골에서 억수로 고생 마이 하며 살았심더.」

「하기사 이런 데서 일하는 사람치고 고생 안 해 본 사람들이 어디 있겠능교.」

「그렇지예. 우리 같은 사람들 인생이 다 그런 거 아입니꺼.」

이런 생활을 오래 해 본 사람들처럼 잘도 둘러대는 현서의 말에 분위기는 한껏 훈훈해지고 있었다.

「박 형, 우리 같이 일하는 것도 인연인데 소주나 한 꼬푸 하까예? 」

「소주예? 아 좋지예.」

피곤했지만 따뜻한 잠자리에 들 수 있다는 기대와 모처럼 늦은 저녁으로 국밥을 든든히 먹었던 현서는 소주 한잔하자는 맹 씨의 말이 그렇게도 반갑고 기쁠 수가 없었다. 맹 씨가 조수로 일하는 젊은 아이에게 눈짓하자 얼른 주방에 가서 소주와 살코기 안주를 가져왔다. 뭐가 그리 좋은지 연신 히죽히죽 웃으며 들어오는 아이가 참 순진하게 보였다. 모처럼 동료와 따뜻한 공간 안에서 소주를 주거니 받거니 마셨더니 술기운이 어느새 온몸으로 퍼지기 시작했다. 비록 가진 것이 없을지라도 이렇게 행복할 수 있다는 것을 인생 밑바닥에 와서야 깨달은 현서는 술잔을 나누면서, 그리고 탐욕 없이 살아가는 맹 씨와의 대화를 통해서 유한한 인생의 삶의 진리가 무엇인지 조금씩 배워나갔다. 피곤해서 먼저 자야겠다는 맹 씨를 뒤로하고 현서는 식당 홀에 나와 모처럼 여유 있는 마음으로 바깥세상을 바라봤다. 하얀 눈송이들이 여기저기 흩날리고 있었다. 차가운 바람에 송이송이 내리던 눈은 하나둘 유리창 틀에 다닥다닥 붙으며 하얀 겨울이 시작되는 것을 알리고 있었다. 지나온 10개월 동안 파란만장했던 난마 같은 서러움이 한꺼번에 사라지듯 어느새 현서의 마음도 새하얀 눈송이처럼 가벼워지고 있었다. 식당이라는 공간에서 처음 맞이하는 밤이라 조금은 낯설기도 했지만 바깥의 풍경은 여전히 정겨운 모습으로 그리고 이내 익숙한 풍경으로 다가왔다.

'그래. 우리 인생이 바로 이런 것이구나.'

비로소 현서는 자신의 삶을 조금씩 찾아갈 수 있을 것 같았다. 비록 아내의 배신과 자신의 가출이 인생에서 가장 힘들고 슬픈 일이었지만 모든 것을 극복하기 위해선 자신의 모든 헛된 욕망과 미움들을 던져버리고 이제는 세상을 품으며 살아갈 수 있을 것 같았다. 설사 자신이 추구했던 세상과 동떨어진 삶을 살아간다 할지라도 언젠가 세상에 눈을 뜨게 되는 날을 기다리며 이제는 당당히 살아갈 수 있을 것 같았다. 모두 자초한 일이기에 이제부터는 포기해야 하는 것도, 버려야 할 것도 더 많아졌지만 비로소 홀로 서는 법이 무엇인지 알 것 같았고 세상과 맞설 힘이 생기는 것 같았다. 오랜만에 현서의 가슴은 뜨거워졌다. 순간 원망과 그리움 속에 잊고 있던 아내 생각이 났다. 그것은 아내에 대한 미움보다 아내를 이해하고 더 사랑하지 못했던 것에 대한 후회였다. 현서는 신음처럼 어렵게 한마디 내뱉었다.

「여보!」

14장

* * *

민지는 다희와 다영을 데리고 오랜만에 시내를 나왔다. 아이들과는 거의 1년 만의 외출이었다. 엄마랑 같이 시내에 나온 다희와 다영은 날아갈 듯이 기뻤다. 특히 다영은 신이 나서 깡충깡충 뛰기도 하며 뭐가 그리 좋은지 연신 재잘거리며 웃음이 그치질 않았다. 일요일이라 거리에는 사람들이 더없이 활기차 보였다. 시간이 지날수록 사람들의 행렬은 물결처럼 밀려나오듯 쏟아져 나왔다. 오가는 수많은 사람에 부딪히며 이리저리 밀려나기도 했지만 엄마의 손을 꼭 잡고 걸어가는 그들을 이 세상 누구도 갈라놓을 수 없었다. 모처럼 떡볶이, 피자, 생크림 케이크도 먹었다. 길거리 가판대에서는 다영이 좋아하는 예쁜 액세서리도 듬뿍 샀다. 서점에 들러 책도 사고, 영화도 보면서 실로 오래간만에 행복한 시간을 가졌다. 엄마와 언니 앞에서만은 언제나 욕심꾸러기인 다영은 모든 사랑을 독차지하며 보내는 오늘 하루만큼은 마냥 즐겁고 행복했다. 민지는 그저 예쁘기만 한 막내 다영의 웃음 띤 얼굴을 바라보는 것만으로도 사랑스럽고 한없이 고마웠다. 남편이 떠난 지 꽤 오래되었지만 그동안 이런 시간을 한 번도 가지지 못했던 민지로서는 늘 마음 한구석에 지울 수 없는 미안함이 더 많았다. 그것은 자신의 잘못으로 아빠의 자리를 잃어버리게 한 미안함이었다. 그래서 애써 아픈 마음을 떨쳐버리려고 오늘만큼은 다영을 위해 모든 것을 다 해주고 싶었다. 즐거운 오후의 한나절은 그렇게 행복하게 흘러가고 있었다. 그러나 그 즐거운 시간도 잠시, 그들의 행복을 시샘이나 한 듯 갑자기 까만 양복에 고깔모자를 쓴 우락부락한 중년의 남자들이 우르르 나타나더니 조금 앞서 걸어가던 다영의 양팔을 덥석 잡았다.

「엄마!」

「다영아!」

갑작스러운 괴한들의 행동에 깜짝 놀란 엄마와 다희도 동시에 소리 질렀다.

「당신들 뭐하는 거야? 」

「아저씨들 왜 이래요? 」

민지와 다희는 본능적으로 다영의 팔을 잡아당겼다. 그러나 중년의 남자들은 아무런 대꾸도 하지 않은 채 다영의 양팔과 목덜미를 무지막지하게 붙잡고는 막무가내로 끌고 가는 것이었다. 너무 놀란 민지와 다희는 필사적으로 달려들어 다영을 잡으려 했지만 힘이 센 괴한들 앞에서는 속수무책으로 당할 수밖에 없었다. 놀란 다영도 끌려가지 않으려고 발버둥 치면서 고함을 질렀지만 호랑이에게 목을 물린 노루가 힘 한번 써보지 못하고 맥없이 끌려가는 순식간의 상황이 되어버렸다.

「살려주세요. 여기 사람이 끌려가고 있어요.」

민지는 필사적으로 따라가면서 주위에 있는 사람들에게 사람 살려달라고 고래고래 소리를 질렀다. 그러나 누구 한 사람 쳐다보는 사람도, 도와주는 사람도 없었다. 그 사이 다영은 순식간에 민지의 시야에서 멀어지기 시작했다. 부리나케 쫓아가던 민지는 결국 넘어지고 말았다. 땅바닥에 털썩 주저앉아버린 민지는 죽을힘을 다해 소리 질렀다.

「안 돼, 다영아. 가면 죽어, 다영아!」

그때 민지의 고함을 들은 새언니가 급히 방으로 뛰어 들어갔다. 방에서 잠을 자고 있던 민지가 다영을 부르며 몸부림치고 있는 것이었다.

「아가씨, 왜 그래요? 」

「다영아, 가면 안 돼!, 가면 죽어, 다영아!」

민지는 미친 사람처럼 다영을 부르고 또 불렀다. 이에 놀란 새언니가 정신 차리라고 민지를 마구 흔들어 깨웠다. 그러나 속수무책으로 울부짖기만 하던 민지는 새언니의 얼굴을 보고 나서야 자신이 악몽을 꾸었다는 것을 알았다. 한참이나 일그러진 표정으로 새언니를 멍하니 바라보다 민지는 금세 또 다시 울음을 터뜨렸다.

「언니, 어떡해? 불쌍한 다영이가 저승사자에게 끌려갔단 말이에요. 나 이제 어떡해.」

인천에서 한 줌의 재를 뿌리고 돌아온 바로 그날 밤이었다.

「아가씨! 정신 차리세요. 꿈이에요, 꿈.」

새언니는 민지를 와락 끌어안았다. 그러고는 민지의 뺨에다 자신의 뺨을 비벼주며 쉴 새 없이 등을 토닥토닥 두드려 주었다.

「언니, 우리 다영이 어떡해? 나는 이제 어떡해…….」

「아가씨 왜 그래. 다영이는 이제 하늘나라에 갔잖아요. 좋은 데 갔잖아요. 아가씨, 제발 정신 차리세요.」

「아니야, 우리 다영이 죽지 않았어. 그 불쌍한 것이 엄마를 두고 어디를 간단 말이야!」

「아가씨…….」

민지는 새언니의 가슴에 얼굴을 파묻고 목놓아 울기 시작했다.

「다영아! 우리 다영이 불쌍해서 어떡해. 내 딸 다영아, 아빠도 없는데 너마저 그렇게 떠나 버리면 엄마는 어떻게 살아.」

안타깝게 바라보던 새언니가 아무리 민지를 달래보려고 애써봤지만 도무지 진정이 되지 않았다.

「제대로 한번 안아보지도 못했는데, 이렇게 훌쩍 가버리면 엄만 어떻게 해. 아빠가 없어서 이 엄마가 니들한테 얼마나 미안하고 마음이 아팠는데 그냥 이렇게 가버리면 엄마는 이제 누구랑 같이 살아, 이것아!」

숨도 제대로 쉬지 못하며 꺽꺽거리기만 하는 민지를 끌어안고 얼굴을 붉히던 새언니도 결국은 울음을 터뜨리고 말았다.

「언니, 나 이제 어떻게 살아. 누가 내 가슴의 한 좀 풀어줘. 제발 나 좀 살려줘, 언니. 나 좀.」

「그래요. 아가씨, 내가 한 풀어줄게요, 내가. 그러니 다희를 생각해서라도 이제 정신 차려요. 아가씨.」

「언니, 그이가 돌아오면 뭐라고 말해? 다영이가 없어졌는데 도대체 뭐라고 말해야 돼, 언니?」

머리맡에 놓인 가족사진을 바라보던 민지는 해맑게 웃고 있는 다영의 얼굴을 한없이 문지르기 시작했다. 그러고는 또 다시 다영의 이름을 부르기 시작했다. 그때였다. 다영의 휴대폰으로 전화가 걸려왔다. 깜짝 놀란 민지는 얼른 전화를 받아들었다.

「여보세요, 여보세요?」

「다영이니?」

「누구니?」

「아, 안녕하세요? 저 다영이 친구 수미인데요. 다영이 있어요?」

다영의 친구라는 말을 듣는 순간 민지는 말 한마디 하지 못한 채 온몸이 굳어버렸다.

「여보세요! 여보세요!」

휴대폰에서는 다영을 부르는 소리가 쉴 새 없이 들려왔지만 민지는 아무 대꾸도 할 수 없었다. 그때였다. 이번에는 다영의 휴대폰에서 문자 메시지가 들어왔다는 신호가 울렸다. 민지는 얼른 메시지를 열어보았다. 거기에는 다영의 죽음도 모르는 친구들의 문자가 수도 없이 들어와 있었다. 민지는 또 다시 오열하기 시작했다. 겨울방학이라 다영의 죽음도 모르는 친구들의 수많은 문자가 민지의 아픈 가슴속 상처를 또 다시 후벼 판 것이다.

「여보, 도대체 어디 있어요? 우리 다영이가 죽었는데 당신은 도대체 어디에서 뭘 하고 있단 말이에요. 빨리 돌아오란 말이야. 내가 잘못했다고 말했잖아. 당신한테 잘못했던 평생의 무거운 짐, 이제는 내려놓고 살 수 있도록 해줘야 하잖아요. 매일같이 가슴이 찢기고 피가 응어리지는 삶을 살아가고 있는데 당신마저 오지 않으면 이제 나는 어떻게 살아가란 말이야? 다영이가 죽었단 말이야, 다영이가.」

민지는 끝없는 슬픔 속으로 빠져들었다. 그토록 사랑했던 엄마와 언니의 절규에도 다영은 따뜻한 아침 햇살마저 뒤로 한 채 저 멀리 하늘나라로 가버린 것이다. 이제 민지는 참척의 아픔을 가슴에 묻고 그 한을 품으며 평생을 살아가야 했다. 그야말로 온몸이 부서지는 고통이었다. 아니, 영원히 끝이 없는 슬픔과 절망의 새로운 시작이었다. 인간의 어떠한 말로도 표현할 수 없는, 남은 세월을 눈물로만 자식을 가슴에 품고 살아가야 하는 비통함만이 민지를 기다릴 뿐이었다.

15장

* * *

크리스마스가 며칠 남지 않은 추운 겨울인데도 일주일 내내, 그것도 온종일 내리는 부슬비는 장마인지, 겨울비인지 도무지 분간이 가질 않았다. 추적추적 내리는 비가 배달하러 다니는 현서를 불편하게 했지만 그래도 비를 좋아하는 사람들이나 자연에게는 반가운 비라 생각하니 마음이 가벼웠다. 그러나 모처럼 잡힌 행복한 약속이 있어서 마음이 더 가벼웠는지도 모른다. 며칠 전 성빈에게 연락이 왔다. 순례와 함께 만나자는 것이었다. 26년 만에 만나는 순례 생각에 현서는 며칠 전부터 사춘기 소년처럼 마음이 들떴다. 비록 20년도 훨씬 더 지난 아련한 기억이지만 고등학교 때 같은 반이었던 순례를 짝사랑했던 현서로서는 설레는 감정을 쉽게 떨쳐버릴 수 없었다. 어쩌면 그 설렘이 현서의 발걸음을 더욱 더 가볍게 했는지도 모른다. 약속 장소까지 지하철을 타고 네 정거장을 가야 했지만 걷기로 했다. 그냥 걷고 싶었다. 걷는 걸 좋아해서 현서는 걷는 것으로 즐거움을 찾을 때가 많았다. 걷는 시간을 통해 자신의 생각을 정리할 수 있어서 좋았고, 더 멀리 세상을 바라볼 수 있어서 좋았다. 거기에다 육체적인 건강과 정신 건강까지 얻을 수 있다는 것을 잘 아는 현서는 오늘도 걸으면서 한동안 정신을 놓았던 마음의 여유를 가지고도 싶었다. 특히 오늘은 순례의 얼굴도 떠올리며 지난 세월을 천천히 되돌려보고 싶었다. 그리 예쁜 얼굴은 아니었지만 순례는 마음씨가 고왔고, 늘 깨끗하고 지적인 이미지가 뚜렷했다. 그래서 남학생들에게 인기가 꽤 많았다. 대다수의 급우들이 그녀를 좋아했다. 아니, 남학생들 전체가 다 좋아했다고 해도 과언이 아닐 정도로 인기가 많은 여학생이었다. 물론 현서도 그 중의 한 사람이었다. 정확하게 말하자면 짝사랑이었다. 그런데 20년도 넘은 고등학교 동창을 이렇게 뜬금없이 만나게 되다니, 그것도 대구에서 말이다. 약속 시간 20분 전에 커피숍에 도착했다. 상큼한 분위기와 오랜만에 맡아보는 커피향이 무척이나 상쾌했다. 진한 커피향보다 더 진한 누군가에 대한 그리움의 냄새가 물씬 풍겨오는 듯했다. 은은하게 들려오는 음악은 모처럼 현서의 마음을 편안하게, 그리고 메말랐던 가슴까지 따뜻하게 적셔주었다. 성빈이 며칠 전에 전화로 현서에게 신신당부한 게 하나 있었다. 그것은 순례의 과거를 절대로 묻지 말라는 것이었다. 순례가 서울에서 대학을 졸업한 그다음 해 곧바로 결혼했다가 바람기가 많은 남편과 3년 만에 이혼하고 그후 세 살짜리 딸 을 데리고 2년쯤 혼자서 살다가 대구에 사는 남자와 재혼하는 바람에 대구까지 내려왔다고 했다. 재혼한 남자는 첫 번째 결혼이었고 순례가 데리고 온 딸까지 친자식처럼 보살펴주며 행복하게 잘 살았다는 것이다. 그러나 그 두 번째 남편마저 작년에 교통사고로 갑자기 죽었다는 것이다. 그것을 절대로 모르는 척 하라는 것이 성빈의 당부였다. 그리고 지금 이름은 순례가 아니고 지애라고 말했다. 고등학교를 졸업하자마자 법원에 가서 개명한 것 같았다.

「정.지.애.」

성빈이 카페에 들어온 지 10여 분이 지난 후 지애가 들어왔다. 성빈은 지애를 본 후 손을 들어 자신의 위치를 알렸다. 가까이 걸어 들어오는 그녀의 모습에서 한눈에 지애임을 알 수 있었던 현서는 얼른 일어나 지애를 반갑게 맞았다.

「지애야.」

「현서? 」

「그래. 나 현서야, 현서. 반갑다.」

「어머머, 어쩜. 이런 데서 다 만나니? 」

「그러게. 정말 오랜만이다. 20년도 넘었는데 여전히 아름답네.」

「에이, 이제 나도 늙었지 뭐.」

「아냐, 옛날 미모가 그대로 남아 있어.」

「그래? 어쨌든 고맙고 반갑다야.」

현서는 지애를 보는 순간 가슴이 설렜다. 그녀는 여전히 아름답고 지적인 모습이었다. 마흔이 훌쩍 넘은 나이가 무색할 만큼 흐트러짐이 없는 아름다운 여인의 모습을 고스란히 간직하고 있었고, 현서에게 여자로 다가오기에는 충분했다. 오래 살다 보니 이런 때도 있구나 라는 생각마저 들었다. 그때 성빈이 자리를 옮기자고 제안했다.

「자, 자. 우리 여서 이라지 말고 저녁이나 묵으면서 술이나 한잔 하자. 오늘 내가 학실하게 함 쏠게.」

「그래? 좋지.」

그들은 카페를 나와 성빈의 차를 타고 대구에서 유명한 갈비찜 골목으로 향했다. 고급스러워 보이는 승용차를 능숙한 솜씨로 운전하는 성빈이 한없이 부러웠다. 차 안에서 흘러나오는 트로트마저 오늘따라 아주 품위 있게 들려왔다.

그래도 언젠가는 남편이 돌아올 것이라는 희망과 기대로

하루하루 시간을 보냈지만 그 기대와 희망은 번번이 빗나갔다. 민지는 자신의 의지와는 상관없이 조금씩 지쳐감을 느꼈다. 간헐적으로 민지는 자신의 언행이 요즘 들어 무척 예민해지고 남편에게도 조금씩 소원해지고 있는 것 같아 스스로 깜짝깜짝 놀랄 때도 있었다. 때로는 마음의 정리가 잘 안 될 때도 있었고 자신의 잘못에서 비롯된 것이라는 자책감 때문에 민지의 마음을 더욱 더 아프게 했다. 그러다 오늘은 '아, 내가 이렇게 살아서는 안 되겠구나' 라는 생각이 번쩍 들었다. 며칠 전 다희의 담임선생님으로부터 다희의 학교 성적이 크게 떨어지고 있다는 것과 다희가 대학을 가지 않겠다는 이야기를 들었기 때문이다. 남편이 돌아오기만을 기다리며 모든 것을 미뤄 오면서 다희에게 제대로 신경 쓰지 못했던 게 화근이었다. 최근에 아빠의 가출 소식을 알게 된 선생님은 무조건 다희의 마음을 이해해줘야 한다며 다그치지 말고 일단은 모르는 척, 그리고 편안하게 대해주라고 했다. 특히 사춘기여서 더 민감할 때니 상처가 되지 않도록 따뜻하게 보살피며 더 큰 사랑으로 관심을 가져달라는 것이었다. 민지에게는 정말 가슴 아픈 일이었다. 아빠의 가출로 모든 것이 한꺼번에 무너져 버린 상황에서 다희마저 학교 성적은 떨어지고 대학도 가지 않겠다는 것은 그야말로 크나큰 충격이었다. 전혀 예상치도 못했던 아빠의 가출 때문에 상처가 아직도 아물지 않은 상태에서 동생마저 떠나보내고 힘들어하는 다희의 모습을 보니, 더 많이 챙겨주고 관심을 가져주지 못한 것이 못내 마음이 아팠다. 때로는 아빠를 그리워하는 다희를 바라보는 것도 힘들지만, 가끔 다희가 정신을 놓고 있다는 느낌이 들 때도 있었다. 그럴 때는 '아! 아빠를 생각하고 있구나.'라는 생각에 가슴이 찢어질 듯이 아파왔다. 특히 일하느라 함께 있어주지도 못하며, 정신적인 교감이나 다희의 고통을 분담해주지 못한 미안함이 물밀듯 밀려올 때는 아무리 울어도 채워지는 것은 없었다. 이런 와중에 오늘 아침에는 집주인으로부터 전화가 왔다. 전세금 2천만 원을 더 올리겠다는 것이었다. 정말 기가 막하는 일이었다. 지금으로서는 도저히 전세금을 마련할 길이 없었다. 식당에 나가서 버는 돈으로 먹고살기에도 부족한 지금, 2천만 원을 구한다는 것은 현실적으로 불가능한 일이었다. 그렇다고 오빠에게 손을 내밀 형편은 더더욱 아니었다. 해결 방법이라고는 더 싼 곳으로 이사하는 방법밖에 없었다. 그러나 그것보다 더 중요한 것은 만약에 이사를 하게 된다면 그나마 남편을 만날 수 있는 작은 가능성마저 더 줄어든다는 것이다. 집으로 돌아왔던 남편이 얼마나 큰 충격을 받을지 생각하면 잠시도 이곳을 떠날 수 없는 처지였다. 그러나 현재로선 별다른 방법이 없었다. 집주인에게 몇 번이고 사정을 봐달라고 간곡히 부탁해보기도 했지만 요즘은 전세값이 전국적으로 뛰고 있어 자기들도 어쩔 수 없다는 차가운 말에는 더 이상 대꾸할 수조차 없었다.

「아, 내가 그동안 뭘 했단 말인가? 」

자신이 노력해서 될 일이라면 무엇이든 하겠지만 노력한다고 될 일이 아니라는 것을 너무나 잘 아는 민지로서는 남편 없이 여자 혼자서 살아가는 것이 얼마나 어려운 일인지 시간이 지날수록 절실히 느꼈다. 뜬 눈으로 밤을 지새우며 앞날에 대한 불확실한 현실 속에서 남편의 연락을 애타게 기다린지도 어언 10개월째 접어들었다. 밤기운이 뚝 떨어진 창밖의 매서운 겨울과 들려오는 모진 바람 소리에 민지의 마음은 더없이 추워졌다. 추위가 몰아치는 겨울의 길목에서 오랜 외로움 끝에 다가오는 남편에 대한 그리움에도 더 이상 따스한 입맞춤을 할 수 없는 차갑고 적막한 긴 겨울밤, 휘영청 달빛만이 창밖에 흘렀다.

16장

* * *

26년 만에 만난 고교 동창생 셋은 화기애애한 분위기 속에 옛이야기를 나누며 술잔을 기울였다. 성빈과 지애가 반갑다며 술을 자꾸 권하는 바람에 현서는 쫓기듯 잔을 비울 수밖에 없었다. 안주도 제대로 먹기 전에 이미 술은 몇 순배나 돌았다. 20년이 넘는 세월을 지나 우연히 만난 그들의 분위기는 한껏 고조되어 있었다. 그때 난데없이 성빈의 아내로부터 급한 전화가 왔다. 딸애가 오후부터 기침하면서 열이 많이 난다며 빨리 오라는 것이었다. 하지만 성빈은 모처럼 만난 술자리를 놓고 당장 갈 수 없다며 되도록 빨리 가겠다고만 했다. 그러나 요즈음 한창 유행하는 신종플루일지도 모른다는 아내의 다급한 말에 성빈은 아쉬움을 뒤로 한 채 일어날 수밖에 없었다. 현서의 형편을 잘 아는 성빈이 십만 원 짜리 수표 세 장을 현서의 바지 주머니에 슬쩍 찔러주었다. 성빈이 떠나자 조용한 술집으로 자리를 옮기면 어떻겠냐는 지애의 제안에 둘은 근처에 있는 호프집으로 자리를 옮겼다. 현서는 성빈과 지애가 따라주던 술을 급하게 마시느라 제법 술기운이 올라왔다. 그러나 현서는 오늘만큼은 취하고 싶었다. 마냥, 아니 죽도록 취하고 싶었다. 밤이 새도록 술을 마시며 한때는 짝사랑했던 지애와 자신의 가슴에 쌓였던 모든 한이라도 풀고 싶다는 생각이 들었다.

「남편이 잘해주지? 」

「…….」

현서는 모르는 척 물었다.

「아니 왜? 잘 안해 줘?」

서로 잠시 어색한 자리가 되었다. 현서는 알고 있었지만 괜히 질문했다는 생각이 들었고 지애는 왜 그런 질문을 하는지 모르겠다는 표정이었다.

「미안해. 내가 괜한 질문을 했네.」

「아냐. 사실 나 이혼했었어. 그리고 재혼했어.」

현서는 모르는 척, 그러나 놀란 표정을 짓지는 않았다. 그냥 고개만 조금 끄떡였다. 지애를 편하게 해주고 싶었다.

「첫 번째 결혼은 내가 너무 어렸어. 그리고 결혼에 대해 너무 몰랐어. 두 번째 남편은 참 좋은 사람이었어. 가정적인 사람이고 나를 무척이나 아끼고 사랑해주는 착한 사람이었어.」

「그랬구나.」

「그 남자는 내가 첫 번째 결혼에서 낳은 네 살짜리 딸아이까지 친자식으로 다 받아줬어. 사실 난 그 사람 덕분에 진정한 부부가 무엇인지 알게 됐지. 그런데 1년 전에 교통사고로 죽었어.」

모든 사실을 알고는 있었지만 막상 지애의 말을 듣고 있으니 괜히 더 미안해졌다.

「난 그때 정말 내 인생도 다 끝나는 줄 알았어. 나도 세상을 떠나 버릴까란 생각도 잠시 했었어. 그렇지만 딸 수연이가 눈에 밟혀서 차마 그럴 수가 없더라.」

「그랬구나. 미안하다. 내가 괜한 질문을 해서.」

「아냐, 우리가 지금 이 나이에 뭘 숨기고 말고 하겠어.」

「그래서 대구까지 오게 됐구나.」

「응.」

제법 술기운이 오른 현서는 지애의 아픈 과거를 들으면서 어느새 지애에 대한 연민이 여자로 다가오는 것을 느꼈다. 현서는 술기운을 빌어 말했다.

「학교 다닐 때 내가 너 좋아했던 것 알어? 」

순간 못할 말을 했다고 생각한 현서는 지애의 눈치를 살펴

보기도 전에 얼른 맥주잔을 들이켰다. 그러나 지애는 피식 웃으며 별로 대수롭지 않은 듯 말했다.

「그때 나 좋아하는 애들 참 많았어.」

「하긴 그랬지. 남자애들이 널 엄청 좋아들 했지.」

「그런데 너 그거 아니? 」

「뭘? 」

「여자란 말이야, 많은 남자로부터 사랑받는 게 결코 좋은 게 아니야.」

「아니, 그게 무슨 말이야? 」

「여자가 젊었을 때는 주변에 나를 좋아하는 사람이 많은 것이 잠시 좋을 수도 있겠지만 결혼해서 살아보면 그게 결코 좋은 게 아니라는 사실을 알게 돼.」

현서는 얼른 이해되지 않았다.

「무슨 뜻이야? 」

「여자란 그래. 주변에 나를 좋아하는 사람이 많은 것보다는 진심으로 나 한 사람만 사랑하고 아껴주는 단 한 남자만 있으면 된다는 거야. 괜히 주변에 두 사람, 세 사람, 여러 사람이 필요가 없다는 거야.」

「그래? 」

「아무리 여자가 예쁘게 생겼고 똑똑하고 잘난 척해도 결국 한 남자의 아내지, 두 남자의 아내가 될 수가 없어. 주변에 나를 좋아하는 남자가 여럿 있다는 것은 결국 나한테는 불행한 일일 수도 있다는 거야.」

그제야 현서는 지애의 말에 공감이 갔다. 그러나 순간 현서의 머릿속에서는 '그렇다면 내가 지애를? ' 하는 엉뚱한 생각이 스쳐갔다.

「그래서? 다시 결혼 안 해? 」

「이 나이에 결혼은 무슨.」

「나이가 어때서 그래? 」

「넌 남자라 잘 몰라서 그래. 여자 나이가 이 정도가 되면 결혼이라는 게 그리 쉽지가 않아. 그리고 그것보다 다시 결혼해야겠다는 마음도 쉽게 들지 않아.」

「그래도 좋은 남자 만나면 결혼할 수 있잖아.」

「글쎄. 그건 그때 가봐야 알겠지만 아직은 생각해본 적이 없어. 그리고 남편이 떠난 지도 아직 1년밖에 안됐어.」

갑자기 결혼 이야기를 하다 보니 지애가 점점 동창이 아닌 여자로 다가왔다. 시간이 흐르면서 점점 지애를 향한 순수함이 어느새 조금씩 사라지고 있었다. 순간 현서의 가슴 한쪽에서 찬바람이 지나가듯 자신도 모르게 이혼이라는 말을 쉽게 내뱉어버리고 말았다.

「사실 나도 이혼했어.」

그동안 그 누구에게도 마음의 문을 열지 않았던 자신의 마음을 쉽게 허문 것이다. 그것은 아내에게 배신당한 것을 지애 앞에서는 이혼으로 단정 지어도 좋겠다는 생각이 순간적으로 떠올랐기 때문이다. 아니, 어쩌면 민지로부터 받았던 배신을 지애로부터 보상받고 싶다는 마음이 앞섰는지도 모른다. 그 때 맥주를 들이키고 있던 지애는 깜짝 놀라며 사슴처럼 놀란 두 눈으로 현서를 빤히 쳐다봤다.

「뭐 이혼? 」

「그래, 이혼했어.」

「출장왔다고 했잖아.」

「미안해. 사실은 이혼했어. 그래서 대구까지 내려오게 됐어.」

「아니, 미안할 건 없지만, 그랬구나. 근데 언제? 」

「나도 벌써 1년이 다 돼가.」

천천히 고개를 끄떡이며 현서를 바라보고 있던 지애는 다시 맥주를 들이키며 자신만이 혼자가 아니라는 생각이 들었는지 가슴속에 담아 두었던 말을 조금씩 꺼내기 시작했다. 주위에 별로 아는 사람들도 없이 외롭게 살아가고 있던 그들은 오랜만에 부담 없이 주고받던 대화가 오히려 더 자연스러운 분위기가 되었다. 서로 위로하느라 술잔은 더 바쁘게 오고 갔다.

「그런데 현서야, 나도 이번에는 정말 열심히 살아야겠다는 생각을 했지만 세상을 살면서 깨달은 게 하나 있어.」

「그래? 그게 뭔데? 」

「응. 세상은 내 뜻대로 살아지는 것이 아니라, 내가 맞추어 가며 살아야 된다는 거야.」

「그래, 그건 맞는 말이야. 이 세상에 내 뜻대로 되는 게 어디 있겠어.」

「그래, 그건 확실히 맞는 말인 것 같아. 그런데 그보다 네가 더 걱정이다. 빨리 가정을 가지고 새출발 해야지.」

「어? 그래? 그래야지. 근데.... 아직은 뭐.」

현서는 빨리 가정을 가지고 새출발 하라는 지애의 말에 얼른 대답하고 싶었지만 마땅한 말이 떠오르지 않았다. 모처럼 만나고 싶었던 친한 친구를 만난 듯, 둘은 서로의 아픈 상처를 위로해주며, 오랜만에 기분 좋은 밤을 보냈다. 하지만 조금은 아쉬운 밤이기도 했다.

17장

* * *

「뭐라고요? 오빠 미쳤어요?」

민지는 큰 소리로 오빠를 쏘아붙였다.

「화부터 내지 말고 내 말을 차근차근 좀 들어봐.」

「더 들을 필요도 없어요. 그리고 오늘 오빠한테 크게 실망했어요.」

「그래, 실망해도 좋으니 내 말 좀 들어보고 실망을 하든지 말든지 하라니까. 그리고 오늘 당장 결정하라는 것도 아니잖아. 그냥 한번 생각해보자는 거야. 생각도 못해 봐?」

「생각이고 뭐고 도대체 그게 말이나 돼요? 남편이 버젓이 살아 있는 동생한테 재혼하라는 게 어떻게 말이 된다는 거예요.」

「내일 당장 재혼하랬어? 그냥 한번쯤 생각해볼 수 있다고 말했지. 너는 왜 자꾸 화부터 먼저 내고 그래?」

「내가 지금 화가 안 나게 되었어요? 남편이 안 들어오는 것도 화가 나고, 다영이 때문에도 화가 나고, 전세금 못 맞춰 코딱지만 한 집으로 이사한 것도 화가 나고, 천지 사방 다 둘러봐도 화나는 일밖에 없는데 결혼하라고요? 언제 들어올지도 모르는 남편이 버젓이 살아 있는데 도대체 재혼이라는 말을 꺼내는 자체가 나를 화나게 하는 발상 아네요? 」

「그래, 알아. 니 맘 알아.」

「아는 사람이 그래요? 」

「내 이야기는 박 서방이 집을 나온 지도 벌써 1년이 다 되어가고, 경찰에서는 단서 하나 찾지 못하고 있는 이런 상황에서 무작정 기다리기만 하지 말고 남아 있는 사람들 생각도 좀 해 보라는 거야. 그렇다고 언제까지 기다릴 수만은 없는 일이잖아. 그리고 막말로 박 서방이 죽었는지 살았는지 어떻게 알아? 」

「오빠는 어떻게 말을 그렇게 함부로 해요? 」

「함부로가 아니라, 집 나간 지 1년이 다 됐으면 그럴 가능성도 있다는 거지.」

「남편의 생사조차 몰라 가슴 졸이면서 살아가는 동생에게 어떻게 그런 말을 그렇게도 쉽게 꺼낼 수 있어요? 」

「나도 쉽게 꺼내는 건 아냐. 너무 안타까워서 그렇지!」

「그렇다고 겨우 생각해낸 게 재혼이에요? 나는 설사 다희 아빠가 영영 안 돌아온다 해도 절대 재혼 같은 건 안 해요. 꿈도 안 꿔요. 어떻게 내가 다희 인생까지 망치게 해요?」

「너 웃긴다. 그게 어떻게 다희 인생을 망치는 거야? 오히려 다희 인생을 보장하는 거지. 그 사람이 얼마나 돈 많은 부잔지 아니? 오히려 다희를 행복하게 하고 다희의 인생을 위해서 더 권하는 거야.」

「오빠, 애들이 사춘기 때 정체성을 잃어버리고 방황하는 가장 큰 이유가 뭔지 아세요? 부모가 이혼하고 재혼할 때래요, 재혼! 아이들은 부모가 이혼할 때보다 오히려 재혼할 때 더 큰 상처 받는다는 거 몰라요?」

「그건 부부간에 문제가 있을 때의 이혼이나 재혼이지 지금 이런 상황은 그런 게 아니잖아.」

「그게 뭐가 달라요. 우리 부부도 문제가 있어서 결국 박 서방이 집 나간 거잖아요. 어쨌든 난 싫어요.」

「그렇지만 다희는 다를 수도 있잖아.」

「다희라고 뭐가 달라요? 사춘기 때 느끼는 아이들의 아픔이 다 똑같지 다희라고 다를 게 뭐가 있어요. 오빠는 다희 심정을 조금이라고 생각해본 적 있어요? 안 그래도 예민한 사춘기 때 괜히 얹혀사는 느낌이 들고 중간에서 새 아빠와의 관계 그리고 엄마와 새 아빠 사이에서 아이가 얼마나 힘든 과정들을 겪어야 하는지 알기나 하세요? 그리고 엄마로서도 알 수 없는 아이들의 내면에 도사리고 있는 말하지 못하는 분노들이 자기의 의도와는 상관없이 마구 표출된다면 어떡하겠어요? 왜 자식 입장은 조금도 생각지 않고 재혼만 내세우는 거예요? 오죽하면 재혼했던 사람들이 재혼을 전투라고 말했겠어요.」

민지는 아예 오빠를 쳐다보지도 않고 팔짱을 낀 채 레스토랑 창문 쪽만을 바라보고 있었다. 창문 너머에는 어느새 새하얀 함박눈들이 앙상한 가지 위에 소리 없이 쌓여가고 있었다.

「그래, 알았다. 그렇다면 내가 너한테 잠깐 얘기만 해줄게.」

민지는 그마저 듣기 싫은 기색을 보이며 못마땅한 표정으로 계속 창가만 응시했다.

「민지야, 갑작스러운 말에 네가 화내는 거 나도 이해해. 그렇지만 내 동생이니까 네가 잘되고 다희도 잘되었으면 하는 마음에서 이러는 거야.」

「…….」

「사실 정말 좋은 사람이 있어서 그래. 재력도 있고……. 그리고 그 사람이 너를 많이 좋아하는 모양이더라.」

「나를요? 그 사람이 나를 좋아한다고요?」

「그래.」

깜짝 놀란 민지는 오빠에게 다그치듯 물었다.

「그 사람이 나를 언제 봤다고 좋아하니 마니 그래요. 그 사람 정신 나간 사람 아네요?」

「하하하. 정신 나가긴.」

「날 언제, 어디서 봤기에 그런 말까지 해요?」

「사실은 그 사람에게 널 소개해주고 싶어서 사진을 한번 보여준 적이 있어. 미안하다. 그런데 사진을 보고 네가 쏙 마음에 들었는지 네가 일하는 곳까지 가서 몰래 보고 온 모양이더라.

「몰래 식당으로요?」

「응.」

「참. 세상에 별일이 다 있네. 소개해주는 오빠나 몰래 와서 보고 가는 사람이나 정말 미완성 작품들이네.」

오빠의 말에 너무나 어이가 없던 민지는 끝까지 가보자는 심정으로 오빠에게 물었다.

「그래서 그 사람이 내가 좋대요? 추레한 옷을 입고 김밥집에서 일하는 내 꼬락서니가 그렇게도 좋데요?」

「바로 그거야. 한눈에 바로 이 사람이구나 그랬대. 정말

이야.」

「한눈에? 나 원 세상에, 별의별 사람이 다 있다지만 진짜 별난 사람 다 있네.」

「아냐. 그 사람 별난 사람 아냐. 정말 좋은 사람이야.」

「아니, 떳떳하지 않게 남의 일하는 데 와서 몰래 훔쳐보기나 하는 사람이 별나지도 않고, 좋은 사람이라니 그게 말이나 되는 소리예요?」

「사실은 내가 가보라고 했어.」

「예?」

「미안해.」

「정말 할 말이 없네요. 여자가 일하는 김밥집에서 아무런 준비도 없이 그런 식으로 자신의 모습을 보여준다는 것이 얼마나 자존심 상하는 일인지 알기나 해요? 그것도 전혀 모르는 남자에게.」

「그건 나도 미안하게 생각해. 그렇지만 사람의 진정한 모습은 그 사람의 행색에서 나오는 건 아니잖아. 그래서 손님으로 가장해서 너의 일하는 모습을 한번 본 거야. 그리고 나서 정식으로 너를 꼭 한번 만나게 해달라는 거야.」

「오빠도 요즈음 사업이 어렵다고 뭔가 좀 이상해지는 거 못 느껴요?」

「뭘? 」

「오빠는 지금 그걸 믿어요? 내일모레면 내 나이가 마흔셋이에요. 이제 곧 대학교에 올라갈 아이도 있어요. 어떤 누가 나 같은 사람을 사진 하나에 그리고 일하는 모습 잠깐 보고 좋아한다는 게 말이나 된다고 생각해요? 거기에다 돈까지 많은 남자가.」

「그래, 물론 너는 못 믿겠지만 이건 엄연한 사실이야. 내 말 좀 들어봐. 그 사람이 누구냐 하면. 우리 회사 거래처 사장이야. 재산이 족히 100억 원은 되는 사람이야. 그리고 그 사람 자수성가한 사람이야. 물론 돈이 그 사람의 다는 아니지만, 그런 재력이 있는 사람이 뭐가 아쉬워서 젊은 여자를 안 찾고 모든 사정을 뻔히 아는 너를 좋아하겠니? 사람이 참 착해, 그리고 성실해. 그 정도면 99점은 되는 거 아냐? 」

오빠는 짧은 시간 안에 조금이라도 민지의 마음을 돌려보기 위해 그야말로 열변을 토했다.

「그리고 나이도 그렇게 많지 않아. 3년 전에 부인과 사별했고, 나보다 네 살밖에 많지 않아. 올해 쉰이야. 물론 거기도 딸아이가 하나 있긴 하지만 조건은 정말 좋아.」

「그래요? 그렇게 조건이 좋으면 젊은 여자한테 장가가라고 해요.」

「민지야!」

「어쨌거나 난 싫어요. 그 사람이 아무리 좋은 사람이라도 나는 안 돼요. 남편이 버젓이 살아 있는 사람이에요. 그리고 남편을 기다리고 있는 사람이에요. 재혼이라는 것은 지금까지 단 한 번도 생각해본 적도 없고 앞으로도 그런 일은 영원히 없을 거예요. 그리고 오빠. 이건 말 자체가 안 되는 거 아녜요? 」

「그래, 나도 알아. 지금 당장 결정하라는 게 아니라 이런 사람이 있다는 걸 한 번쯤 생각은 해 보자는 거야.」

별로 유쾌하지는 않았지만 모처럼 오빠가 민지를 식당으로 불러내어 자리를 함께하는 중이었다. 식사가 나오자 몇 숟가락을 뜨던 민지가 오빠한테 대뜸,

「오빠! 오빠도 사업이 어려워지면서 혹시 돈의 노예가 된 것 아녜요? 요즘 보면 오빠가 좀 이상하게 느껴질 때가 참 많은 것 같아요.」

「돈의 노예라기보다는 사실 나도 돈 때문에 참 힘들긴 해. 박 서방이 돈 때문에 집을 나간 것도 이해가 되고, 나도 이 나이에 사업이 힘들면서 비참한 생각이 들 때도 많긴 해. 그래도 네 새언니가 착한 사람이라서 다행이기는 하지만」

순간 민지는 새언니처럼 남편을 편하게 대해주지 못해서

가출하게 된 남편에게 미안한 생각이 들어 금세 마음이 아파왔다.

「그래요, 새언니가 좋은 사람인 건 나도 인정해요.」

「너는 여자라서 잘 모를 수도 있겠지만 특히 남자한테는 말이다. 돈 없으면 서러워지는 거야. 아니, 그때부터 비참해지는 거야. 뭐, 아무리 잘난 놈도 배운 놈도 별수 없어. 돈 없으면 춥고, 배고프고, 서럽고 인정 못 받는 거야. 인생 자체가 그때부터 주눅이 드는 거야. 아니, 순식간에 비굴해지는 거라고.」

「그게 남자만 그런가요. 여자도 마찬가지지.」

민지는 오빠의 얘기를 들으면서 그렇지 않아도 김밥집에서 일하는 게 너무 힘들고 경제적으로도 어려운 터라 오빠의 말에 공감이 가는 것은 사실이었다.

「그리고 그 사람이 뭐라고 한 줄 알아? 」

「아휴, 그만하세요.」

「그래. 내가 솔직히 말해줄게. 그 사람이 너와 잘되면 나한테 사업체를 하나 떼 준다고 약속했어.」

「사업체를요? 」

「그 사람 사업체가 세 개나 있어. 그리고 큰 상가 빌딩도 두 채나 있고.」

갑자기 민지의 머릿속이 혼란스러워졌다. 남편이 있는 한 절대로 재혼하지 않겠다는 마음은 변함없었지만 오빠가 장황한 설명과 함께 현실적인 삶의 문제까지 들먹이자 민지는 갑자기 앞으로 살아가야 할 일이 더 큰 부담으로 다가오기 시작했다. 식사를 하는 둥 마는 둥 대충 마치고 민지는 밖으로 나왔다. 어느덧 펑펑 쏟아지던 새하얀 눈발은 은빛 세계를 이루고 있었다. 겨울이 주는 신비에 탄성을 지르며 흠뻑 빠져들고 싶은 마음이었다. 그러나 민지는 은빛 세상에 더 이상 관심 둘 여유가 없었다. 집으로 돌아오는 내내 마음이 무거웠다. 쓸데없는 일에 더 이상 신경 쓰지 않으려 애써 머리를 흔들어보기도 했지만 무조건 무시해버리거나 떨쳐버리기에는 알 수 없는 여운이 민지의 머릿속에 계속 남아 있었다. 그리고 한편으로는 자신을 좋아하는 사람이 어디엔가 있다는 사실이 기분 나쁘지만은 않았다.

「여보세요? 」

「여보세요? 거기가 박현서 과장님 댁이죠? 」

「네. 그런데 누구신가요? 」

「안녕하세요. 저는 성북동 아파트 같은 동에 살았던 석진이 아빠 최 과장입니다.」

「예, 최 과장님 안녕하세요? 잘 지내시고요? 그런데 어쩐 일이세요? 」

「사실은 다른 게 아니라, 제가 어제 대구 출장을 갔다가 우연히 다희 아빠를 보았습니다. 박 과장님이 철가방을 든 채 오토바이를 타고 지나가는 걸 제가 봤거든요.」

「대구에서 철가방을 들고요? 」

「예, 제가 두 눈으로 똑똑히 봤습니다. 확실히 다희 아빠가 맞았습니다. 그래서 지금 바로 다희 어머니께 전화 드리는 겁니다.」

민지는 이사한 후부터 이틀에 한 번은 먼저 살던 아파트 경비원에게 전화를 걸었다. 그러나 한 번도 남편이 경비실에 찾아오지 않았다고 했다. 그런데 뜻밖에 최 과장으로부터 남편의 소식을 듣게 되었다. 민지는 다희와 함께 급히 대구로 내려갔다. 남편을 보았다는 동성로를 중심으로 교동, 문화동, 교보문고 앞, 그리고 한일극장을 지나 대구백화점 부근과 반월당 근처 식당까지 이 잡듯이 뒤지기 시작했다. 그러나 남편의 흔적은 그 어디에서도 찾아볼 수가 없었다. 꼬박 3일간 대구에 머물며 시내 중심지 근처에 있는 모든 식당과 갈 만한 곳을 뒤져봤지만 어디에서도 남편의 그림자는 보이지 않았다. 그동안 일 해본 경험이 없었던 민지는 김밥집에서 일하는 것만으로도 많이 지쳐 있었다. 거기에다 다영의 죽음으로 온 정신적 충격 때문에 온몸은 이미 만신창이 상태였다. 연약한 여자 혼자서 세상을 살아가야 하는 냉엄한 현실 앞에서 민지는 결국 파김치가 된 몸으로 서울행 열차에 몸을 실을 수밖에 없었다. 열차에 앉자마자 온몸은 물에 젖은 솜처럼 축 늘어지고 말았다. 달리는 차창 밖으로 비치는 불빛이 피곤하고 지친 민지의 육신을 더욱 더 지치게 했다. 다희는 간간이 엄마를 바라봤다. 그때마다 엄마의 두 눈에는 가득 고인 눈물이 반짝거리고 있었다. 다희도 그렁그렁 맺힌 눈물로 엄마를 바라봤다. 애써 눈물을 참으며 멋쩍게 웃어 주던 엄마는 '미안해. 다희야' 라고 말하는 듯했다. 다희는 엄마의 마음을 다 알고 있었다. '아니야, 엄마. 내가 더 미안해' 라고 눈빛으로 말하는 것 외에는 아무것도 할 수가 없었다. 엄마의 얼굴을 바라보던 다희는 가슴속 깊이 묻어 두었던 아픔을 말하지 못하며 힘들어 하는 엄마에게 더없이 미안한 마음이 들었다. 문득, 저 멀리 도망치고 싶다는 생각이 들었다. 그러나 자신보다 더 힘들어 하는 엄마를 위해 더 좋은 딸이 되어야겠다는 다짐 외에는 아무 것도 할 수가 없었다.

부산으로 가는 열차 안에서 현서는 많은 생각에 잠겼다.

차창으로 비치는 텅 빈 들판은 현서의 마음을 더 스산하게 했다. 대구에서 있었던 모든 것들을 뒤로하고 다시 돌아올 기약도 없이 현서는 부산으로 내려가고 있었다. 대구에 있는 동안 현서는 지애를 자주 찾아갔다. 호텔 바에서 아르바이트로 일하는 그녀는 현서를 언제나 친구처럼 편하게 그리고 밝은 웃음으로 대했다. 그녀를 보고 있노라면 늘 삶의 활력이 생겼다. 어쩌다 그녀가 그윽한 웃음을 보낼 때는 가슴이 터져버릴 것만 같았고 때로는 알 수 없는 눈물이 맺히기도 했다. 그저 바라보기만 해도 행복했다.

어느 날 지애에게 현서는 자신의 모든 것을 솔직하게 고백했다. 대학에서 만난 아내와의 결혼, 두 딸의 아버지, 15년간의 직장 생활과 경제 위기 이후 정리 해고와 사업 실패, 그로 말미암은 부부간의 보이지 않는 갈등과 다툼, 결국 집을 나온 후 노동판에서 처음 겪었던 고생과 다시금 집으로 돌아갔을 때 아내의 배신, 그리고 마지막에 찾아온 자살 결심까지 말 그대로 모진 풍파 속에 살아왔던 모든 삶의 과정을 소상하게 말했다. 그리고 이곳 대구에서 서로 다시 만나게 된 것은 운명이라며 지애의 마음을 돌리려 무던히도 애쓰며 설득했다. 서로 쉽지 않은 인생을 살아왔으니 이제 남은 인생을 서로의 빈 가슴을 채워주며 따뜻한 동반자로 살아가자는 고백이었다. 그러나 지애의 답변은 뜻밖에 간단했다. 아내의 배신을 자신의 목적으로 삼으려는 현서의 이기적인 태도에 크게 실망했다는 것이었다. 그리고 그보다 더 중요한 것은 아직 자신은 그런 마음의 준비가 전혀 되어 있지 않았을 뿐만 아니라, 끝까지 좋은 친구로 남는 것이 서로에게도 좋을 것 같다며 끝내 마음의 문을 열지 않았다. 결국 지애를 향한 무지개 같은 꿈은 더 이상 만질 수 없는 흑백 사진으로 퇴색되고 말았던 것이다. 지울 수 없는 상처만을 남긴 채, 모든 것을 접어야 하는 시간이 다가온 것을 알고 현서는 현실을 받아들이기로 했다. 그녀를 향한 사랑만은 잊을 자신이 없었지만 깨끗하게 잊기로 했다. 그리고 모든 아픔과 그리움을 묻어둔 채, 현서는 더 먼 곳 일본으로 떠나기 위해 부산행 열차에 몸을 실었다. 현서가 갑자기 일본에 가기로 결정한 것은 같이 일하던 맹 부주방장의 권유도 크게 작용했다. 오랫동안 배를 타면서 일본의 실정을 잘 아는 맹 씨는 현서가 이런 곳에서 일할 사람이 아니라는 것을 눈치 챘는지 희망이 없는 대구보다는 이왕 돈을 벌 것이라면 일본으로 가라고 했다. 이런 곳에서 푼돈을 모아 어느 세월에 일어설 수 있을 것이며 언제 가정을 꾸릴 거냐고 했다. 현서가 가정이 있고 집을 나온 지도 모르는 맹 씨는 이곳에서 희망 없는 인생보다는 일본으로 가는 것이 훨씬 빨리 자리를 잡을 수 있다고 말했다. 그리고 지애 때문에 마음 아파하는 현서가 새로운 세계에서 새롭게 출발하는 것만이 지애로부터 받은 상처를 빨리 잊어버릴 수 있다고 했다. 아내의 배신과 이루어질 수 없는 지애와의 사랑, 그리고 현재의 밑바닥 인생에서 하루빨리 탈피하고 싶은 상황에 부닥쳐 있을 때 맹 씨의 권유는 현서의 마음을 단박에 흔들어버렸다.

그래서 어제는 서둘러 서울을 갔다. 멀리서나마 아이들의 얼굴이라도 한 번 보고 싶어서였다. 이제 일본으로 가게 되면 아무래도 아이들을 볼 수 없을 것 같았다. 무엇보다 아빠의 자리를 지키지 못한 죄책감에 한 번이라도 아이들을 보고 가는 것이 속죄하는 길이라는 생각이 들었다. 아이들이 학교 갈 시간에 맞춰 현서는 아침 일찍부터 아파트 입구 먼발치에서 기다렸다. 그러나 학교 가는 시간임에도 다희와 다영의 모습은 보이지 않았다. 오전 9시가 넘을 때까지 기다렸지만 아이들이 나오지 않자 현서는 급히 다영의 학교로 발걸음을 옮겼다. 그러나 학교 안으로 무작정 들어갈 수 없었다. 혹시 다영의 눈에 띄면 안 되기 때문이었다. 텅 빈 운동장을 바라보고 있던 현서는 차라리 수업을 마치고 나올 때 다시 보아야겠다고 생각하고 다시 아파트로 갔다. 혹, '민지라도 볼 수 있을까' 라는 막연한 생각으로 아파트 주변을 서성거렸다. 그러나 기약 없이 무작정 민지를 기다릴 수도 없는 처지였다. 한참을 기다리던 현서는 결국 아내의 목소리만이라도 한번 들어보고 가자는 생각에 자신이 살던 아파트로 올라갔다. 초인종을 바라보았다. 선뜻 누를 용기가 나지 않았지만 별 뾰족한 방법이 없었다. 현서는 초인종을 눌러버렸다.

「뚜-.」

CCTV 화면에 자신의 얼굴이 잡히지 않기 위해서 고개를 푹 숙인 채 현서는 가능한 벽 쪽으로 바짝 붙어 섰다. 그리고 되도록 옆으로 멀리 떨어져서 민지의 목소리가 들리기를 기다렸다. 만약 민지의 목소리가 들려오면 계속 듣기만 하다가 그냥 떠나겠다는 속셈이었다. 그때 목소리가 들려왔다.

「누구세요? 」

「헉!」

현서는 깜짝 놀랐다. 전혀 모르는 중년 남자의 목소리였다. 그 순간 현서의 머릿속에는 수만 가지의 생각이 확 스쳐 지나가면서 순간적으로 당황했다. 그러나 금방 정신을 가다듬은 현서는 조심스럽게 물었다.

「저, 여기 혹시 오민지 씨 집 아닙니까? 」

「예? 누구요? 」

「오민지 씨」

「오민지요? 그런 사람 모르는데요. 우리는 얼마 전에 이사 왔는데요.」

「예? 이사요? 」

순간 전혀 예상치도 못했던 현서는 깜짝 놀라고 말았다.

「그런데 누굽니까? 」

「아, 친척 되는 사람인데요. 혹시 어디로 이사 갔는지 아십니까? 」

「모르지요. 우리가 그런 걸 어떻게 알아요.」

「저 그렇다면 혹시…….」

그러나 현서의 말이 끝나기도 전에 인터폰이 끊어지는 소리가 들려왔다. 갑자기 온몸에서 기운이 쫘악 빠졌다. 민지를 만나기 위해 큰 욕심을 가지고 찾아온 것은 아니었다. "누구세요? "라는 단 한마디의 아내 목소리만이라도 듣고 싶었다. 그러나 이사까지 갈 줄은 꿈에도 생각하지 못했던 현서에게는 또 다른 충격이었다. 그런데 이상했다. 정말 이상하게도, 잠깐, 아주 잠깐 치밀어 오르던 분노가 순식간에 사라져 버린 것이다. 또 다른 배신을 당했다는 적개심보다는 정말 이제는 이 세상에 혼자만이 존재하고 있다는 고독함이 먼저 드는 것이었다. 그리고 이상하게도 현서의 눈에서는 단 한 방울의 눈물도 나오지 않았다. 오히려 이제부터는 영원히 혼자 살아가야 할 운명이며, 모든 것이 스스로 감당해나가야 할 자신의 몫이라는 생각이 들면서 가족에 집착하지 않고 자신의 미래를 훨씬 더 쉽게 선택할 수 있을 것 같았다. 그리고 이제는 한 점의 미련도 없이 일본으로 떠날 수 있을 것 같았다. 비록 실패를 거듭하고 있는 자신이 초라하게는 느껴졌지만 더 이상 이곳에 머무를 이유가 없다는 것을 판단한 현서는 서둘러 자리를 뜨기 시작했다. 달려가는 열차의 창가로 스쳐 지나가는 풍경이 빛바랜 옛 추억처럼 희미하게만 다가왔다. 이제는 영원히 혼자일 수밖에 없다는 현실에 현서는 또 다른 절망감을 느꼈다.

'그래, 일본이라면? '

비록 세상일이 마음대로 되는 일은 없었지만 어쩌면 자신이 사는 공간과 다른 곳일수록, 자신을 더 느끼며 도전할 수 있겠다는 생각이 들었다.

18장

* * *

부산 국제여객터미널 대합실에서 후쿠오카행 여객선을 기다리던 현서는 숨 가쁘게 살아온 세월을 잠시 뒤로한 채 모처럼 휴식을 취하고 있었다. 현서는 집을 나올 때만 해도 자신이 일본까지 갈 것이라는 생각은 꿈에도 해 본 적이 없었다. 그러나 지금 현서는 분명히 일본행 배를 기다리고 있었다. 사실 가까운 일본이지만 현서로서는 한 번도 가본 적 없는 미지의 땅이었다. 물론 낯선 곳에 대한 무한한 도전이 될 수도 있겠지만 어쩌면 자신이 또 다른 세상으로 던져진다는 일말의 불안함과 흥분에 만감이 교차했다. 난생처음 배를 타고 외국으로 길을 떠난다는 두려움을 갖고 후쿠오카행 여객선에 탑승했다. 객실에 짐을 푼 현서는 곧바로 갑판 위로 올라갔다. 이미 어두워진 밤이었지만 항구를 비춰주는 화려한 불빛은 따뜻한 고향처럼 느껴졌다. 불빛에 비치는 밤바다의 물결이 유난히 반짝거렸다. 철썩거리는 파도 소리는 현서의 아픈 과거를 다 삼켜버리는 것 같았다. 험난하게 살아온 지난 세월의 얼룩진 흔적까지도 다 지워버리는 듯 자신에게 주어진 낯설고 어두운 그림자조차도 이제 더 이상 두려움으로 다가오지 않았다. 잠시 후 뱃고동 소리와 함께 여객선이 서서히 움직이기 시작했다. 쉴 새 없이 내뿜는 뱃고동 소리에 현서의 가슴은 마구 뛰었다. 아무런 이유도 없이 가슴이 뜨거워졌다. 급기야 주체할 수 없는 뜨거운 눈물이 흘러내리기 시작했다. 이제는 영원히 혼자라고 생각하니 자신도 모르게 흐르는 서러운 눈물이었다.

'정말 내가 한국을 떠나야 한단 말인가? 내 조국을 두고 이렇게 일본까지 가야 한단 말인가?'

긴 뱃고동 소리와 함께 떠나는 배는 조국에서 점점 멀어지기 시작했다. 검푸른 파도만이 연신 출렁거리며 항도 부산의 밝은 불빛은 서서히 작아졌다. 바다 위에서 바라보는 세상은 금세 낯설게 다가왔다. 그리고 철저하게 이방인이 되었음을 절감했다. 현서는 육지를 향해 두 팔을 흔들었다. 힘차게 흔들었다. 그러고는 목소리 높여 외쳤다.

「여보! 다희야! 다영아!」

이상하게도 아내가 밉지가 않았다. 정말이지 지금 이 순간

만큼은 조금도 아내에게 미운 감정이 들지 않았다. 아무도 돌아보지 않는 차가운 파도에 부딪히며 조금씩 부서지는 바위처럼 현서는 목이 터져라 민지와 아이들을 향해 소리 지르고 또 질렀다. 그러나 망망대해를 향해 소리치는 현서의 목소리는 출렁이는 거대한 파도 소리에 이내 파묻혀버리고 말았다. 이제는 모든 것을 다 잊어버리고 싶었다. 두고 온 가족마저, 가슴속에 가득 담겨 있던 그리움까지도 다 퍼내고 싶었다. 그리고 마지막 남아 있는 모든 눈물까지도 거센 파도 속에 다 쏟아버리고 싶었다. 어느덧 육지는 까마득히 멀어진 상태였다. 한참 동안 칠흑같이 깜깜한 하늘을 한없이 바라보던 현서는 비로소 마음을 추스르고 휴게실로 들어왔다. 많은 사람들이 휴게실에 앉아 얘기를 나누고 있었다. 선뜻 잠이 오지 않는 현서는 자판기에서 일본 맥주 몇 병을 뽑았다. 힘들 때마다 술을 마시는 현서는 자꾸만 알코올에 의지했다. 외롭고 힘들 때마다 술을 마시며 힘든 현실을 잊곤 했다. 비록 잠시였지만 술을 마시는 그때만큼은 긍정적인 사고와 용기가 생기는 것 같았다. 습관적으로 자꾸만 술을 찾는 자신이 한심스럽기도 했지만 술을 마시지 않으면 자신을 이겨낼 만한 용기가 없었다. 현서는 더 자주 술을 마시며 세상을 잊어보려 노력했다. 그러나 늘 그랬듯이 그것은 아주 잠깐이었고 언제나 허망함으로 끝날 뿐이었다. 알면서도 술을 끊지 못하는 자신이 한심했지만 어느덧 술은 현서의 삶에서 중요한 부분이 되었다.

설레는 흥분 속에 현서는 아침 일찍 눈이 떠졌다. 쪽빛 하늘과 이른 아침의 드넓은 바다는 온통 은빛으로 반짝였다. 선상에서 바라보는 다카다 항구의 수려함은 가슴 벅찬 희망으로 다가왔다. 입국 절차는 순조로웠다. 맹 씨가 소개해준 숙박지 주소를 입국 수속 용지에 적어 여권과 함께 왕복 여객선표를 보여줬더니 별 의심 없이 비자를 발급해줬다. 난생 처음 밟아보는 일본 땅의 모든 것이 새롭게만 보였다. 맹 씨로부터 후쿠오카 시내의 간단한 정보를 수집한 현서는 후쿠오카 공항 지하철역까지는 좀 먼 거리긴 했지만 우선 걷기로 했다. 일본에서의 첫날을 자유롭게 만끽하고 싶었던 것이었다. 비록 자연을 벗삼아 걷는 여유 있는 걸음은 아니지만 더없이 행복한 길이라 마음먹고 걸었다. 걸으면서 잠시나마 자신이 걸어온 인생의 속도를 뒤돌아보았다. 너무 빨리 달려온 것 같았다. 오늘만큼은 잠시 삶의 속도를 줄이면서 걷고 싶었다. 길거리에는 유난히 예쁜 소나무가 많았다. 솔향기가 진하게 풍겨왔다. 앞으로 자신의 삶도 진한 솔 내음처럼 풍성하면 좋겠다는 생각이 들었다. 맹 씨가 꼭 가보라는 오호리공원에서 오후 반나절을 보낸 현서는 서둘러 전철을 타고 후쿠오카의 가장 번화가인 텐진으로 향했다. 맹 씨가 미리 연락해놓은 한인 식당이 있는 기온이라는 곳에 도착했다. 그러나 앞으로 시간적인 여유가 별로 없을 것이라는 생각이 들자 시내 이곳저곳을 돌아다니며 자신만의 시간을 좀 더 가져보기로 했다. 번화한 시내를 끼고 흐르는 나카스 강변을 따라 걸었다. 강물은 여전히 유유히 흘러가고 있었다. 자신의 삶처럼 그저 그렇게 흘러가는 것 같았다. 해가 질 무렵 강 길을 따라 하나둘씩 포장마차의 불이 켜졌다. 일과를 마치고 부담 없이 한잔하려는 직장인들과 일본 문화를 경험하려는 외국인들로 북적였다. 해질녘 나카스 강변에 비치는 붉은 석양은 아름답다 못해 찬란했다. 그러나 현서가 바라보는 석양은 남들이 바라보는 아름다운 석양이 아니라 형언하기조차 어려운 두려움의 그림자일 뿐이었다. 아름다운 황금빛 노을이 서서히 사라지기 시작하자 금세 하얀 달이 떠오르기 시작했다. 가슴이 터져버릴 것 같은 외로움이 순식간에 밀려들었다.

아는 사람 하나 없는 낯선 이국 땅의 어두운 길거리에 홀로 외롭게 서 있던 현서는 끝내 참을 수 없어 눈물을 흘리고 말았다.

사랑하는 가족 다 어디에 두고 혼자 왜 이렇게 낯선 일본 땅에서 서럽게 눈물 흘리고 있어야 하는지 자신이 인생을 잘못 산 것인지, 세상이 자신을 버린 것인지 도대체 그 이유를 알 수 없었다. 낯선 이국 땅에서 또 다시 혼자의 몸으로 살아가야 한다고 생각하니 앞날에 대한 불안과 너무나 참담한 현실에 눈물밖에 나오지 않았다. 모두가 언젠가는 홀로 되겠지만 너무 빨리 홀로된 연습을 하는 것 같아 가슴이 미어지도록 아파왔다.

19장

* * *

「한 달에 10만 엔 받아서 어느 세월에 돈벌겠수? 」

현서에게 술을 따라주던 장 씨가 답답하다는 듯이 말했다. 현서가 따라주는 술을 단숨에 들이켜던 장칠남, 낮에는 후쿠오카 한인 식당 주방에서 일하고 밤에는 편의점에서 아르바이트하던 현서에게 월 3만 엔이 더 많은 도박장 파칭코에서 일하도록 주선한 사람이었다. 파칭코에서 일해도 다른 불법 체류자들과 똑같은 월급을 받고 일한 지 4개월째인 현서는 그렇지 않아도 적은 돈벌이에 속상해하던 터였다. 마주 앉아 술을 마시고 있는 장 씨는 전라도 광주에 있다가 일본으로 건너와서 오사카에서 7년을 살다가 후쿠오카로 흘러들어온 전형적인 불법 체류자였다. 한마디로 어둠의 세계가 무척 익숙해 보이는 사람이었다. 물론 현서보다 일본 물정을 훨씬 더 많이 알고 있는 장 씨는 최근에 일본 마약 조직원으로부터 함께 일하자고 여러 번 제의를 받아왔다. 혼자서는 들어갈 자신이 없던 장칠남은 같이 일하는 현서를 열심히 설득하는 중이었다. 일본의 파칭코는 야쿠자의 사업장인 것을 잘 알고 있었지만 또 다른 진세이 갸텐, 즉 '인생 역전' 이라는 야쿠자 조직이 마약 딜러를 하고 있다는 것을 현서는 처음 알게 되었다. 진세이 갸텐은 대만의 마피아라 불리는 '삼합회' 라는 조직과 중국의 대표적 마피아 '신이안' 조직과 연대하며 그곳으로부터 들여온 마약을 후쿠오카를 중심으로 일본 전역의 유흥가로 유통시키는 이른바 떠오르는 신흥 조직이었다. 일본에서 가장 큰 조직 중 하나로 6만 명의 조직원을 거느리고 있는 '야마구치 구미' 라는 야쿠자와는 완전 별개의 조직으로 범죄의 국제화에 편승하여 유흥가를 중심으로 마약 밀매와 밀수, 그리고 국제 범죄를 주도하는 신흥 야쿠자 조직이었다. 연신 현서에게 잔을 채워주던 장 씨는 만지작거리던 자신의 술잔을 바라보며 말했다.

「성과급에 따르는 것이니까 박 형만 열심히 뛰면 한 달에 80만 엔도 벌 수 있답디다.」

「80만 엔? 그럼 한 달에 8백만 원? 」

「그럼!」

「한 달에? 에이, 설마.」

「그렇다니까, 한 달에 80만 엔…….」
「설마 그렇게까지야…….」
「어떤 놈들은 백만 엔까지 버는 놈도 있다니까.」
「예? 백만 엔까지요? 그러면 한 달에 천만 원? 」
「그렇다니까.」
「에이. 장 형도, 허풍은.」
「아니 박 형은 속고만 살아왔수? 」
놀란 표정을 짓던 현서는 한참 동안이나 장칠남을 뚫어지게 바라보았다.
「그래서 나를? 난 싫어요. 아니, 못 해요.」
현서는 단호하게 거절했다.
「햐. 참 답답한 양반이네.」
또 다시 사케를 쭈욱 들이키던 장칠남은 술잔을 탁자 위에 내려놓더니 한마디 했다.
「그래서 언제 돈 벌 거유? 한 달에 11만 엔 벌려고 미쳤다고 일본까지 왔수? 이런 식으로 돈 벌어서 언제 목돈 만들어 한국으로 돌아간단 말이오? 백 년 후에나? 」
「한국이야 나도 가고 빨리 돌아가고 싶죠. 그래도 난 그런 일은 못 할 것 같소. 당당히 일해서 땀을 흘린 만큼 벌겠소. 그리고 그것보다 나는 무서워서도 그런 일은 죽어도 못하는 놈입니다.」

현서는 이런 조직에 관여한다는 것은 곧 죽음을 의미할 수도 있다는 사실을 잘 알고 있었다. 영화에서 본 어둠의 세계가 의리와 죽음까지도 불사한 사나이들의 로망이라는 것을 잘 아는 현서는 마약 조직만큼은 꿈에도 생각해 본 적이 없었다. 아니, 죽었으면 죽었지 현서로서는 할 수 없는 일이었다.

「장 형. 우리가 인생을 살아가면서 할 수 있는 게 있고 할 수 없는 게 있소. 아무 데나 머리 들이밀었다가는 인생 순식간에 종 치는 거 몰라요? 이런 세계에서 그렇게 오래 살아봤으면서 아직도 잘 모르겠소? 」

「박 형, 지금 박 형이 뭘 몰라도 한참 모르는 것 같은데 지금은 시대가 많이 바뀌었소. 그리고 이제는 이런 세계도 의리고 나발이고 지랄이고 그딴 거 필요 없는 세상이 됐소. 그냥 자기 일만 열심히 하고 조직의 위계질서만 잘 지키면 세상의 어느 직업보다 백배 천배 더 나은 직업이 돼버렸소. 막말로 진세이 갹텐 조직의 최고 오야붕도 자기 마음대로 조직원을 못 건드리는 세상이 돼버렸다는 거요. 왠지 아슈? 세상이 변한 만큼 이제는 이런 조직들도 철저한 상부상조 자본주의 세계로 바뀌었으니까.」

「상부상조의 자본주의? 」

「그럼! 상부상조 자본주의지. 이게 뭔 말이냐 하면 이제는 이런 세계도 철저하게 서로 도움을 주고받지 않으면 조직이 절대로 살아남을 수 없다는 거요. 그러니까 자기가 맡은 일 그것 하나에만 충실하면 떵떵거리면서 살 수 있는 그런 형태의 자본주의 조직으로 변했다는 것이지.」

「아유, 그래도 나는 싫소. 아니, 못합니다. 절대로 못합니다. 돈을 억만금 줘도 나는 못 합니다.」

「억만 금을 준다니까.」

「예? 」

「그럼, 억만금. 박 형, 1년만 고생하면 1억은 우습고 잘하는 놈들은 1억 5천도 번다니까? 」

「예? 1억? 1억 5천도? 」

「그럼! 그래서 한 4년 고생해서 7억 벌어 한국으로 튄 놈도 있다니까.」

「7억을? 」

순식간에 현서의 눈이 빛을 발하며 장 씨 얼굴을 뚫어지게 쳐다봤다. 그러나 그러한 솔깃한 감정도 금세, 오히려 누군가에 의해서 점점 자신에게 접근해오는 이런 상황이 덜컥 겁이 났다.

「아무리 그래도 남들은 그렇게 살아도 나는 그럴 만한 배짱도 용기도 없는 사람이요. 조금 벌고 조금 먹고살 거요. 차라리 가늘고 길게 살 거요.」

두 팔을 내저으며 강하게 거부하는 현서의 행동을 바라보던 장 씨는 앉아 있던 의자를 탁자 앞으로 바짝 끌어당겼다.

「박 형, 우리 같은 사람들이 인생을 살면서 제일 중요한 게 뭔지 알아요? 」

「뭔데요? 」

「우리같이 평생을 어둠의 길목에서 서성거리며 살아가고 있는 사람들에게 가장 중요한 것은 나 자신이라는 거요. 남들을 생각하며 사는 것이 아니라 내 위주로 인생을 사는 거란 말이오. 그러니까 남을 짓밟더라도 우선 내가 살아남아야 한다는 거요. 내 말이 무슨 말인지 알아듣겠소? 」

「아뇨.」

「박 형은 왜 그리 속이 좁소? 그래 가지고 언제 인생 한번 펼쳐 볼 거요. 평생 요꼬라지로 살거유? 」

「글쎄요. 그래도 나는 때려죽여도 그런 짓은 못해요.」

「어휴, 속알때기는 간장 종지 같아 가지고. 젠장. 박 형! 우리도 이참에 한 몇 년 고생해서 떵떵거리면서 남은 인생을 한번 멋지게 살아보자니까.」

「누가 떵떵거리며 안 살고 싶은 사람이 이 세상에 어디 있겠소. 그렇지만 그게 그리 쉽게 되는 일이 아니잖소.」

「아니, 그렇다고 어려울 건 또 뭐 있소? 이봐요, 박 형. 사람이란 무슨 짓을 해서 어떻게 먹고살든 우리가 늙어서 그때 마지막으로 할 수 있는 말이 뭔지 아슈?」

「모르겠는데요.」

「나, 그렇게 먹고 살았다. 이게 마지막 하는 말인 거요. 우리 인간들이 아무리 잘난 척, 똑똑한 척, 배운 척 지랄 염병 떨어도 결국은 먹고사는 것이요. 그것 때문에 지지고 볶고, 피투성이가 되도록 치고받고 싸우는 것 아니요. 뭘 그리 인생을 복잡하게 살려고 하는 거요.」

「예?」

「박 형, 우리가 누구요. 우리는 방랑자 아니오, 방랑자. 방랑자가 뭐요? 생각 없이 살고, 생각 없이 떠돌아다니다 목적지도 없는 곳에서 뒤지는 것이 방랑자잖소. 어차피 우리 같은 방랑자 인생들이 화끈하게 돈 벌어 화끈하게 살다가 가야지 무슨 얼어 죽을, 이것저것 따지고 지랄이여 지랄, 속 터지게.」

「하하. 장 형 말을 듣고 있으니 인생이 아주 쉽다는 생각이 드네요.」

「아, 그럼. 쉽게 살아야제. 박 형, 내 말 한번 잘 새겨들어보슈. 이 세상에는 아무리 크고 엄청난 사건이 터진다 해도 세상은 변함없이 돌아간다는 사실이요. 땅도 그대로 하늘도 그대로 있다는 거요. 내가 아무리 나쁜 짓을 해도 세상은 그렇게 돌아가고, 내가 아무리 선하게 살아도 아무런 변화도 없다는 거요. 겁내고 무서워할 필요가 하나도 없다는 말이오. 박 형, 이렇게 빨리 돌아가는 세상 속에서 이것저것 따지다 아무것도 못 하면 도대체 한 가지라도 건질 게 뭐가 있겠소. 아무것도 못 건지고 병신처럼 살다가 개같이 그냥 끝나고 말 거유? 내 말이 뭔 말인지 아직도 잘 모르겠소? 」

현서는 장 씨의 말이 앞뒤가 맞지 않는다는 걸 알면서도 그 속에 담긴 뜻은 금방 이해할 수가 있었다.

「물론 그렇겠죠. 천지가 개벽해도 세상은 돌아갈 것이고 아무리 큰 사건이 터져도 금방 없었던 일처럼 또 다시 세상은 돌아가겠죠. 나 같은 놈이 이런 조직에 1년 몸담고 있다고 세상이 무너지는 것도 아니겠죠. 하지만 굉장히 위험한 건 사실이잖아요.」

「아이고, 위험한 게 아니라니까 그러네.」

「왜 안 위험해요? 몰래 마약 밀매를 하는 일인데!」

「몰래? 」

「마약 소지 혐의만 있어도 금방 잡혀가는 세상에 어떻게 마약을 들고 다니면서 판단 말이오? 」

「하, 이거 정말 미치고 팔짝 뛰고 환장하겠네. 이봐요, 박 형! 지금이 어떤 시댄데 아직도 그런 식으로 밀매한단 말이오. 그렇게도 머리가 안 돌아가요? 요즘 조직은 옛날하고는 다르다고 내가 몇 번이나 말해야 알겠소.」

「예? 」

「나도 아직 백 퍼센트 정확하게는 잘 모르지만 메스암페타인이라는 히로뽕과 요즈음 새로 주목받고 있지만 아직 마약으로 공식 지정되지 않은 마취제 프로포플이라는 의약품인데, 이것은 공급 책과 판매자의 루트가 이미 거미줄처럼 쫙 연결되어 있다는 거요. 거기에 연관된 특수 운반 교육만 철저히 받으면 잡힐 염려가 절대로 없다는 거야.」

「그런 교육도 있어요? 」

「물론이지요. 그런 교육만 받으면 비밀리에 움직일 수 있도록 조직에서 정보망을 통해 모든 정보를 제공해주는 거지. 그리고 요즈음에는 사회에서 지위가 높은 양반들과 상류층 사람들 대다수가 연관된 데다 특히 돈 많고 할 일 없는 정신나간 여편네들에게 엄청나게 많이 보급되고 있지. 이제는 그런 여자들 비율이 무려 70퍼센트가 넘어. 옛날처럼 비리비리한 놈들한테나 팔아서 푼돈을 벌던 시대는 이미 지나갔다니까. 한마디로 돈은 많고 대가리에는 똥만 든 여자들의 밭이야 밭. 돈 밭 말이요. 그라고 우리한테는 뽕밭이야, 뽕밭.」

「뽕밭은 뭐요? 」

「님도 보고 뽕도 따고. 그런 거 몰라요? 」

「님도 보고요? 」

「그런 여자 하나 잘 만나면 그야말로 님도 보고 뽕도 따고 대박 터지는 거지. 기가 막히는 여자들이야. 돈도 엄청 많고, 어쨌든 그런 건 차차 알게 될 거요.」

「만약 잡히면? 」

「또 별 지랄 걱정 다하고 자빠졌네. 아니, 박 형은 기분 나쁘게 만날 잡히는 이야기만 하고 있소. 지금 세상이 얼마나 많이 변했는지 그렇게도 머리통이 안 돌아가요? 요즘은 옛날처럼 그렇게 길거리로 팔러 다니는 게 아니라니까. 이제는 옛날처럼 잡히기도 어렵지만 만약 잡혀도 잠시 콩밥만 먹고 오면 되는 거요. 그것도 아주 잠시. 조직에서 금방 알아서 다 빼주니 그런 걱정은 조금도 할 필요가 없다니까. 그라고 애들이나 부인이 있는 대원들은 감방에서 나올 때까지 조직에서 하나에서부터 열까지 살아갈 수 있도록 모두 다 책임져주니 조금도 염려할 게 없어. 진세이 갸텐과 연결된 변호사들이 일본 최고의 베테랑 변호사들이야. 그런 걱정은 하들들 마. 씰데없는 걱정은 다 때려치우고 우리도 이참에 돈 한번 만져봅시다. 박 형, 사실 나도 혼자 들어가기는 좀 거시기 하요. 그래서 이번 기회에 나랑 같이 한번 해 보자는 거요.」

술잔을 부딪치며 맛깔나게 술을 들이키던 장칠남은 또 다시 말했다.

「박형, 그리고 진세이 갹텐은 다른 야쿠자와 또 다른 게 하나 있소. 그것은 맨 밑바닥 꼬붕들은 계약직이라는 거요. 1년씩으로 계약하기 때문에 그 계약만 끝나면 언제든지 본인이 합법적으로 탈퇴할 수 있다는 거요.」

「계약직? 에이, 설마.」

「어허, 이게 바로 진세이 갹텐의 가장 큰 매력이라니까. 그래서 지금도 엄청난 조직원이 들어오고 있고 세력도 가장 빨리 커지고 있다니까.」

「그런데 장형은 어떻게 이런 데 연루됐소? 아무리 세상이 변했다지만 이건 엄연히 불의의 이익을 탐하는 거잖아요. 그리고 분명 사회적인 합의에 따라 용인된 것도 아니잖아요.」

「불의? 합의? 용인? 이번엔 염소가 개풀 뜯어 처먹다가 토하는 소리하고 자빠졌네. 박 형, 어차피 이 세상에 존재하는 불의도 다 합의하에 용인되고 있는 것이 세상이요. 그리고 이 세상엔 악당도 좀 있고 뭐 그래야 세상이 빙글빙글 돌아가는 거요. 그런 등신 같은 소리는 때려치우고 우리도 빨리 한탕 해 한국으로 튑시다. 이놈의 일본 땅에 오래 살면 뭐합니까? 그래도 내 조국 대한민국에서 살아야제. 이제 일본에 사는 것도 지겹소.」

자신 없이 눈만 멀뚱거리는 현서를 바라보던 장칠남은 술을 쭉 들이켰다.

「박 형, 이왕 말 나온 김에 내가 마지막으로 한마디만 더 하겠소. 인생이란 패자부활전이 없소. 어떡하든지 기회가 있을 때 치고 나가야 되는 거요. 이것만이 우리의 인생을 뒤집을 수 있는 유일한 방법이요. 마지막 인생이라 생각하고 똥배짱으로 밀어붙여서 성공한 사람들이 이 바닥에 부지기수요. 그 주인공의 한 사람이 돼보자는 거요. 이게 내가 할 수 있는 마지막 말이요. 알겠소? 」

혈혈단신 살아가는 장칠남은 후쿠오카로 온 후 새로운 야쿠자 조직인 진세이 갸텐의 간부가 된 한국인 이성철의 하부 조직으로부터 유혹을 받고 있었다. 이성철은 후쿠오카에서 2백여 명의 조직을 거느리고 있는 진세이 갸텐 조직의 부두목급으로 재일교포가 아닌 순수 한국인이 야쿠자의 간부가 된 것은 상당히 이례적인 일이었다. 후쿠오카에서 시작된 진세이 갸텐 조직이 소리 소문 없이 일본 전역으로 급속도로 퍼져

나가고 있는 이때에 후쿠오카 제 일인자 두목으로부터 신임을 받은 이성철은 2백 명까지 한인 세력을 키우라는 명령을 받고 한인 조직원을 한 명씩 포섭해나가는 중이었다. 특히 한인 불법 체류자들과 밀입국자 그리고 하루하루 힘들게 살아가는 단순 노동자를 중심으로 포섭하고 규합해 세를 불리라는 명령을 받아 대대적으로 한인 조직원을 찾기 위해 혈안이 돼 있었다. 이성철은 한국에서 조직폭력배 출신으로 후쿠오카에서 대형 유흥업소를 운영하던 중 우연히 진세이 갹텐 규슈 지역 두목의 눈에 들어 파격적인 대우와 함께 신임을 받게 되었다. 장칠남은 이승철 밑에 있는 행동 대장의 눈에 들어 조직원으로 함께 일하자는 권유를 받고 혼자서 하기엔 왠지 불안해 현서를 끌어들여 함께 일하자고 설득하는 중이었다. 일반적으로 야쿠자 조직들은 한번 가입하게 되면 그 조직에 따라 평생 죽고 살아야 하지만 맨 밑에 있는 조직원들은 계약제로 한다는 사실이 현서의 머릿속을 조금은 혼란스럽게 만들었다. 그래서 진세이 갹텐 조직에 수많은 자가 가입하며 짧은 시간 안에 많은 세력을 확장하고 있다는 장칠남의 말이 쉽게 이해되기도 했다. 게다가 잘만 하면 1년에 1억 이상도 벌 수 있다는 장칠남의 말은 현서로서는 쉽게 떨쳐 버릴 수 없는 부분이었다. 그렇다고 무조건 무시해버리기도 쉽지는 않았다.

그러한 조직에 발을 디딘다는 자체만으로도 무섭고 두려웠기 때문이었다. 어둠의 세계에 발을 들이는 순간부터 한순간에 파멸의 길로 이른다는 것을 너무나 잘 알고 있는 현서는 생각만 해도 무섭고 떨릴 수밖에 없었다.

'그렇다. 그들은 인간 최대의 적이라고 불리는 마약 밀매 조직의 사람들이다. 세상이 아무리 변하고 바뀌었다 한들 그래도 아직은 힘없는 서민의 피를 빨아먹는 인간들이다. 그런 일을 어떻게 내가 할 수 있단 말인가? '

아무리 생각해봐도 마약 밀매 조직은 냉혹한 세상의 축소판이라는 생각밖에 들지 않았다. 제법 술에 취한 현서는 장 씨에게 아쉬운 여운을 남긴 후 먼저 술집을 빠져나왔다. 그러나 그의 내면에는 당장 이 자리를 피해보자는 심사도 있었지만 더 이상 이야기를 오래 하다가는 마음 약한 자신이 장칠남에게 말려들 수 있다는 생각이 들었기 때문이었다. 장 씨의 말은 그저 막연하고 추상적이기는 했지만 현서를 혼란스럽게 했다. 그리고 정말 1억 원이 넘는 돈을 벌 수만 있다면 민지가 자신을 받아주지 않을까 라는 막연한 기대감마저 들기도 했다. 그러나 그런 모든 생각도 잠시, 어둠의 자식처럼 뜨내기 인생을 살아가는 그의 말을 어디까지 믿어야 할지 쉽게 신뢰가 가지 않는 것 또한 사실이었다. 가로등 불빛이 비치는 골목길을 나오니 금방이라도 그리운 사람이 웃으면서 나타날 것 같은 설렘으로 다가왔다. 젊은 시절 많은 추억과 낭만을 안겨주던 골목에 온 것 같았다. 저만치 한 여인이 걸어가고 있었다. 가로등 불빛을 받으며 앞서 골목길을 걸어가는 여인의 뒷모습에서 아무런 이유 없이 사랑에 빠질 것 같은 느낌이 들었다. 한참을 바라보고 있던 그 여인이 사라지자 비로소 밤늦은 풍경이 눈앞에 다가왔다.

20장

* * *

「아빠, 갑자기 시원한 느낌이 드는 듯 기분이 상쾌해지는 것을 사자성어로 뭐라고 말하는지 아세요? 」

「갑자기 시원한 느낌이 드는 듯 기분이 상쾌해지는 것? 글쎄다. 그런 사자성어도 있었나? 」

「얘는. 나도 그런 사자성어는 처음 들어본다.」

「에이, 엄마도 모르지, 그치? 」

「글쎄, 엄마도 잘 모르겠네.」

「아빠도 잘 모르겠다.」

「에이! 엄마, 아빠는 한문 시간에 공부 안 하셨구나.」

「뭐? 」

현서와 민지는 서로 얼굴을 쳐다보더니 어깨를 들썩거려본다.

「좋아요. 그러면 첫 번째 문제니까 서비스 차원에서 제가 정답을 가르쳐드릴게요.」

「뭔데? 」

「갑자기 시원한 느낌이 드는 듯 기분이 상쾌해지는 사자성어는 냉면개시.」

「뭐? 냉면개시가 무슨 사자성어야? 」

「왜 맞잖아요. 정확히 네 글자에다 한문으로도 쓸 수 있으니까. 아빠, 냉면개시 그러면 갑자기 시원한 느낌이 들면서 기분이 상쾌해지지 않아요? 」

「하하. 그래, 그거 말 되는구나. 하하하. 맞아. 시원한 기분이 들지, 들고말고!」

그때 함께 깔깔거리며 웃던 다영도 손뼉 치며 맞장구쳤다.

「아빠, 재밌지? 재밌지? 」

「그래, 참 재미있다. 이야, 우리 다희가 제법인데? 」

다희의 재치에 마냥 웃으며 아빠가 좋아하자 다희의 목소리가 점점 더 커지더니 문제를 하나 더 내겠다며 신바람이 나는 듯 말했다.

「아빠, 엄마. 이번에도 넌센스 퀴즈인데요. 잘 맞춰보세요.」

「그래, 이번엔 아빠가 꼭 맞춰볼게.」

아빠와 엄마는 동시에 침을 한번 꼴딱 삼키더니 다희의 입을 유심히 쳐다보았다.

「좋아요. 이번엔 답이 두 개예요.」

「두 개? 오케이.」

「삼돌이가 시골길을 지나가다가 세 번째 모퉁이를 돌자마자 바로 옆에 은행나무 한 그루를 보았는데 그 은행나무의 나뭇잎은 모두 몇 장일까요?」

「모퉁이에 나무? 아니 그걸 어떻게 알아? 밑도 끝도 없이 나뭇잎이 몇 장일까요, 라니 무슨 그런 문제가 있어?」

「몰라요?」

「그걸 어떻게 알어?」

「엄마도 몰라요?」

「문제가 좀 그렇다, 얘.」

「아이참 아빠도. 그래서 제가 처음에 답이 두 개라고 미리 가르쳐드렸잖아요. 나뭇잎이 두 장이잖아요, 두 장.」

「두 장? 아이쿠 그랬지. 맞아. 답이 두 개라고 미리 가르쳐주었지. 야, 우리 다희 정말 대단하다.」

다희의 엉뚱하고도 재미있는 넌센스 퀴즈를 듣고 있던 현서는 세상에서 가장 환한 웃음을 지으며 웃고 또 웃었다.

「왜 이렇게 시끄럽게 굴고 지랄이야. 좀 조용히 못 자?」

현서의 잠꼬대에 옆에서 잠을 자고 있던 룸메이트가 욕하면서 현서를 발로 찼다. 현서는 깜짝 놀라 눈을 떴다. 순간 가족과 행복한 시간을 보내는 꿈이 다 날아가 버렸다. 현서는 요즘 들어 가족과 만나는 꿈을 자주 꾸곤 했다. 자신의 분신과 이야기를 나누는 것처럼 자신이 기억하던 가족의 모습보다 더 또렷하고 선명한 꿈이었다. 깨어날 때마다 아쉬운 마음에 또 다시 그 꿈을 이어보려고 애써 잠을 청해봤지만 한 번도 그 꿈이 연결된 적이 없었다. 오늘도 아쉬움을 뒤로 한 채 작은 앞마당으로 나왔다. 새벽녘까지 남아 있던 아름다운 별들이 현서를 반기듯 쏟아져 내렸다. 하지만 현서의 머리는 더 복잡하고 무겁기만 했다. 지난 몇 주 동안 장 씨와 술을 마시며 수도 없이 들어왔던 이야기들이 그의 마음을 뒤죽박죽 만들었기 때문이었다. 어젯밤에도 장 씨가 말했다.

「박 형, 사람 죽어나가는 것 본 적 있소? 」

「예? 」

「나는 화장터에서 사람 죽어나가는 걸 본 적이 있소. 그것도 우리 아버지였소. 사람이 그렇게 죽어나가는 걸 보니까 정말 인생 아무것도 아니라는 생각이 들었소. 가족은 오열하는데 불속에 들어가서 잠시 후에 한 줌의 재가 되어 나오는 것을 보니 그렇게도 허무할 수가 없었소.」

「갑자기 웬 사람 죽는 이야기를 합니까? 」

「인생 별거 없다는 거요. 영원히 사는 인생도 아닌데 박 형이나 나도 좀 있으면 그렇게 뒤질 인생인데 더 이상 쪼잔하게 살지 말자는 거요. 어차피 한번은 가는 인생인데 기회가 있을 때 후회 없이 한번 화끈하게 살다가 가자는 거요. 기회라는 것이 항상 오는 게 아니오. 우리 같은 놈들 착실히 산다고 어떤 놈이 알아나 주겠소? 그렇다고 무슨 희망이라는 것이 있는 것도 아니고, 평생 요 꼬라지로 살다가 인생을 마치는 건 불 보듯 뻔한데, 언제까지 우리가 이렇게 살 거유? 」

「…….」

「박 형, 세상을 지배하는 힘은 돈이요. 누가 뭐라고 떠들어도 결국은 돈이 모든 것을 지배해가고 있소. 그 돈으로 권력도 명예도 빼앗고 사랑까지도 다 빼앗을 수 있는 거요. 결국 돈이 없으면 인생도 다 헛것이 되는 거요.」

「…….」

「내가 보니 박 형도 계속 이 모양으로 산다면 평생 장가 한번 못 가보고 총각 귀신으로 늙어 뒤질 것 같소. 지금까지 밑바닥 인생으로 살아온 것도 서러운데 이제는 허리 좀 펴고 떵떵거리면서 한번 살아봅시다. 박 형! 더도 말고 딱 1년만 뛰어봅시다. 평생 하자는 것도 아니고 1년만, 딱 1년만!」

「…….」

「우쨌든 나는 이번에 내 인생의 승부를 여기에 한번 걸어 볼 거유. 이제 박형도 하든지 말든지 마음대로 하슈. 나도 이젠 지쳤소. 어차피 한 번은 가는 인생 더 이상 아등바등 지랄발광 떨며 살지 말자고, 엉? 」

인생이 어쩌고, 한 줌의 재가 어쩌고 하면서 달려드는 장칠남의 목소리가 끝도 없이 현서의 머릿속을 어지럽게 만들고 있었다. 물론 처음에 장 씨가 접근해왔을 때만 해도 현서는 펄쩍 뛰었다. 그것도 단칼에 거절했다. 그러나 그의 끈질긴 유혹이 계속될 때마다 마음속에 갈등이 생기는 것은 사실이었다. 그리고 그 갈등의 파도를 넘기가 쉽지 않았다. 특히 한동안 잊고 지냈던 아내와 다희, 그리고 요즘 들어 다영이 자주 꿈속에 나타나면서 현서의 마음이 많이 흔들리고 있었다.

'1억 5천? 정말 그것이 가능하다면!'

물론 가정이 다시 예전처럼 회복되기는 쉽지 않다는 것을 잘 알고 있지만, 그 큰돈을 정말 움켜쥘 수만 있다면, 그래서 다시 가족 앞에 설 수만 있다면, 모험을 걸 수도 있을 것 같은 생각이 들었다. 물론 현실적으로 가능할까 하는 생각이 들기도 했지만, 잡을 수 없을 것 같은 허상을 잡을 수 있는 현실로 만들 수도 있겠다는 생각이 현서의 마음을 강하게 움직였다. 남보다 올바른 가치관이나 자아가 강했던 현서의 모습은 서서히 무너지고 있었다. 그를 버티던 중심이 흐트러져, 결국엔 막연한 기대감이 자신의 운명을 결정 짓게 하는 계기가 된 것이다.

'그래, 어차피 인생은 한 번뿐이야. 패자부활전이라는 것은 없어. 기회가 왔을 때 치고 나가야 하는 거야. 어쩌면 가장 빠른 방법은 이 방법밖에 없을지도 몰라. 어차피 내 인생은 춥고, 배고프고, 어둠이 찾아오면 잠잘 곳 걱정해야 되는 놈이야. 안개처럼 덧없이 사라지는 것이 인생이라는데, 정말 그렇게 결단하고 행동하는 것이 다시 가정으로 돌아갈 수 있는 유일한 수단과 방법이 될 수만 있다면, 모험을 한번 해 볼 만할 가치가 있는 거야. 더 이상 잃을 것도 없이 바닥 친 인생인데 내가 뭘 못하겠어? 그래, 1년이야 1년. 딱 1년이야. 그렇지만, 범죄인데? '

범죄라는 죄의식이 금방 현서의 발목을 잡았다.

「범죄는 무슨 얼어 죽을 범죄? 세상이 뭐고 인생이 뭔가? 어차피 사회라는 거대한 공동체에서 불법적인 범죄가 모든 사람에게 전염되면서 끊임없이 움직이는 곳이 세상이고 인생이야. 나도 적자생존과 승자독식이라는 사회에서 피터지게 경쟁해본 놈이야. 비록 실패했지만 또 다른 생존을 위해 본능적으로 선택할 수밖에 없는 것이 세상의 이치야. 범죄는 무슨 얼어 죽을 범죄.」

평소에 전혀 생각하지도 않았던 험한 말들이 현서의 입을 통해 마구 튀어나왔다. 오히려 현서는 자신을 향해 더 큰 소리로 다그치고 있었다.

「젠장, 그러니까 1년이야. 눈 딱 감고 1년만 해 보는 거야. 벼랑 끝까지 가본 놈이 이 정도도 못하겠어? 어차피 세상일이란 익숙해지려고 하면 끝이 나니까 말이야. 더 이상 익숙해지기 전에 모든 걸 끝내버리는 승부를 걸어보는 거야. 그리고 아무 일도 없었던 것처럼 사는 거야.」

집을 떠난 후 살아온 인생의 밑바닥 생활이 현서에게는 가장 치명적이었고 자신의 인생을 송두리째 바꿔버린 굴욕적인 삶이었기에, 그 허망했던 것들에 대한 보상의 마지막 길은 결국 이것밖에 없다는 생각이 들었다. 결국 현서도 가진 자의 삶을 부러워하며 범죄자의 길을 따라가는 어리석은 사람이 된 것이다.

「그래, 이제 내가 할 수 있는 일을 찾을 때가 된 것 같아. 시간이 없어. 이제는 한 가지 일에만 몰입하면서, 아직도 나에게 남아 있는 고통을 통해 오히려 또 다른 세상을 만들어 나가는 거야.」

그동안 숨 가쁘게 살아왔던 현서의 모든 눈물과 땀 그리고 앞으로 열심히 노력하며 살아가기로 했던 삶의 모든 미래가 일시에 정지되는 순간이기도 했다. 결국 그것은 인간의 본성을 파괴하는 폭력이었다.

21장

* * *

가로수가 갈색으로 바뀌며 가을을 재촉하고 있었다. 무덥던 늦더위에 지쳐갈 즈음 하룻밤 사이에 가을바람이 슬쩍 찾아온 것처럼 거리의 나무들은 하루가 다르게 단풍이 짙어가고 바람은 어느새 서늘한 기운을 품고 있었다. 바람이 불 때마다 낙엽이 보도 위를 뒹굴다가 부서지곤 했다. 오늘도 민지는 습관처럼 아파트 창가를 하염없이 바라봤다. 매일 쳐다보는 똑같은 풍경이지만 오늘도 여전히 쓸쓸하게 다가왔다. 요즘 들어 부쩍 전화도 자주 하며 관심을 가져주는 하 사장에게 민지는 자신도 모르게 조금씩 고마운 마음을 느끼고 있었다. 선하고 진실성이 있어 보이는 하 사장의 마음 씀씀이와 배려가 매우 헌신적이었기 때문이었다. 오빠가 처음 이야기했을 때는 오히려 오빠를 미친 사람으로 취급할 만큼 펄펄 뛰었던 민지는 어느덧 하 사장에 대한 거부감이 조금씩 사라져갔다.

그리고 가끔 보내오는 선물 공세가 민지의 마음을 자꾸만 흔들고 있었다. 외롭고 힘들 때 따뜻한 말 한마디가 큰 위로가 되곤 했다. 그럼에도 민지의 머릿속을 떠나지 않는 것은 돌아오지 않는 남편에 대한 원망과 그리움이었다.

'남편의 생사도 모르고 있는데 어찌 내가…….'

그동안 오빠와도 마찰이 자주 있었다. 1년 반이 넘도록 돌아오지 않는 남편을 왜 기다리느냐는 것이었다. 들어오지 않으려고 작정했기에 연락조차도 안 하는 것인데 무엇 때문에 무작정 기다리기만 하느냐고 했다. 그러나 민지는 17년 동안이나 함께 산 사람이고 아이들의 아빠인데 겨우 1년 반 정도 연락이 없다고 어디엔가 있을지도 모르는 남편을 두고 재혼한다는 게 도대체 말이나 될 소리냐고 오빠와 여러 번 언성을 높이며 말다툼도 했다.

「제발, 오빠.」

더 이상 이런 대화로 자신을 힘들게 하지 말고 제발 그냥 내버려달라고, 그리고 이제는 서로의 감정을 더 이상 건드리지 말자며 크게 말다툼을 한 지 일주일 만에 또 터져버린 것이다.

「오빠, 나도 지금 너무너무 힘들어요. 정말 나도 어려운 이 상황에서 벗어나고 싶어요. 다희 아빠 때문에 나도 많이 후회하고 많이 울었어요. 다영이가 떠나고 지금까지 내가 살아온 것이 얼마나 힘들었는지 알아요? 여자 혼자서 이런 험한 일들을 겪으며 버티는 게 얼마나 슬프고 힘든지 알기나 알아요? 정말 다희만 아니었다면 나도 다영이 따라 죽었을 거예요. 그런데 왜 자꾸 이런 식으로 나를 힘들게 하는 거예요? 나 좀 가만 놔두면 안 돼요? 좀 더 기다리면 안 돼요? 내 마음에 어떤 변화가 올 때까지 조금만 더 기다려주면 안 돼요? 지금 내 결혼이 그렇게 당장 죽고 살 문제는 아니잖아요?」

「그래 알아. 물론 니 맘 다 알아. 그래서 너를 이런 힘든 상황에서 더 빨리 벗어나게 하려고 이러는 것 아니냐. 다희가 대학까지 포기하겠다고 하면서 저렇게 힘든 아르바이트를 하는 것도 그렇고 니가 코딱지만 한 전세에 사는 것도 오빠로서 마음 아픈 일이야. 어쨌든 맘이 상했다면 미안해. 그렇지만 하 사장도 그만큼 성의를 보였으면 너도 조금은 받아들이는 척이라도 하는 게 사람의 도리잖아.」

「도리요? 어떻게 결혼을 도리로 해요?」

「왜 아냐? 도리 때문에 결혼하는 사람들 얼마든지 있어.」

「그래서 그런 사람들이 행복하게 살아요? 끝까지 사랑하면서 산대요?」

「그렇게 사는 사람들이 왜 없어? 그러면 너는 도리로 결혼하지 않았는데 왜 박 서방이 집을 나갔니? 그리고 네 나이에 어디 가서 그런 남자를 만날 수 있어? 도대체 니가 뭐 그리 잘났어? 뭐가 그리 대단해?」

「오빠, 무슨 말을 그렇게 하세요? 언제 내가 대단하다고 했어요?」

「그래, 네가 대단한 게 아니면 도대체 뭐 그리 잘나고 내세울 게 있다고 하 사장 같은 사람을 외면하느냐 말이야. 나는 그게 더 답답하고 속이 터진다는 거야. 하 사장이 평범한 사람이라면 내가 말도 안 해. 백억 대 부자야. 백억! 그래서 내가 더 미치고 환장하고 팔짝 뛰겠다는 거야, 이것아!」

얼마나 화가 났는지 오빠는 방문을 쾅 닫고 나가버렸다. 어제 일을 생각하면 민지는 너무나 속상하고 마음이 아팠다. 그리고 오빠에 대한 서운함이 쉽게 가시질 않았다. 민지는 망연히 창가를 바라보았다. 수많은 아파트의 불빛 사이로 자신만 홀로 된 느낌이었다. 남편에 대한 그리움은 더해만 갔다. 눈물이 민지의 뺨을 타고 하염없이 흘러내렸다. 남편 생각에 더 이상 참지 못하던 민지는 고이 간직해 두었던 CD 한 장을 꺼냈다. 그동안 애써 참으며 듣지 않았던 CD를 결국 오늘에서야 틀고 말았다.

무작정 당신이 좋아요
이대로 옆에 있어주세요
하고픈 이야기 너무 많은데
흐르는 시간이 아쉬워
멀리서 기적이 우네요.
누군가 떠나가고 있어요.
영원히 내 곁에 있어주세요
이별은 이별은 싫어요.

남편은 노래 부르는 것을 참 좋아했다. 그리고 참 잘 불렀다. 민지에게 청혼할 때 장미꽃을 건네주며 불렀던 노래가 바로 <연인들의 이야기>였다. 민지의 생일날 친구들 앞에서 남편이 불러줬던 이 노래는 한 번에 민지의 마음을 사로잡았다. 자신이 직접 부른 노래를 담아 영원한 기념이라며 선물로 주었던 시디를 남편이 가출한 후 문득문득 듣고 싶을 때가 수도 없이 많았다. 그러나 애써 참으며 듣지 않았던 시디를 남편이 떠난 지 2년이 다 돼가는 오늘에서야 처음으로 틀었던 것이다.

애절하게 흘러나오는 노래를 듣던 민지는 결국 눈물을 펑펑 쏟아버리고 말았다. 무작정 당신이 좋다며, 그래서 영원히 자신의 곁에 있어달라며 노래를 부르는 남편의 목소리를 들으니 미칠 만큼 그리웠다. 그러나 한편으로는 영원히 곁에 있어달라고 해놓고선 정작 자신은 훌쩍 떠나가버린 남편이 그렇게도 야속할 수가 없었다.

'여보. 정말 어디 있는 거야? 도대체 이렇게 긴긴 시간을 어디에서 뭘 하고 있는 거예요? 아무리 그렇더라도 연락은 해줘야 하잖아. 나 이젠 너무 힘들어 미쳐 죽어버릴 것만 같단 말이에요, 여보! 다영이마저 훌쩍 떠나버린 거 알아? 당신이 없는 사이에 다영이 혼자 저 멀리 훨훨 날아가버린 거 알기나 하느냐 말이에요. 마지막 말 한마디 못해보고 떠나버렸단 말이야. 그 어린것이 얼마나 외롭게 떠났는지, 얼마나 불쌍하게 떠났는지 알아? 여보, 나 정말 너무너무 힘들어. 당신 때문에도 힘들고, 다영이 죽음 때문에도 힘들고, 다희가 대학을 포기하고 저렇게 밖에서 일하는 것도 죽도록 힘들고, 오빠와 다투는 것도 힘들고, 식당에서 일하는 것도 힘들어요. 이 세상에 온통 힘든 것밖에 없어요. 내 주위에 있는 모든 것들이 다 나를 삼키고 있단 말이에요. 여보 제발 돌아와 줘요. 그저 당신만 돌아와 준다면 모든 게 금방 제자리를 찾아갈 수 있단 말이에요. 이런 식으로 가족을 버리면 어떡해.'

북받쳐 오르는 서러움을 참지 못하고 민지는 결국 목놓아 울기 시작했다. 지난 세월 동안 그토록 울고 또 울었건만 아직도 마르지 않고 남아 있는 눈물은 민지를 끝없는 슬픔 속으로 빠져들게 했다.

22장

* * *

네온사인으로 도시 전체가 불빛에 휩싸인 후쿠오카 밤거리에 수많은 자동차가 오고가고 있었다. 형형색색의 불빛과 야경으로 도시 전체가 멋스럽고 더 없이 활기차 보였다. 어둠의 길목에서 서성이고 있던 현서의 마음은 언제나 그랬듯이 오늘도 쓸쓸하기는 마찬가지였다. 일본에 온 지도 어느덧 1년이 다 되어갔지만 현서가 살아가는 세상은 아무것도 변한 게 없었다. 여전히 해가 뜨고 하늘은 푸르렀다. 처음 이 일을 시작할 때만 해도 공포와 불안 속에 몹시 두려웠지만 벌써 9개월째 접어들었고, 그나마 이 일이 아내를 만날 수 있는 길이라 생각하며, 모든 잡념을 버리고 여기까지 올 수가 있었다. 사회의 가장 어두운 곳에서 하루하루 힘들고 고통스러웠고 불안했지만 지금까지 생존해온 것도 꿈만 같았다. 자신도 놀랄 정도로 생긴 담대함이 현서를 점점 더 강인한 사람으로 만들어갔다. 불법과 요행을 바라면 언젠가는 그만큼의 대가를 치러야 한다는 생각도 버린 지 이미 오래되었다. 원래 존재했던 마음도 자신의 것이 아니라 모든 것이 껍데기만 살아 움직이는 삶이었다. 다행히 그의 수중에는 800만 엔 가까이 되는 돈이 모였다. 한국 돈으로 거의 8천만 원 되는 큰돈이었다. 장칠남이 말했던 것처럼 이만한 돈을 모으기는 역시 쉽지는 않았다. 그러나 현서에게는 이런 일을 하지 않는다면 꿈에도 생각할 수 없는 액수였다. 이렇게만 된다면 4개월 후면 1억 원을 모으는 데 별 큰 문제는 없을 것 같았다. 그렇게만 되면 현서는 뒤돌아보지 않고 한국으로 돌아가려 마음먹고 있었다. 이미 여기까지 발을 들인 현서로서는 비록 잘못된 판단과 어리석은 결정이었지만 자신의 운명을 스스로 결정한 이상 끝까지 최선을 다할 수밖에 없었다. 오늘은 어쩌다 한 번씩 경찰의 집중 단속이 있는 날이다. 물론 미리 정보를 알고 대비하지만 조직으로부터 아무런 움직임이 없는 날이었다. 오늘 현서는 유흥가 골목에 있는 술집에서 장칠남을 만났다. 좀 오래된 건물이긴 했지만 깨끗하게 잘 정돈된 옛 일본식 술집이었다. 간단한 저녁과 함께 몇 잔의 술을 마신 후 장칠남은 현서를 데리고 어디론가 열심히 걸어가기 시작했다. 강변을 따라 이어지는 후쿠오카 밤 문화의 중심지인 기온 시내에 있는 환락가 입구로 들어섰다. 갑자기 현서는 눈이 휘둥그레지기 시작했다. 전형적인 일본 성인 유흥업소가 화려한 네온사인과 함께 끝도 없이 늘어져 있었다.

「박 형, 여기가 후쿠오카 최대의 환락가요.」

「와! 한국하고는 차원이 다른데요? 」

「에이, 한국은 새발의 피지.」

앞서 가던 장 씨가 그 중에서 가장 화려한 성인 업소 앞에서 멈추었다. 입구에는 50여 명은 족히 되어 보이는 젊고 예쁜 여자들의 사진이 빼곡히 붙어 있었다. 장 씨는 바로 여기가 돈을 주고 여자를 데리고 가는 곳이라고 했다. 대부분 20대 초반으로 보이는 일본 여자들이었다. 군데군데 금발의 서양인이 보이기도 했지만 하나같이 예뻤다. 신기하게 사진을 구경하고 있던 현서에게 대뜸 장 씨가 마음에 드는 여자를 고르라는 것이었다.

「…….」

「뭐해요? 마음에 드는 여자 골라봐요. 박 형은 여자가 안 그리워? 」

「글쎄요? 」

「글쎄는 무슨 얼어 죽을 글쎄야. 우리 같이 긴장 속에서 살아가는 아주 특별하고 위대한 사람들은 가끔 긴장을 풀어야지. 박 형, 오늘 우리 기분 좋게 피로나 한번 풀어봅시다.」

현서와 장칠남은 같은 조직에서 한 솥밥을 먹고 있는 동료였지만 살아가는 삶의 방식은 거의 정반대에 가까웠다.

「여기 사진들 보고 박 형 마음에 드는 여자 하나만 골라보슈. 오늘 좋은 일이 생길 거유.」

금방 사태를 파악한 현서는 잠깐 내가 이래도 될까, 라는 생각이 들었지만 한치의 망설임도 없이 금방 한 여자의 사진을 손으로 가리켰다.

「오, 예쁜데? 보는 눈이 제법인데? 」

장 씨는 얼른 현서의 손을 잡고 업소 안으로 들어갔다. 블루스 음악에 색소폰 소리가 진동했다. 손님들은 술을 마시면서 흐느적거리는 여자들의 춤을 감상하고 있었다. 장 씨는 현서를 테이블에 앉힌 후 잠시 어디를 다녀오겠다며 금방 사라졌다. 아주 익숙한 행동이었다. 불그스레한 조명이 비추는 어두컴컴한 실내와 잘 어울리는 검붉은 색 가죽 소파에 앉아 있던 현서는 별천지에 온 것 같았다. 잠시 후 장 씨가 나타났다. 그는 두 명의 아가씨를 데리고 현서가 앉아 있는 쪽으로 걸어왔다. 그리고 한 여자가 현서 앞으로 걸어오더니 친절하게 인사하는 것이었다. 까만 색 투피스 안으로 향기가 날 것 같은 연둣빛 블라우스를 입은 아주 깔끔한 차림의 아가씨였다. 한

눈에 보아도 멋을 아는 세련된 여자로 보였다.

「안녕하세요? 제 이름은 미야코입니다. 잘 부탁합니다.」

귀엽게 인사를 하고는 얼른 현서 옆으로 다가와 팔짱을 꼈다. 그녀의 행동에 조금은 얼떨떨하기도 했지만 현서도 금세 자연스럽게 받아들였다.

도덕이고 양심이고 이런 것들은 별로 생각나지 않았다. 아니, 전혀 생각하고 싶지가 않았다. 여자들이 따라주는 술을 마시며 잠시 이야기를 나누던 장 씨가 벌떡 일어나자 두 아가씨도 금세 따라 일어나는 것이었다.

「자, 나갑시다.」

「어디로요? 」

「그냥 따라오면 알 거유.」

장 씨는 자신의 파트너와 함께 아주 자연스럽게 앞장서 걸어가기 시작했다. 현서의 팔짱을 끼던 미야코도 은근슬쩍 현서를 밀치면서 재빨리 따라가기 시작했다. 장 씨가 도착한 곳은 바로 길 건너에 있는 액세서리 가게였다.

「장 형. 여기는 웬일이오? 」

「아, 매상 좀 올려주는 거요.」

「……? 」

「그냥 애네들 액세서리 하나 사주는 거요.」

「아니, 왜요?」

현서는 의아한 듯 물었다.

「아, 그러니까 이 가시나들이 남자를 따라 나오면서 무조건 예쁜 액세서리 하나 갖고 싶다고 떼쓰는 거야. 그러면 대부분 남자들이 사주는 거지. 그래서 이 가게에 매상을 올려주면 성인 업소와 서로 나눠 먹기 하는 거죠.」

그제야 현서는 감이 잡혔다.

「그라고 요기서 액세서리 하나 사고 또 다른 제과점이나 선물 가게 두세 군데쯤 더 들르면서 여자가 또 사달라고 하는 거지. 그러면 대부분 남자가 그렇게 큰돈이 안 드니 웬만하면 다 사주는 거요. 쉽게 말하면 한국에서 단체관광 가면 기념품 가게 들르고, 건강 식품점 같은 곳에 들러서 물건 사라고 하는 것과 비슷한 거지 뭐.」

「아하, 그렇구나.」

「박 형, 우리는 다른 데는 들르지 맙시다. 바로 술집으로 갑시다.」

장칠남은 제법 유창한 일본어와 능숙한 솜씨로 그녀들과 어울려 어느새 술집으로 향하고 있었다. 일본 우동과 튀김 냄새가 진동하는 좁은 골목길을 지날 때 현서도 이제는 일본 문화에 좀 익숙해진 탓인지 제법 친숙하게 느껴졌다. 깨끗하고 잘 정돈된 골목길을 지나 나카스 강변이 한 눈에 들어오는 고급술집으로 들어갔다. 고급스러운 분위기에 잘 어울리는 은은한 조명과 함께 웨이터들의 옷차림은 현서의 입을 떡 벌어지게 했다. 자리에 앉자마자 장 씨는 대뜸 한마디 던졌다.

「보통 이렇게 술집으로 가는 사람들도 있지만 바로 호텔로 가는 인간들도 있소. 아까 내가 이 아가씨들을 데리고 나올 때 이미 그런 돈까지 다 지불하고 나온 거유. 그러니 박 형도 오늘 실컷 퍼마시고 호텔을 가든지 지랄을 떨든지 마음대로 하슈. 그 대신 팁은 좀 듬뿍듬뿍 주고. 하여튼 좋은 밤 되슈.」

현서는 할 말을 잊었다.

「자자. 오늘 밤 우리 인생 한번 죽여보자고. 내일 일은 다 잊어버리고 오늘이 지구의 종말이라 생각하고 죽도록 퍼마시고 한번 뒤져보자고. 하하. 자, 위하여!」

「위하여!」

그래도 동료라고 자신을 챙겨주는 장 씨가 고마웠다. 현서는 일본이 술과 향락의 도시라는 것을 익히 알고 있었지만 이런 분위기에 익숙하지 못해 잠시 얼떨떨했다. 하지만 그것도 잠시, 이러한 상황에 빠져서 모든 것을 잊어버리고 싶었다.

가끔 흘러내리는 생머리를 손가락 사이로 쓸어 올리는 미야코의 모습이 몹시 싱그러워 보였다. 덧니와 함께 예쁜 보조

개가 매력적인 미야코 특유의 아름다운 웃음은 그녀의 품속에서 영원히 빠져나오지 못하게 묶어놓은 듯 현서는 모든 행동이 거북하게만 느껴졌다. 유달리 하얀 미야코의 피부 위로 드러난 선명한 푸른 정맥과 도톰한 귓볼 앞에 보송보송 피어난 솜털은 어느새 미야코의 몸을 생각하게 했고 한껏 노출된 섹시한 가슴은 또 다른 여인의 매력을 발산하고 있었다. 미야코의 도드라진 육감적인 부위가 출렁거릴 때에는 그야말로 현기증이 일어날 것만 같았다. 2년이 넘도록 여자 손 한번 잡아보지 못했던 현서에게는 그저 황홀하고 가슴 떨리는 시간이었다. 현서는 미야코가 따라주는 대로 쉴 새 없이 술을 받아 마셨다. 자신의 뺨에 살포시 키스해줄 때는 아무 생각 없이 팁을 듬뿍 쥐어주기도 했다. 일본에 와서 처음으로 돈의 가치를 완전히 상실해버린 시간이었다. 지금은 오직 미야코에게만 집중하고 싶었다. 그동안 현서는 자신의 존재마저 다 잊고 살아왔지만 오늘 이렇게 자신의 존재를 인식시켜주는 아름다운 여인과 술을 마시며 함께 하고 있다는 것 하나만으로도 현서는 자신의 존재를 다 찾은 것 같았다. 설사 지금까지 살아온 자신의 인생이 오늘 이후로 모든 것이 물거품이 된다 해도 오늘만큼은 이 시간에 충실하고 싶었다.

'그래, 이 순간에도 내 삶의 한 장이 넘어가고 있는 거야.

아니, 이것도 내가 살아온 수많은 삶의 일부분일 수 있어.'

분명 평소 때 현서의 모습은 아니었다. 스스로 속물임을 인정하고 있었다. 지독한 외로움과 고독함에 젖어 있던 현서에게 술과 미야코는 현서를 점점 더 비이성적 인간으로 만들어갔다. 그 순간만큼은 온통 술과 미야코만이 현서를 지배했다. 평소 주량보다 서너 배나 더 많이 마셨지만 생각보다 많이 취하지는 않았다. 현서가 화장실을 갔다온 사이 장 씨는 이미 파트너와 함께 사라지고 없었다. 그러나 미야코는 끝까지 현서를 기다리고 있었다. 그녀는 제법 취해 보이는 현서에게 밖으로 나가자고 했다. 그녀에게 이끌려 함께 팔짱을 끼고 걸어가는 길이 한없이 행복했다. 부모 없이 외롭게 자란 청년이 사랑하는 한 여자를 만나 이제 막 연애하는 그런 애틋한 기분이었다. 하루하루가 살얼음판을 걷는 것처럼 위태롭게 살아가고 있는 자신을 모든 생각에서 벗어나게 해주는 미야코가 갑자기 고맙기까지 했다. 현서는 갑자기 우동이 먹고 싶었다. 미야코는 불평 없이 현서를 우동 가게로 데리고 갔다. 우동을 먹고 있는 현서를 빤히 쳐다보는 미야코의 얼굴이 어느덧 햇살처럼 화사하고 아름답게 다가왔다. 순간 미야코를 데리고 저 멀리, 또 다른 세상으로 떠나고 싶다는 생각이 들었다. 그냥 우리 함께 살자고 말하고 싶었다. 미야코의 가슴에 파묻혀 자신의 두렵고 힘든 현실을 모두 던져버리고 싶었다. 그때 현서는 갑자기 자리에서 벌떡 일어났다. 그리고 미야코의 입술에 살며시 키스했다. 충동적인 키스였다. 솜사탕처럼 달콤하고 포근했다. 너무나 갑작스럽게 다가온 현서의 입술에 미야코는 눈웃음으로 받아주었다. 여전히 아름답고 풋풋한 미소로 다가오는 미야코를 한동안 말없이 바라보던 현서는 미야코에게 멋쩍은 웃음을 건넸다. 비록 시든 꽃처럼 삶에 지쳐가고 있지만 자신의 마음이 담긴 사랑의 표현이었다. 그런데 바로 그때였다. 도저히 말로는 형용할 수 없는 허망한 감정이 걷잡을 수 없이 밀려들었다. 갑자기 머릿속이 하얘지면서 온몸에 있는 힘이 쫙 빠져나가는 것이었다.

'도대체 지금 내가 뭘 하고 있는 거야. 겨우 이런 짓이나 하자고 여기까지 왔단 말인가? 죽음까지 각오하면서 조직에 들어간 것은 더 빨리 한국으로 돌아가기 위해 그리고 가족과 재회할 길을 찾기 위한 선택이 아니었던가? 그런데 지금 내가 하는 이 행동이 도대체 뭐하는 짓이란 말인가?'

겨우 술집 여자 때문에 자신을 무너뜨린다는 것이 도덕적인 문제이기 이전에 양심의 문제로 다가왔다. 그래도 지금까지 그런 삶을 살아오지는 않았는데 단지 외롭고 힘들다는 이유만으로 자신의 정체성까지 던져가며 돈으로 쾌락을 사고 있는 지금의 현실이 갑자기 부끄럽게 느껴졌다. 그 순간 현서는 자신을 스스로 건져내야 한다는 절박함이 끓어오르기 시작했다. 설사 자신의 영혼이 다 부서지고 망가지는 한이 있다 하더라도 자신을 향해 떳떳하게 소리칠 수 있는 최소한의 양심만은 버릴 수가 없었다.

'그래. 사람이라면 누구나 유혹에 빠질 수 있어. 그러나 진실된 사랑의 의미를 조금이라도 아는 인간이라면 서로 존중할 줄 아는 사랑을 나누어야 해. 이것은 사랑이 아니야. 짐승 같은 욕정이야. 그래도 내가 아내와 자식을 생각하며 여기까지 왔는데 한순간의 쾌락은 그렇다 치자. 그러나 내일 아침에 또다시 찾아오는 허망함은 어떻게 할 것인가.'

급기야 현서는 잠시나마 행복한 시간을 보낼 수 있어서 고마웠다는 인사와 함께 미야코를 보냈다. 그리고 미련 없이 발길을 돌렸다. 미야코를 보낸 후 집에 돌아온 현서는 혼자라는 사실 앞에 또 다시 허망해졌다. 쉽게 잠을 이룰 수가 없었다. 눈물로 자신의 텅 빈 가슴을 채우려 해도 채워지지 않는 그리운 가족의 모습만 떠올라 왔다. 그때였다. 불현듯 한국으로 전화해보고 싶은 충동이 일어났다. 그동안 현서는 4개월만 더 고생하면 무조건 한국에 돌아가겠다고 굳건히 마음먹고 있었다. 그리고 정말 그만한 돈이 모이면 민지를 꼭 한번 만

나볼 생각을 하고 있었다. 물론 혼자만의 막연한 생각이었지만 그저 4개월 후라는 시간만 손꼽아 기다리고 있는 것이다.

'그래, 어차피 4개월 후에 한국으로 돌아갈 것이라면 이사 간 집을 미리 알아두는 것도 괜찮은 일이야. 그리고 민지의 심정도 어떤지 알아놓을 필요도 있어. 그래, 처남 집으로 한번 전화해보는 거야.'

남아 있는 술기운이 현서를 아주 대범하게 만들었다. 시계를 보았다. 아침이 가까워져 왔다. 누가 전화를 받을까 신경이 무척 쓰였다. 마침내 용기를 내어 떨리는 손으로 전화를 걸었다. 신호가 가는 내내 마른침을 삼켰다. 이른 아침이라 그런지 신호가 간 지 한참 후에야 누군가 전화를 받았다. 잠이 덜 깬 목소리였다.

「여보세요? 」

잠결에 들려오는 목소리는 처남댁 목소리였다. 순간 다행이라는 생각이 들었다.

「저, 여보세요? 」

「누구세요?

「혜미 엄마입니까? 」

「예? 예, 제가 혜미 엄만데 누구세요? 」

잠이 덜 깬 목소리는 분명 처남댁이었다.

「저, 박 서방입니다.」

「누구요? 」

「저, 다희 아빠 박 서방입니다.」

「지금 다희 아빠라고 했어요? 」

「예. 박 서방입니다.」

「고모부! 지금 어디예요? 어디 있어요? 」

비몽사몽 잠결에 전화를 받던 처남댁은 다희 아빠라는 말에 정신이 번쩍 들었는지 벌떡 일어나 수화기를 얼른 왼손으로 옮기며 순식간에 목소리가 커졌다.

「고모부, 지금 거기가 어디예요? 」

「예, 그건 좀 있다 말씀드리고 민지하고 애들은 지금 어디에 살고 있나요? 」

「네? 어디 살기는요. 아파트에 살죠.」

「아파트에 안 살던데요? 이사 간 모양이던데요? 」

「아, 예. 그래요, 이사 갔지요.」

「그런데 왜 갑자기 이사 갔어요? 」

「그게 아니고요. 집주인이 갑자기 전세금을 올리는 바람에 어쩔 수 없이 이사 간 거예요. 아니, 그건 그렇고 지금 어디 계세요? 고모가 고모부 때문에 다 죽어 가는데 도대체 지금 어디에 있는 거예요? 」

「죽어가다뇨? 아내가 혹시 병이라도? 」

「지금 무슨 말씀을 하시는 거예요? 남편이 안 들어오는데 다 죽어가지 어떻게 제정신으로 살아요? 」

「민지가 저를 기다린다고요? 」

「고모부! 지금 무슨 뚱딴지같은 소리 하시는 거예요. 고모가 지금 초주검이 돼서 고모부를 애타게 기다리고 있는데 지금 무슨 엉뚱한 소리를 자꾸 하시는 거예요? 」

「아내가 날 기다리고 있다니 이해가 안 가서요. 나를 버리고 이사한 거 아니에요? 」

「고모부를 버리고 이사를요? 도대체 지금 무슨 이상한 소리를 자꾸 하세요? 세상에 남편을 버리고 이사하는 아내가 어디 있어요? 저, 고모부, 이럴 게 아니라 지금 어디세요? 그것만 말해주세요. 우리가 당장 그쪽으로 갈 테니까요.

「…….」

「왜 말이 없으세요? 」

「지금 계시는 데가 어디냐니까요? 거기가 어딘지나 빨리 말해달라니까요? 어디예요? 」

「아, 그건 좀 있다 말씀드리고요. 정말 아내가 나를 버리고 이사한 게 아니란 말이죠? 」

「고모부, 자꾸 왜 그러세요. 지금 그게 문제가 아니라니까요, 다영이가.」

「다영이가 왜요? 」

순간 그녀는 다영의 죽음을 알리는 것이 현서에게 더 큰 충격일 수도 있다는 생각이 들었다. 얼른 말꼬리를 돌렸다.

「아, 다영이하고 다희가 많이 컸다고요. 아무 걱정하지 마시고 빨리 오시기만 하면 된다고요.」

「예, 일단 잘 알겠습니다. 그렇다면 제가 마지막으로 한 번만 더 묻겠습니다. 분명히 대답해주셔야 합니다.」

「아니 또 뭘요? 」

「그러니까 아내가 나를 버리고 이사 간 게 아니라, 전세금이 모자라서 다른 아파트로 이사 갔다는 게 정말 사실이란 말이죠? 거짓말 아니죠? 」

「맞다니까요. 어쩔 수 없이 이사 갔어요. 왜 제가 그런 거짓말을 하겠어요? 그래서 먼저 살던 아파트 경비원 아저씨한테 다희 아빠가 오면 연락해 알려달라고 신신당부까지 해놓고 이사 갔다니까요.」

「먼저 살던 아파트 경비원한테요? 」

「아휴, 답답해라. 남편이 가출했다고 남편을 버리고 이사까지 하는 그런 아내가 이 세상에 어디 있어요? 지금 고모가 혼자서 얼마나 고생하는지 알기나 해요? 」

순간, 현서는 맥이 탁 풀려버렸다. 우선 생각을 좀 정리해봐야 할 것 같았다. 현서는 갑자기 머릿속이 혼란스러워져 일단 다시 전화하겠다고 한 후 일방적으로 전화를 끊어버렸다.

'아니, 이게 도대체 어떻게 된 거야? '

현서는 뭐가 뭔지 머릿속이 얼른 정리되지 않았다. 갑자기 심장이 요동치면서 가슴이 터질 것만 같았다. 마음을 가라앉힌 후 차분히 생각을 정리해보았다. 처남댁의 말이 사실이라면 민지가 자신을 버리기 위해 이사한 것이 아니라 전세금이 모자라 어쩔 수 없이 이사했다는 것이다. 선뜻 이해가 되진 않았지만 이해할 수 있을 것 같았다. 순간 민지에 대한 고마운 마음과 아직 자신이 살아 있다는 사실에 눈물이 왈칵 쏟아질 것 같았다. 그리고 천번 만번 전화하기 잘했다는 생각이 들었다. 그러나 현서의 머릿속에서는 또 한 가지 궁금한 게 있었다.

'그렇다면 왜 그때 아파트 입구에서 나를 외면했지? '

앞뒤가 맞지 않았다. 현서는 얼른 처남댁에게 다시 전화를 걸었다. 그러나 급한 마음에 이번에는 '발신 번호 보기'를 닫지 않고 전화를 걸고 말았다. 그런데 통화 중이었다. 현서의 가슴은 쉴 새 없이 뛰고 있었다. 민지가 자신을 버린 것이 아니라는 처남댁의 말 한마디는 쓰러져가는 자신이 가족에게 돌아갈 수 있는 명분과 새로운 희망을 가져다주기에 충분했기 때문이었다. 그것은 언젠가는 가족을 찾아갈 것이라는 신념과 자신을 기다려줄 것이라는 아내와 아이들에 대한 믿음이었다. 그러나 자신 때문에 지금도 아내가 울고 있다는 처남댁의 말은 현서의 마음을 더 아프게 그리고 많은 생각을 하게 했다.

23장

* * *

처남댁과의 통화에서 아내가 자신을 애타게 찾고 있다는 것과 어쩔 수 없이 이사할 수밖에 없었다는 사실을 알게 된 현서는 '아파트에서 왜 나를 외면했을까? '라는 의문이 들면서 잠시 혼란스럽기도 했지만 그 일은 더 이상 중요한 것이 아니라는 생각이 들었다. 아내가 아직도 자신을 기다리며 울고 있다는 것 하나만으로도 아내가 자신을 버리지 않았다는 분명한 명분이 섰기 때문이다. 가슴이 터질 것만 같았다. 뜻하지 않은 전화 한 통으로 오늘밤이라도 당장 가족을 만날 수 있다는 기쁨과, 이제는 더 이상 어두운 세계의 삶을 살지 않아도 된다는 안도감이 들자 이루 말할 수 없이 흥분된 마음에 가슴은 마구 뛰기 시작했다. 현서는 모든 일을 가능한 한 빨리 행동에 옮기기로 했다. 일본에 와서 짐이 조금 늘기는 했지만 꼭 필요한 것들만 넣을 수 있는 여행용 가방 하나에 이것저것 챙기기 시작했다. 그때 갑자기 현서의 머리를 스쳐가는 것이 있었다. 그것은 지금 당장 해결해야 할 아주 중요한 문제였다. 현서는 가방과 자신의 짐들 속에 있는 옷가지들을 마구 뒤지기 시작했다.

「제발 있어야 할 텐데, 제발.」

혼자서 중얼거리며 정신없이 무언가를 찾기 시작했다. 현서가 처음 일본에 온 날 우연히 일본교회 앞을 지나다가 마침 한국인 선교사 두 명을 만나 반갑게 인사를 나눈 적이 있었다. 비록 처음 만났지만 한국인이라는 것 하나만으로도 반갑기 그지없었기에 그들과 꽤 많은 대화를 나누었다. 일본 생활이 힘들면 언제든지 찾아오라면서 명함 한 장을 받은 게 생각났던 것이다. 현서는 지금 그 명함을 급히 찾는 중이었다. 그러나 가방을 다 뒤졌지만 명함은 보이지 않았다. 마음은 점점 더 급해졌다. 빨리 그 선교사에게 연락해서 은행에 있는 자신의 돈 800만 엔을 한국으로 좀 부쳐달라고 부탁해야 했다. 800만 엔이라는 돈은 부피도 클 뿐 아니라 외국환 법에 의하면 세관에 신고해야 하기에 현금으로 가지고 가는 것은 불가능한 일이었다. 그리고 만에 하나 은행에 들렀다가 시내 곳곳에 뻗쳐 있는 조직원들이 눈치라도 챈다면 더욱 더 위험했다. 그러나 그것보다 한국으로 가기로 한 마당에 후쿠오카 시내로 다시 들어간다는 자체가 무서웠다. 그리고 지금 자신이 머물고 있는 하코자키에서 후쿠오카 시내와 하카다 여객선 터미널은 서로 반대 방향이었다. 일단 먼저 안전하게 한국에 도착한 후 자신의 돈을 아내의 계좌번호로 이체해달라고 부탁하는 게 급선무였다. 물론 그 사람들을 믿을 수 있을지 없을지는 모르지만 일단 선교사니 믿을 수 있을 것이라는 확신이 들었다. 설사 믿지 못한다 해도 지금 상황에서는 별다른 방법이 없어서 현서로서는 선택의 여지가 없었다. 마음이 불안하고 다급한 상황이라 그런지 현서는 명함을 제대로 찾지 못하고 덤벙대기만 했다. 한참을 뒤적이다 선교사들이 준 '오늘의 크리스마스' 라는 조그만 전도지 속에서 명함 하나를 찾을 수 있었다. 순간 현서는 자신도 모르게 "하나님 감사합니다."라는 말이 튀어나왔다. 평생 살아오면서 단 한 번도 사용해보지 않았던 새로운 세계의 말이었다. 현서는 서둘러 전화를 걸었다. 다행히 명함에 적혀 있는 이름대로 C복음 센터 구원준 선교사라는 분이 전화를 받았다. 현서는 지난 봄 교회 앞에 있는 선교센터에서 우연히 만났던 사람임을 이야기한 후 자초지종을 설명했다. 현서의 급한 사정을 자세히 들은 구 선교사는 조금도 걱정하지 말고 떠나라고 했다. 그리고 한국에 가서 전화하면 곧바로 돈을 부쳐줄 테니 아무 염려하지 말라는 것이었다. 은행의 돈 문제만 해결된다면 일본을 떠나는 것은 아무런 문제가 되지 않았다. 그리고 구 선교사는 다른 선교사를 통해 차편을 보내줄 테니 그 차를 타고 여객 터미널까지 가라고 했다. 그리고 지금 출발하면 오전에 출발하는 배를 탈 수 있다는 상세한 설명도 해주었다. 너무나 친절하고 따뜻하게 대해주는 선교사의 말에 현서의 눈시울은 금세 젖어들고 말았다.

「고맙습니다 선교사님, 이 은혜 잊지 않겠습니다. 제가 한국에 도착하는 대로 바로 연락을 드리겠습니다. 그리고 자세한 상황도 말씀드리겠습니다.」

「예, 잘 알겠습니다. 아무튼 빨리 준비하시고 기다리세요. 하코자키 지역이라면 여기서도 멀지 않고 저희가 잘 아는 동네입니다.」

「네, 선교사님 고맙습니다. 정말 고맙습니다.」

전화를 끊은 현서는 그제야 마음이 조금 진정되는 것 같았다. 담배 한 대를 피워 물었다. 그리고 다시 짐을 챙기기 시작했다. 별로 준비할 건 없었다. 꼭 필요한 것만 담았다. 어깨에 멜 수 있는 여행용 가방 하나만으로도 충분했다. 남은 것들은 그냥 두고 가면 필요한 사람들이 알아서 가져갈 것 같았다. 모레 저녁에는 시내 각 지역 구간 운반책 하부 조직원들이 한 주에 한 번씩 모이는 모임이 있다. 반드시 참석해야 하는 중요한 모임인데 그 전에 빨리 일본을 떠나야 한다는 생각에 사로잡히자 현서는 더 초조해졌다. 아직 여유가 좀 있기는 하지만 한시라도 빨리 후쿠오카를 떠나야 한다는 생각밖에 들지 않았다. 그러나 선교사가 금방 보내주겠다는 차가 빨리 오지 않자 현서는 심장이 턱턱 막히는 것 같았다. 그때였다. 갑자기 검은색 승용차 한 대가 미끄러지듯이 현서 앞에서 멈추었다. 그리고 검은색 양복을 입은 조직원들이 우르르 내려와 자신을 끌고 가는 것이었다. 순간적인 착시현상이었다. 마약범죄 조직들이 얼마나 잔인무도한지를 잘 아는 현서는 갑자기 소름이 끼쳐왔다. 그때 회색 봉고차 한 대가 현서 앞에 멈추어 섰다.

「박현서 씨? 」

그제야 현서는 안도의 한숨이 터져 나왔다.

「예, 저 맞습니다.」

「예, 저는 임미경 선교사라고 합니다. 일단 타세요.」

「네.」

초조하고 불안했던 현서는 차 주위를 한 번 둘러보고는 급히 차에 올라탔다.

「몹시 불안해 보이시는데 너무 걱정하지 마십시오.」

「예, 정말 고맙습니다. 선교사님.」

「아네요, 고맙긴요. 그것보다 가족을 다시 만날 수 있다니 정말 다행입니다. 가족이 얼마나 애타게 기다리겠어요.」

「제가 정말 바보 같은 짓을 한 거지요. 어쨌든 정말 감사합니다. 제가 한국에 도착하는 대로 선교사님께 전화 드리겠습니다. 그리고 여기 제 통장과 비밀번호입니다. 액수는 800만 엔이 조금 넘습니다.」

현서는 급한 마음에 일단 통장을 먼저 맡기고 싶었다. 자신의 목숨만큼 중요한 돈이지만 지금은 자신의 몸에서 빨리 떼내고 싶었다. 그게 마음이 편할 것 같았고 조금이나마 무거운 짐을 벗어버릴 수 있을 것 같아서였다. 현서는 조금도 의심하지 않고 임 선교사에게 통장을 건넸다.

「예, 걱정하지 마세요. 전화 주시는 즉시 어떤 방법으로든 이체해드리겠습니다. 저희를 믿으세요.」

「아, 그럼요. 제가 선교사님들을 안 믿으면 누굴 믿겠습니까? 믿으니까 제가 찾아왔죠. 이렇게 도와주시는 것만 해도 저에게는 얼마나 고마운 일인데요. 정말 고맙고 감사할 따름입니다.」

모든 일이 순조롭게 잘 진행돼가고 있다는 안도감과 오늘 밤 당장 가족을 만날 수 있다는 사실에 현서의 가슴은 기쁨으로 가득 차기 시작했다.

'여보, 조금만 기다려. 오늘 밤이면 무조건 당신 곁으로 갈 수 있어. 다희야, 다영아. 지금 아빠가 너희에게 가고 있단다. 조금만 기다려. 죽도록 보고 싶은 내 딸들아.'

그토록 멀게만 느껴졌던 가족이 어느덧 바로 옆에 있는 것처럼 다가왔다. 꿈만 같았다. 혹시 꿈이 아닐까 두려운 생각마저 들었다. 단 몇 시간 만에 변해버린 모든 상황이 현서는 아직도 믿겨지지 않았다. 가족이 너무나 그립고 보고 싶어 가족의 행방이라도 알고 싶어서 그냥 전화했을 뿐이었는데 이렇게 급작스럽게 한국으로 가게 될 줄은 꿈에도 생각지 못했던 것이다. 여객선 터미널에 도착한 후 현서는 임 선교사에게 깍듯이 인사했다.

「정말 고맙습니다. 이 은혜는 평생 잊지 않겠습니다.」

「아니에요. 이런 일을 하는 것도 우리 선교사들이 해야 할 일이죠. 아무튼 여기 일은 조금도 걱정하지 마시고 가세요. 그리고 도착하시는 대로 연락주세요.」

「네, 알겠습니다. 그리고 이번에 제가 한국 가면 저도 반드시 교회에 다니도록 하겠습니다.」

「네, 꼭 그렇게 하세요. 가까운 교회에 꼭 나가시기 바랍니다. 그리고 저희도 형제님을 위해 기도하겠습니다.」

임 선교사는 현서의 두 손을 꼭 붙잡고 잘 가라는 인사와 함께 친절하게 배웅해주었다.

'그래, 아직도 이런 분들이 있기에 세상은 아름답구나.'

창밖을 보며 손을 흔들어 주던 선교사의 모습을 뒤로한 채 현서는 하늘을 쳐다보았다. 새파란 하늘에서 쏟아져내리는 아침 햇살이 풍요로웠다. 두둥실 떠가는 조각구름은 마냥 그리운 사람들을 생각나게 했다. 어느새 가족을 향한 그리움은 파란 하늘처럼 푸르게 물들어갔다. 현서는 홀가분한 마음으로 여객선 대합실로 들어갔다.

이른 아침에 전화를 받은 민지는 도저히 믿어지지 않았다. 한동안 마음의 갈피를 잡지 못하고 멍하니 서 있을 뿐이었다. 어쩌면 죽었을지도 모른다는 생각을 하며 때때로 포기하면서 살던 날도 있었는데 남편으로부터 전화가 왔다는 연락을 받은 민지는 도무지 몸과 마음을 가눌 수가 없었다. 가슴속 깊은 곳에 응어리졌던 기나긴 시간과 절망의 세월 속에 맺힌 수많은 고통과 온갖 상처가 갑자기 뜨거운 눈물로 변하며 민지는 오열하기 시작했다.

24장

* * *

낮게 깔린 먹구름 아래로 검은색 리무진 한 대가 빠른 속도로 후쿠오카 시내로 질주하고 있었다. 뒷좌석에는 양손을 뒤로 묶인 채 청색 테이프로 입이 봉해진 현서가 앉아 있었다. 양옆에는 검은 선글라스를 낀 진세이 갸텐 조직원 두 명이 현서의 팔을 움켜잡고 있어 꼼짝달싹할 수 없었다. 현서 역시 모든 것을 포기한 사람처럼 두 눈을 감고 있었다. 현서의 심장은 터질듯이 뛰고 있었다. 여객선 터미널에서 입국 수속을 마친 현서는 대합실 소파에 앉아 설레는 마음으로 대기했다. 그토록 그리워하던 가족의 품안으로 돌아갈 생각을 하며 긴장된 마음으로 출발을 기다리고 있었다. 그러나 후쿠오카 공항과 항구 그리고 시모노세키 등 규슈 일대에 있는 모든 공항과 터미널에 특별 감시 수색대원이 두 명씩 24시간 배치되어 있다는 것을 꿈에도 생각하지 못했다. 현서는 탑승 시간을 불과

10여 분 정도를 남겨 놓고 다섯 명의 조직원들에게 순식간에 납치되었던 것이다. 수색 대원들은 현서를 확인한 순간 순식간에 비상연락망을 통해 하카다 지부 행동대원 세 명을 터미널로 급파시켰다. 대낮같이 환했지만 순식간에 벌어진 납치극에 승객들은 물론 터미널 내 공안들까지도 전혀 손을 쓸 수 없었던 그야말로 눈 깜짝할 사이였다. 달리는 차 안에서 행동대원들의 주고받는 말이 간간이 들려왔다. 그러나 제대로 알아들을 수 없는 말들이 엄청난 무게로 현서의 생각과 마음을 짓누르고 있었다. 한없는 절망감에 휩싸인 현서는 어쩌면 죽음의 시간이 올지도 모른다는 생각이 들자 공포가 밀려오면서 가슴이 조여 왔다. 그야말로 심장이 송두리째 떨어져나갈 것 같았다. 아니, 당장에라도 심장이 툭 터져버릴 것만 같았다. 눈물조차 나오지 않았다. 살아야 한다는 절박한 생각밖에 들지 않았다. 갑자기 아내와 아이들의 얼굴이 떠오르자 미칠 것만 같았다. 현서는 야쿠자 군사학교에서 철저한 세뇌 교육과 규율 확립 그리고 상하 행동강령 등의 훈련을 받았다. 진세이 갸텐 조직을 이탈하거나 배신하면 보복과 징벌의 수단으로 새끼손가락이나 집게손가락을 자르며 배신의 정도에 따라서는 죽인다는 사실을 누구보다도 잘 알고 있었다. 영화에서나 보았던 야쿠자들의 끔찍한 행동이 실제로 자신에게 일어나고 있다는 사실이 현서를 몸서리치게 했다. 특히 계약위반자는 반드시 그에 상응하는 보복으로 수십 배의 대가를 지불한다는 것이 행동강령의 최우선 순위라는 것을 교육받은 현서로서는 말할 수 없는 공포감에 휩싸였다.

"우리의 세계는 답이 없는 종자들이 사는 곳이야. 특별히 다른 것은 다 봐 줄 수 있어도 계약 위반은 곧 죽음이야."

냉혈한처럼 생긴 한국인 행동대장이 껌을 찍찍 씹으며 늘 입버릇처럼 중얼거리던 말이 생생하게 떠올랐다. 목적지가 가까워졌는지 그들은 현서의 허리를 사정없이 꺾으며 머리를 의자 밑으로 처박았다. 손이 뒤로 묶인 현서는 의자 바닥까지 머리가 처박히자 숨조차 제대로 쉴 수 없었다. 야쿠자 군사학교에서 훈련 마지막 날 보여준 영화가 자꾸만 떠올랐다. 살려달라고 그렇게도 애원하는 배신자 조직원을 결국에는 죽여 버리고, 죽어가는 장면을 바라보는 야쿠자의 표정은 지극히 무표정했다. 죽이기로 결정나자 대상자를 처단하는 그들의 행동은 지극히 사무적인 것처럼 냉혹했다. 그들의 얼굴에서는 살인을 향한 어떠한 기색도 읽을 수 없었다. 죽음에 대한 어떤 감정의 동요도 느낄 수 없었던 영화의 한 장면이 자꾸만 떠올랐다. 어느새 현서는 자신의 새끼손가락은 이미 잘릴 거라고 생각했다. 한국으로 돌아갈 수만 있다면 그 정도까지는 충분히 각오할 수 있을 것 같았다. 그저 현서가 바라는 것은 그동안 조직이 가지고 있던 현서에 대한 믿음을 기억해 줬으면 하는 바람뿐이었다. 어두운 그림자를 떨쳐버리고 모든 걸 청산하려 했는데 예상하지 못한 곳에서 현서의 인생은 거센 폭풍 속으로 빠져 들어가고 있었다.

이른 아침에 남편 소식을 들었을 때의 기쁨도 잠시, 애타게 전화를 기다렸지만 사흘이 지나도록 연락이 오지 않았다. 민지와 다희는 초조해지기 시작했다. 남편이 전화했다는 것은 분명히 자신이 살아 있음을 알린다는 의도였을 것이다. 그리고 다시 전화하겠다는 것은 집에 들어오겠다는 뜻일 텐데 그렇다면 다시 전화하지 않을 이유가 없었다. 이렇게 사흘이 넘도록 연락이 없다는 것은 도무지 이해할 수 없었다. 시간이 흐를수록 민지는 초주검이 돼갔다. 그동안 흐르는 세월에 밀려 무덤덤할 때도 있었지만 생사가 확인된 그날부터는 속이 새카맣게 타들어갔다. 그러나 어디선가 살아서 가족을 찾고 있다는 사실 하나만으로도 민지는 희망이라는 단어를 떠올릴 수 있었다. 그때 새언니로부터 전화가 걸려왔다. 사흘 전 바로 그날, 좀 이상하게 찍힌 전화번호 하나를 찾았다는 것이다. 아무래도 박 서방 전화일 것 같다며 정식으로 위치 추적을 해보자는 것이었다. 민지는 새언니와 함께 관할 경찰서를 찾아갔다. 담당 경찰관은 일단 통신사에 휴대전화 위치 추적을 의뢰했지만 통신 업체에서는 정확한 전화번호가 아니라며 거절했다. 그러나 새언니의 불같은 성화에 경찰이 또 다시 통신사에 정중하게 부탁했다. 어쩔 수 없이 통신사에서는 일단 그 번호를 토대로 위치 추적기를 띄워보자는 것이었다. 그런데 놀라운 것은 남편의 휴대전화 신호가 경남 거제도 인자동 부근 기지국에서 잡혔다고 했다.

「예? 남편이 거제도에? 」

남편이 거제도에서 전화를 했었다는 통신사의 연락을 받은 민지는 일단 안도의 숨을 쉬었다. 경찰서에서는 거제경찰서와 거제 인자동 담당 지역 119 안전센터의 협조를 급히 요청했다. 남편의 사진도 여러 장 보냈다. 그리고 통신사에 재차 확인을 요청했다. 그러나 이번에는 거제도 장승포 근처에서 신호가 잡힌다는 것이었다. 결국 거제도 장승포 소속 경찰 수십 명과 자원봉사 주민을 투입해서 이틀 동안 장승포 전체를 이 잡듯이 뒤졌다. 그러나 현서의 흔적은 그림자조차 찾을 수가 없었다. 너무나 미안했지만 마지막으로 다시 한 번 통신사에 정중하게 요청을 했다. 그런데 이번에는 대한해협 인근인 것 같다는 답변과 전화번호가 이상하다는 퉁명한 답변만 돌아올 뿐 더 이상 의 정보는 알 수 없었다. 단 한 번 새언니에게 연락온 후 아무런 연락이 없는 남편 때문에 민지는 피가 말랐다. 여전히 꽃샘추위가 남아 있는 차가운 계절, 모든 상실의 아픔을 견뎌내야 하는 민지는 아무리 주위를 둘러보아도 따뜻한 희망은 찾을 수 없었다.

후쿠오카 시내에서 약 한 시간 가량 떨어진 야쿠자 훈련소가 있는 비밀 아지트의 창문 너머로 아직은 앙상한 나무들이 보였고 그 사이로 한낮의 초봄 햇살이 눈부시게 들어왔다. 일본 전통의상을 입은 조직원 서너 명과 검은 양복을 입은 조직원 수십여 명이 무릎을 꿇은 현서의 양옆에 일렬로 서 있었다. 그리고 현서 앞에는 진세이 갹텐의 일본 전체 서열 3인자이며 큐슈 지역 총 두목인 후다시와가 맨 중앙 한복판에 앉았고, 그 옆에는 후쿠오카 서열 2인자이며 한국인 부두목 이성철도 함께 앉아 있었다. 그들과 현서 사이에는 긴 일본도 세 자루와 단도 두 자루가 가지런히 올려져 있었다. 세상의 어떤 곳과도 단절된 채 시간마저 멈춰버린 곳이었다. 무서움에 기가 질린 현서는 그들의 형상이 점점 더 흐릿하게만 다가올 뿐 오직 침묵만이 앞으로 일어날 일들을 상상케 하는 절박한 시간이었다.

「박현서.」

「네!」

현서의 시선을 압도하는 그의 눈빛과 자신들의 세계에서만 통하는 확신에 찬, 단 한마디 말은 부들부들 떨고 있는 현서를 순식간에 무서운 공포 속으로 밀어넣었다. 이성철은 다시 한 번 단호하고 짧게 말했다.

「박현서!」

이번에는 그의 입 꼬리도 심히 떨리고 있었다.

「네.」

무릎 위에 올려놓은 현서의 두 팔은 사시나무 떨듯 부들부들 떨었다.

「쥐방울 같은 자식. 아주 겁대가리를 상실한 놈이구먼.」

「자, 잘못했습니다.」

「똘마니 주제에 튀어? 네놈이 아무리 발악해도 우리 손바닥 안에서 벗어날 수 없다는 걸 몰라? 」

이성철의 얼굴은 점점 일그러지기 시작했다.

「자, 잘못했습니다. 정말 잘못했습니다. 무조건 잘못했습니다. 한 번만 용서해주십시오.」

그러고는 눈을 찔끔 감았다. 그때 누군가가 현서의 말을 일본어로 통역하는 소리가 들려왔다. 일본 전체 서열 3인자인 후다시와에게 통역을 하는 것이었다. 그 순간 현서의 머릿속에서는 대화를 존중하는 일본 문화가 언뜻 생각났다. 처절하게 몸부림치면 살 수도 있겠다는 실낱같은 희망이 갑자기 생기는 것이었다. 그때 현서는 이 무시무시하고 거대한 조직에서 살아남기 위해서는 더 이상 수동적인 자세로 있어서는 안 되겠다는 생각에 이번에는 먼저 말하기 시작했다.

「잘못했습니다. 부두목님! 제 생각이 짧았습니다. 정말 죽을죄를 졌습니다. 한 번만 용서해주신다면…….」

현서는 철저한 규율에 무장된 조직원처럼 다시는 이런 어리석은 짓을 하지 않을 것이며 행동으로 충성을 보이겠다며 간절한 얼굴로 애원했다.

「우리는 말을 길게 하지 않아. 지나친 호의 뒤에는 반드시 그에 상응하는 대가가 따르는 법이야. 네놈도 잘 알고 있을 거야.」

「네, 압니다. 그 대가를 받겠습니다. 만약 또 다시 이런 일이 생긴다면 자결하겠습니다. 믿어주십시오. 한 번만 믿어주십시오, 부두목님!」

「자결? 자결이라. 그렇다면 지금 죽을 용기는 없어? 」

「예? 」

「그렇겠지. 지금은 죽을 용기가 없겠지.」

「아닙니다. 죽을 수 있습니다. 하지만…….」

혼비백산한 현서는 이성철의 얼굴과 후다시와의 얼굴을 번갈아 쳐다보더니 급기야 눈물을 터뜨렸다. 그때 후다시와는 또 다시 이성철과 일본어로 대화를 주고받기 시작했다. 그러나 제대로 알아들을 수가 없는 현서는 침도 제대로 삼킬 수 없이 공포감만 밀려왔다. 그들의 입술에서 나오는 말들은 생사의 갈림길에 있는 현서에게 지옥의 사자 같았다. 그때 후다시와의 입에서는 나지막하지만 단호한 말이 튀어나왔다. 후다시와의 말을 이해하지 못한 현서가 이성철을 바라보았다. 그러나 그의 얼굴은 금세 어둡게 변해 있었다. 현서는 다른 행동대원들의 얼굴을 얼른 바라보았다. 평소에 안면이 전혀 없었던 한국인 조직원과 눈이 마주쳤다. 그러나 현서를 바라보던 그는 고개를 옆으로 돌리더니 눈을 질끈 감는 것이었다. 그 역시 이미 굳은 얼굴로 변해 있었다. 순간 현서의 머릿속이 하얘졌다. 더 이상 지체할 수가 없다는 것을 판단한 현서는 자신도 모르게 벌떡 일어났다. 그러고는 두 손을 바닥에 댄 후 큰절을 하는 것처럼 머리를 땅바닥에 바짝 엎드렸다. 그리고 이번에는 살려달라고 울면서 애원했다. 그러나 그때, 옆에 있던 한 일본 조직원이 땅바닥에 머리를 조아리고 있는 현서의 등을 각목으로 힘껏 내리쳤다. 순간 현서는 퍽 소리와 함께 맥없이 쓰러지고 말았다. 엄청난 충격과 함께 고통이 뼛속까지 파고들었지만 거의 반사적으로 벌떡 일어난 현서는 재빠르게 또다시 무릎을 꿇었다. 그러고는 무조건 두 손으로 빌기 시작했다.

「부두목님! 오늘부터는 제 인생을 덤으로 산다고 생각하고 당장 제 손가락을 하나 자르겠습니다.」

갑자기 현서의 입에서는 자신도 의식하지 못했던 말이 터져 나왔다. 그러나 그것은 배신자의 가장 가벼운 벌이 손가락을 자르는 것임을 이미 알고 있었기에 일단은 살아남기 위해 자신의 손가락을 먼저 자르겠다고 말했다. 지금 당장 손가락 하나를 버릴지라도 목숨만은 건져보겠다는 절박한 상황에서 터져나온 말이었다. 어느덧 현서의 눈에서는 두려움과 사죄의 눈물이 함께 쏟아졌다. 그것은 살기 위한 인간의 본능적인 몸부림이었다. 여기서 그들의 마음을 돌려놓지 못하면 자칫 죽을 수도 있다는 것을 직감한 현서의 모든 행동은 그야말로 절규였다. 현서는 얼른 두목 후다시와 쪽으로 얼굴을 돌렸다.

「두목님, 관을 짜주십시오. 살려만 주신다면 제가 그 관을 가지고 다니겠습니다. 그리고 그 관에 제 몸을 묻겠습니다.」

이번에는 현서의 입에서 갑자기 관이라는 이야기가 터져 나왔다. 전혀 생각지도 않았던 말이 마구 튀어나왔다.

쉴 새 없이 통역은 이어졌다. 후다시와의 눈을 애절하게 바라보는 현서의 눈에서는 처절한 인간의 울부짖음과 마지막 삶을 향한 절규만 흘러나왔다. 그때였다. 이성철과 몇 마디의 대화를 나누던 후다시와는 마지막 신호를 보내는가 싶더니 벌떡 일어나 네 명의 부하들과 함께 천천히 밖으로 나가는 것이었다. 이성철도 후다시와가 일어나자 곧바로 일어나 배웅하는 예의를 갖추었다. 그러고는 한 치의 망설임도 없이 조직원들에게 무언의 신호를 보내는 것이었다. 그것은 그들만이 통하는 사인이었다. 그러나 이승철의 눈빛을 제대로 감지하지 못한 현서는 조직원들의 이상한 움직임을 보고 나서야 죽음의 문턱이 다가왔음을 직감했다. 그리고 자신을 뚫어지게 쳐다보는 이성철의 표정에서 죽음을 의미할 수도 있다는 느낌이 확연히 들었다. 순간 현서는 까무러칠 듯 놀랐다. 갑자기 그들의 모습이 아주 흐릿하게 다가왔다. 사람이 죽음 앞에서 죽음의 순간에 맞닥뜨리게 되면 모든 감각이 무뎌져 버린다. 죽음을 거부했을 때까지 엄청난 두려움과 공포가 엄습해 오지만 생명을 포기해야 하는 순간이 왔을 때는 순식간에 영혼이 떠나버리는 빈껍데기가 돼버리는 것이다. 살려달라고 애원하고 절규해야 하는 최후의 순간임에도 더 이상 매달려야 하는 마지막 힘마저 송두리째 상실해버린 것이다. 그러나 현서는 자신의 영혼이 다 떠나간 빈껍데기 상태에서도 마지막 소리를 토해내면서 절규했다.

「살려주세요.」

그러나 그 소리는 아주 작고 힘이 없었다. 이미 죽음으로 끝나는 종말에 대한 불안이나 공포가 다 사라진 후였다.

현서에게 무차별 집단 폭력이 가해졌다. 결국 모든 것이 죽음의 시간으로 흘러갔다. 조직원들의 무차별 폭력에 현서는 자신을 방어할 아무런 힘이 없었다. 더 이상 자신의 운명을 수용하거나 받아들일 능력조차도 완전히 상실해버렸다. 시간이 지날수록 죽음의 그림자는 점점 더 빠르게 다가올 뿐이었다. 그때였다. 갑자기 전화벨 소리가 요란하게 울려왔다. 그 순간 모든 행동을 중지하라는 이성철의 명령과 동시에 급히 전화를 받은 일본인 행동대원은 연신 '차렷' 자세로 "하이, 하이"를 연발했다. 그러고는 곧장 이성철에게 수화기를 건네는 것이었다. 전화를 받아든 이성철 역시 벌떡 일어나 부동자세로 몇 번 대답하더니 아주 정중한 자세로 전화를 끊었다. 그러고는 현서를 한참 응시하다가 일본인 총 수습 대장과 최고 행동 부대장 후쿠다와 이야기를 나누기 시작했다. 순간, 어떤 큰 변화가 일어날 것을 인지한 현서는 죽을힘을 다해 일어나 다시금 꼿꼿한 자세로 무릎을 꿇었다. 비록 짧은 대화가 이어졌지만 현서에게는 기나긴 시간이었다. 이 세상 모든 시간이 다 멈춘 듯했다. 시간이 얼마나 흘렀을까. 이성철은 간결하고도 단호하게 한마디를 던진 후 밖으로 급히 나갔다. 도대체 그 짧은 시간 동안 어떤 말이 오갔는지 알 수 없었지만 이성철의 마지막 말은 여기서 모든 것을 중단하라는 것이었다. 그것은 그 누구도 거절할 수 없는 후다시와의 명령이었다. 바로 진세이 갹텐의 법이었다. 그리고 현서가 죽음의 문턱을 넘지 않아도 되는 유일한 인간의 단어였다. 영원히 닫혔다고 생각했던 문에서 또 다른 문이 열린 것이다. 나락에 빠졌던 운명이 탈출하여 한순간에 바뀌어버린 것이었다. 단지 겁을 주기 위한 하나의 술수였는지, 죽임을 가장한 위장이었는지, 혹은 진심어리게 울부짖는 현서의 모습에서 감동받은 것인지, 아니면 후다시와의 순간적인 심경 변화였는지 누구도 알 수 없는 일이었다. 그러나 한 가지 분명한 사실은 모든 것을 중단하라는 것이었다. 전치 2주 정도에 누구나 거쳐야만 하는 새끼손가락조차도 자르지 말라는 대반전이 일어났던 것이다.

인생을 살아가면서 전혀 예상치도 못했던 한순간의 사건으로 모든 것이 엉뚱한 상황으로 변해버리는 것처럼 죽음의 문턱 앞에서 마지막으로 몸부림치던 현서에게 그 누구도 예측하지 못했던 말 한마디가 모든 상황을 순식간에 바꿔버리는 순간이었다. '사람일은 사람이 모른다'는 말이 현서에게 그대로 적용된 것이다. 모든 상황이 급박하게 바뀌면서 현서에게 주어졌던 시간은 순식간에 흘러갔다. 가벼운 악몽의 시간만이 현서를 기다리고 있을 뿐이었다. 그러나 그 아픔과 쓰라린 고통 속에서도 현서는 행복했다. 맞으면서도 행복했다. 죽음이 비켜간 것 하나만으로도 생의 의미와 축복을 느낄 수 있었다. 평생 이렇게 맞으며 산다 할지라도, 목숨을 부지할 수 있다는 것 하나만으로도, 평생 웃으며 살아갈 수 있을 것 같았다. 현서를 폭행한 조직원들은 쉽게 분노하며 흑백 논리 사고만을 가진 단순한 사람들이었다. 두 팔로 머리를 감싸면서 조금이라도 덜 맞기 위해 새우처럼 구부린 채 비명을 지르던 현서에게 집단 폭행이 멈추어진 것은 그들의 정확히 계산한 시간이 지난 후였다. 그렇게 맞고도 미쳐 버리지도 죽지도 않았다는 게 기적이었다. 그러나 언젠가는 살아서 아내와 아이들을 만날 수 있다는 희망이 있었기에 현서는 버틸 수가 있었다. 살아남아야 할 명분이 너무나 컸기 때문이었다. 하지만 오직 살아야 한다는 명분도 잠시 처절한 아픔과 고통을 더 이상 버티지 못하던 현서는 결국 정신을 잃고 말았다.

25장

* * *

「예? 야쿠자 조직에 폭력을 당했다고요? 」

「선교사님! 저 좀 도와주세요.」

「지금 거기가 어딥니까? 어디예요? 」

「지금 집에 있습니다. 조직원들에게 잡혀 한국으로 가지 못했습니다. 빨리 좀 와주세요.」

금방 사태를 알아차린 구 선교사는 급히 다른 선교사와 몇 명의 간사들을 불렀다.

「아무래도 조직원들에게 보복을 당한 것 같아요. 빨리 가 봐야겠어요.」

선교사들은 일본 교회와 연합 부활절 준비로 바빴지만 서둘러 현서의 숙소가 있는 하코자키로 출발했다.

끔찍할 정도로 망가져 버린 현서의 얼굴에 선교사들은 울분을 토했다.

「아이구, 하나님! 세상에, 어떻게 이런 일이…….」

현서의 몰골은 차마 눈 뜨고 볼 수 없이 일그러져 있었다. 숨조차 제대로 쉴 수 없어서 처참한 신음만 나올 뿐이었다.

조직원들은 현서를 병원으로 데리고 가지 않고 곧바로 현서의 숙소에 던져놓고 가버렸다. 전혀 예상치 못한 일이었다.

「죄송합니다, 선교사님.」

「죄송이고 뭐고 빨리 병원부터 갑시다. 임 선교사, 빨리 병원으로 옮겨요.」

그러나 현서는 작은 목소리로 말을 이었다.

「선교사님, 저는 지금 병원에 갈 수가 없습니다. 갈 형편이 아닙니다. 빨리 저를 한국으로 보내주십시오.」

「한국으로요? 그건 안 됩니다. 지금 이 상태로는 한국에 갈 수가 없습니다. 급히 치료받고 가야 해요. 절대로 안 됩니다.」

「저도 압니다. 하지만 우선 경찰의 도움을 받고 싶습니다. 저를 좀 도와주세요. 경찰의 도움을 받아 비행기로 저를 서울의 가족에게 좀 보내주세요. 서울까지만 보내주시면 됩니다.」

현서는 여객선 터미널에서 24시간 대기하던 조직원들에게 붙잡혀서 끌려간 후 3일 동안 감금되고 고문받았던 무시무시한 죽음의 순간들 그리고 구사일생으로 살아난 것 등을 낱낱이 이야기하고 규슈 지역의 모든 공항과 항구에 조직원들이 두 명씩 감시하고 있다는 정보까지 상세히 알려주었다.

「현서 씨, 아무리 그래도 치료는 받고 가야 합니다. 저희가 일본 경찰과 연락해서 무사히 서울까지 보내드릴 테니 조금도 염려하지 마세요. 지금은 부상이 너무 심하니 응급치료라도 받고 가야 합니다. 그리고 이 상태로는 절대로 출국 허락이 떨어지지가 않아요.」

「아니에요, 선교사님. 지금 제가 병원으로 들어가면 완치까지 몇 개월이 걸릴 수도 있습니다. 그렇게 되면 저는 영원히 이곳을 떠날 수 없습니다. 제가 일주일 안에 그들 앞에 나타나지 못하면 죽을 수도 있어요. 한 시간이면 갈 수 있는 한국입니다. 시간이 없어요. 가족을 만나 마음 편히 한국에서 치료받겠습니다.」

「현서 씨 마음은 알겠습니다만 지금 빨리 치료를 받지 않으면 위험할 수도 있습니다. 아무래도 치료가 먼저인 것 같습니다. 일단 병원으로 옮기겠습니다.」

「선교사님, 제발 부탁드립니다. 제 몸 상태는 제가 더 잘 압니다. 그때 제가 그들 앞에 서지 못하면 그들은 일본 전역을 뒤져서라도 저를 찾아낼 거예요. 그들의 조직망은 상상을 초월합니다. 한시라도 빨리 한국으로 피하는 것이 급선무입니다. 빨리 좀 서둘러주세요. 제발 서울로 전화를 먼저 좀 해주세요. 제 아내 이름은 오민지입니다.」

현서는 아내 이름을 부르는 순간 갑자기 울음이 터져 나왔다. 아내의 이름을 부르며 서럽게 통곡하는 현서를 바라보던 구 선교사와 일행들도 금세 눈물이 그렁그렁해졌다.

구 선교사는 도저히 현서의 고집을 막을 수 없다는 걸 깨달았다.

「임 선교사.」

「네? 」

「임 선교사는 먼저 경찰에 전화해서 협조를 구해봐. 경찰의 협조가 없으면 절대로 공항을 빠져나갈 수 없어. 그렇지 않아도 지금 일본에서는 대지진으로 나라 전체가 난리인데 말이야.」

「네. 알겠습니다.」

「그리고 최 간사는 비행기 티켓을 빨리 알아봐. 하카다역 상가 안에 있는 한국인 여행사에 전화해서 비행기 표를 부탁해봐. 아무래도 한국인 여행사가 더 나을 것 같아.」

「알겠습니다.」

「그리고 임 선교사는 환자가 비행기를 탈 수 있는지, 탈 수 있다면 어떤 절차를 거쳐야 하는지도 공항과 항공사에 빨리 알아보고.」

「네.」

갑자기 상황이 매우 급하게 돌아갔다. 바쁘게 이곳저곳을 연락하던 그들에게 제일 먼저 연락이 온 곳은 항공사였다.

「죄송하지만, 항공사 규정상 중환자는 비행기에 태울 수가 없습니다. 이런 경우에는 경비행기 환자 이송 전용기로 가야 합니다.」

「그러면 다른 방법은요? 」

「글쎄요. 다른 방법은 없는 것 같습니다.」

임 선교사는 지금 환자가 야쿠자들에게 폭행을 당해 쫓기고 있는 위험한 상황이라며 간곡히 사정해봤지만 아무런 소용이 없었다. 다급해진 선교사들은 이번에는 일본 경찰에 직접 찾아가서 협조를 구하기로 했다. 하지만 역시 쉽지가 않았다. 그러나 구 선교사와 임 선교사의 끈질기고 간곡한 사정을 들은 경찰은 공항에 직접 연락해 일단 도움을 청해보기로 했다. 그러나 얼마 후 온 연락은 역시 불가능하다는 것이었다. 모든 것이 막막하게 되어버렸다. 그러나 구 선교사는 여기서 포기할 수가 없었다. 후쿠오카에 본부를 둔 선원 선교회에서 함께 봉사활동을 하는 혼다이 선장에게 직접 찾아가 부탁을 해보기로 했다. 비행기가 안 되면 혹시 배라도 탈 수 있을까

해서였다. 그러나 배편은 시간이 너무 오래 걸릴 뿐만 아니라 거친 파도 때문에 상처가 더 커질 수 있다며 불가능하다는 것이었다. 한참을 궁리하고 있던 혼다이 선장은 부탁할 데가 있다며 말했다.

「제 친한 장로님이 후쿠오카 AJA 항공사에 지점장으로 근무하고 있기는 한데, 어렵겠지만 일단 부탁이라도 한번 해 봅시다.」

「그래요? 아이고, 고맙습니다.」

그러나 역시 하루가 지나도 아무 연락이 오지 않았다. 초조해진 구 선교사는 마지막으로 혼다이 선장과 함께 직접 지점장을 찾아가 간곡히 부탁드리기로 했다. 하지만 그 역시 쉽지가 않았다. 그러나 선교사들의 간곡한 부탁과 그들의 따뜻한 사랑에 감동받은 지점장은 여기저기 전화를 걸더니 몇 명의 담당자를 급히 불렀다. 그리고 관계 기관 부서에까지 열심히 찾아가 일일이 협조를 구하기 시작했다. 그러기를 몇 시간, 오후 한나절을 바쁘게 연락을 취하던 지점장의 끈질긴 노력과 경찰의 적극적인 협조, 그리고 공항의 따뜻한 배려로 VIP 청사를 통해 비행기를 탈 수 있도록 협조해주겠다고 연락이 온 것은 하루가 지난 다음 날 늦은 오후였다. 그러나 항공사의 조건은 매우 까다로웠다. 환자가 누워서 가야 하기에 좌석

여섯 개를 개조 해 임시 침대를 장착해야 한다고 했다. 그리고 일반 편도 운임의 여섯 배를 지불해야 하며, 그것도 72시간 이전에 예약이 완료되어야 한다고 했다. 그리고 항공사와 연계된 의료 기관으로부터 사전 허가를 받아야 하고 의사의 소견서와 항공사와의 계약서도 필요했다. 그리고 반드시 보호자와 함께 탑승해야 한다는 조건도 있었다. 물론, 이 모든 조건을 그대로 수락했다.

그제야 현서는 지난 9개월 동안 일본에서의 두렵고 불안했던 난마의 기억을 떨쳐버릴 수 있었다. 순간 지나온 세월이 주마등처럼 지나가기 시작했다. 현서는 마약 밀매의 꾐에 빠져 엄청난 범죄인 줄 알면서도 결국 그 일에 개입한 것이 자신의 인생에서 가장 큰 실수였음을 인정하고 뼈저리게 후회했다. 악인의 길로 들어선 것과 어두운 길을 걸으며 수없이 넘어지면서도 끝까지 깨닫지 못하고 자신을 학대하며 살아온 것이, 땀 흘리며 열심히 살아가는 모든 사람에게 그렇게도 미안할 수가 없었다. 그래도 한때는 대한민국 국민으로서 한 가정을 위해 앞만 보며 성실히 살아온 가장이었는데, 이제는 한없이 부끄러운 생각만 들었다.

그때였다. 공항으로 가는 차 안에서 아름다운 선율의 복음성가가 흘러나왔다.

당신은 사랑 받기 위해 태어난 사람
당신의 삶 속에서 그 사랑 받고 있지요.
당신은 사랑 받기 위해 태어난 사람
당신의 삶 속에서 그 사랑 받고 있지요.

순간 현서의 가슴은 뜨거워지기 시작했다. 단 두 소절을 들었을 뿐인데 눈물이 펑펑 쏟아졌다.

태초부터 시작된 하나님의 사랑은
우리의 만남을 통해 열매를 맺고
당신이 이 세상에 존재함으로 인해
우리에게 얼마나 큰 기쁨이 되는지

당신은 사랑 받기 위해 태어난 사람
지금도 그 사랑 받고 있지요
당신은 사랑 받기 위해 태어난 사람
지금도 그 사랑 받고 있지요

'그래. 우리는 사랑을 받기 위해 태어났어. 이 세상에 존재하는 모든 사람은 태어난 순간부터 지금까지 사랑을 받지 않은 이는 아무도 없었어. 분명히 누군가로부터 사랑을 받았고 지금도 그 사랑을 받고 있기에 존재하고 있는 거야. 그게 바로 사랑이었어. 그런데 왜 나는 그 사랑을 몰랐을까? 그토록 나를 사랑해준 사람들이 내 주변에 그렇게도 많았는데 왜 나는 그 사랑을 모르고 살아왔을까? '

잘못 살아온 회개의 눈물이었다. 사랑하면서 살아가는 삶이 얼마나 아름다운 축복인지, 생의 시련과 위기에서도 위안과 평안을 줄 수 있는 따뜻한 사랑, 그리고 육체적 정신적 위기와 그 고통의 와중에서도 자신이 많은 사랑을 받고 있는 지금 이 순간이 현서는 눈물겹도록 고마웠다.

'맞아. 나는 분명 인생을 잘못 살아왔어. 길지도 않은 인생, 사랑만 하면서 살아도 부족한 세월인데 왜 아내의 마음에 씻을 수 없는 상처만 남겨주고 떠나왔던가? 한번 왔다가 가는 인생, 별것 아닌 인생인데 뭘 그렇게도 더 갖겠다고, 뭐가 그리 화가 난다고, 내가 무슨 대단한 존재라고 아내에게 그런 행동을 했단 말인가? '

더 넓은 마음으로 아내를 사랑하지 못했던 미안한 일들이 마음에 걸려서 현서는 더 이상 아무 생각을 이어갈 수 없었다. 또 다시 울었다. 그냥 엉엉 울었다. 한참을 울다가 갑자기 살아야겠다는 욕망이 솟구쳤다. 꼭 살아서 돌아가야 한다는 절박함이었다.

'그래, 살아야 해. 사랑하는 가족을 두고 이렇게 죽을 수는 없어.'

비록 가다가 넘어지고 또 다시 넘어지고 무수히 쓰러진다 할지라도 살아야겠다는 삶에 대한 무서운 집념은 현서의 가슴속에 더욱 더 강하게 소용돌이치기 시작했다. 죽음의 순간을 경험해보고 나서야 비로소 자신의 삶을 겸손하게 돌아보게 된 현서는, 시련을 당해보고 난 뒤에야 일상의 삶이 얼마나 소중한 것인지, 죽도록 아파보니 건강한 삶이 얼마나 귀한 것인지, 어둠 속에서 살아보니 밝은 빛이 얼마나 찬란한 것인지 뼈저리게 깨달았다. 선교사들의 따뜻한 사랑과 배려, 그리고 가족을 만날 수 있다는 기쁨에 정신적인 안정을 찾아가던 현서는 서서히 잠 속으로 빠져들었다. 그것은 지난 세월 동안 지쳤던 육체가 2년여 만에 맞는 첫 안식의 숙면이었다. 아주 깊은 잠이었다. 그리고 아늑했다. 현서의 몸에 남아 있는 모든 존재의식까지 허물어지게 하는 아주 깊은 잠이었다.

26장

* * *

일본 도쿄 북동쪽의 대지진과 쓰나미로 며칠간 중단되었던 일본행 항공기 운항이 일부 정상화되면서 인천공항에는 수많은 사람으로 붐볐고, 이용객들은 비행기 표를 구하느라 북새통을 이루고 있었다. 인천공항 입국 게이트에서 남편을 기다리고 있던 민지는 쉴 새 없이 흘러내리는 눈물을 닦고 있었다. 다희 역시 지금 아빠가 일본에서 비행기를 타고 오고 있다는 사실이 믿어지지 않는지 연신 눈물을 훔치고 있었다. 그때였다. 잠시 후 후쿠오카발 인천행 여객기가 정시에 도착할 예정이라는 안내 방송이 흘러나왔다. 그 순간 민지의 입에서는 작은 비명이 터져 나왔다.

「아아.」

민지의 입술이 심하게 떨려왔다. 어젯밤 민지는 구 선교사로부터 남편 소식을 대강 들었다. 남편이 좀 많이 다쳤다는 이야기를 들은 터라 남편을 만난다는 기쁨과 여러 가지 불안한 마음이 겹쳐져 있었다. 특히 임 선교사라는 분이 함께 동행할 것이라는 말에는 얼마나 다쳤기에 함께 동행까지 할까라는 불길한 마음이 민지의 머리를 한없이 복잡하게 만들었다. 남편이 어느 정도 다쳤으며, 상태가 심각한지, 막상 게이트로 나오면 어떻게 할지 아무것도 결정이 안 된 상태에서 안타까운 신음만 흘러나왔다.

'일본엔 왜 갔어? 가족이 여기에 있는데 일본에는 왜 갔대?'

민지는 남편이 한국이 아닌 일본까지 갔다는 사실이 아직도 믿기지 않았다. 안절부절 불안한 마음만 자꾸 앞서 갔다. 그때였다. 출구 전광판에 후쿠오카발 비행기가 '인천 도착'이라는 사인이 떴다. 순간 민지는 심장이 멎을 것 같았다. 그러나 비행기가 도착했다는 사인이 뜬 지 채 1분도 되지 않아 장내 방송이 흘러나왔다.

「서울에서 오신 오민지 님께서는 2번 출구 안내 데스크 앞으로 나와 주시기 바랍니다.」

난데없이 민지를 찾는다는 안내 방송이 흘러나왔다. 가족은 전혀 예상치 못했던 방송을 듣고 깜짝 놀랐다.

「지금 뭐라고 했지?」

「엄마 찾는 것 아녜요? 오민지라고 했는데요!」

「그렇지? 나도 얼핏 그렇게 들었어. 그런데 왜 나를 찾지? 」

「아빠가 아프니까 찾는 거 아닐까요? 」

그때 또 다시 방송이 흘러나왔다.

「후쿠오카발 인천행 비행기를 탑승하신 박현서 님의 아내되시는 오민지 님께서는 급히 2번 출구 안내 데스크 앞으로 와주시기 바랍니다.」

급히 오라고 재촉하는 안내 방송이 또 다시 흘러나왔다.

「맞아. 민지 너 찾는 거 맞아.」

「그렇죠 오빠? 」

「그래. 맞아 분명히 너야. 그리고 박 서방 이름도 분명히 들었어.」

「빨리 가보자.」

가족 모두 서둘러 2번 안내 데스크로 허겁지겁 뛰어갔다. 그곳에는 이미 두 명의 공항 직원들이 대기하고 있었다.

「저, 제가 오민지인데요. 방송 듣고...」

「아. 오민지 님? 」

「네. 그런데 무슨 일이? 」

「지금 남편 되시는 분이 비행기에서 바로 구급차를 타고

인하대학병원 응급실로 이송되었습니다. 보호자께서는 곧장 병원으로 가셔야 할 것 같습니다.」

「아니, 왜요? 」

「아마 몸 상태가 좀 좋지 않으신가 봅니다.」

「얼마나요? 」

「저희도 그 정도밖에 모릅니다. 빨리 병원으로 가보시기 바랍니다.」

「혹시 위독한가요? 」

「글쎄요. 저희도 거기까진 잘 모릅니다.」

공항 직원은 큰일이 아닌 듯 아무런 표정 없이 이내 가버렸다. 너무 놀란 민지는 금세 다리가 후들후들 떨려 왔다.

「어떡해…….」

누가 먼저랄 것 없이 네 사람 입에서 같은 말이 동시에 터져 나왔다. 그러나 감정이 격해진 민지의 목소리에는 금세 물기가 서려 버렸다. 오빠 차를 타고 급히 병원으로 향했다. 뿌연 안개 탓인지 길이 많이 밀렸다. 민지는 속이 터져 죽어버릴 것만 같았다. 다급한 마음으로 병원에 도착했을 때는 이미 남편이 응급실로 들어간 후였다. 마침 응급실 입구에는 동행했다는 임 선교사라는 분이 기다리고 있었다. 임 선교사는 한눈에 가족임을 알고서는 먼저 인사를 건네 왔다.

「혹시 박현서 님 가족이세요? 」

「예, 제가 아내 되는 사람입니다.」

「저는 동행한 임미경 선교사입니다.」

「아, 선교사님 정말 감사합니다. 이 은혜를 어떻게…….」

「아니에요. 그것보다 박현서 님이 곧바로 응급실로 실려 갔습니다.」

「상태가 어느 정도인가요? 생명에는 지장이 없는 거죠?」

「예. 비행기를 타고 올 때까지만 해도 정신은 말짱했는데 한국에 도착할 즈음에 조금씩 의식이 불투명해지며 무척 고통스러워했습니다. 그래서 항공사에서 병원으로 바로 이송시킨 것 같습니다. 그렇지만 별 큰일은 없을 거예요. 너무 걱정하지 마시고 일단 여기 앉아서 기다리세요.」

예전에도 다영 때문에 병원에서 실신한 적이 있어서 민지 오빠와 새언니는 그녀를 진정시키기 위해 그녀의 양팔을 단단히 붙잡고 있었다. 현서의 상태가 어느 정도인지 모르는 다희는 갑작스러운 병원행에 안절부절, 그야말로 정신을 차리지 못하고 불안에 떨었다.

의사가 응급실을 나온 건 민지가 병원에 도착한 지 거의 두 시간이 지났을 무렵이었다. 의사를 보는 순간 민지의 가슴은 시한폭탄처럼 뛰기 시작했다. 온몸에 힘이 빠지면서 다리가 후들후들 떨렸다. 민지는 이미 정신 줄을 놓아버린 사람처럼 의사 앞에 바싹 다가갔다.

「선생님, 어떻게 됐습니까? 」

민지는 다그치듯 의사에게 물었다.

「상태가 어느 정도죠? 위험한 건 아니죠, 그렇죠? 」

민지가 다급하게 묻자 아무런 말도 않던 의사는 깊은 한숨만 내쉬었다.

「선생님…….」

유난히 눈망울이 큰 민지의 눈에서 어느새 눈물이 주르르 흘러내렸다. 입을 꾹 다문 채 침통해하는 의사에게 민지는 더 이상 참지 못하고 달려들 듯 목소리를 높였다.

「선생님, 말씀 좀 해주세요. 죽지는 않는 거죠?」

민지는 피가 바짝바짝 마르는 것 같았다. 침묵을 지키던 담당 의사는 고개를 절레절레 흔들더니 이윽고 무겁게 한마디 내뱉었다.

「굉장히 큰 사고를 당하신 것 같습니다. 외상과 내상이 너무 심합니다.」

「어느 정도죠? 생명에는 지장 없는 거죠?」

「지금으로서는 상황이 썩 좋지가 않은 것 같다는 말씀밖엔……. 사람을 얼마나 두들겨 팼기에 이 지경이 됐는지, 짐승 같은 놈들……」

50대 초반으로 보이는 의사는 상당히 화가 난 표정이었다. 민지는 금방 쓰러질 것만 같았다. 갑자기 병원 안이 빙빙 도는 것 같았다. 금세 사태가 심각하다는 것을 느낀 민지는 남편의 생사가 가장 궁금했다. 더 이상 의사의 말을 기다리지 못하고 또 다시 다그치듯, 이번에는 더 큰 목소리로 물었다.

「어쨌든 생명에는 지장이 없는 거죠? 죽는 건 아니죠? 살 수는 있는 거죠?」

민지는 앞뒤 생각 없이 말했다. 의사의 화난 표정은 마치 살아날 가능성이 희박하다는 말로 들려왔기 때문이었다. 그러나 어쩔 줄 몰라 하며 의사의 입술만 바라보고 있는 가족을 향해서 그는 이내 부드럽고 차분한 어조로 말을 이어갔다.

「현재로선 여러 군데 정밀 검사를 해 봐야 정확한 결과를 알 수 있겠습니다만 타박상에 의한 상처들이 워낙 크고 외상 외에 내상의 CT를 찍어봐야겠기에 아직은 뭐라고 정확히 말씀드릴 수는 없는 상황입니다. 환자분이 머리가 가끔 아프다고 하는데 피가 새는지 가능한 한 일찍 찍어보는 게 급선무인 것 같습니다. 지금 현재로서는 CT 결과를 보고 나서야 어느 정도의 상황을 말씀드릴 수 있을 것 같습니다. 다행히 의식은 돌아온 것 같습니다.」

의사 선생님이 차분한 어조로 말하자 그제야 가족은 마음이 놓였다.

「그러면 선생님, 지금 그이를 좀 볼 수는 없을까요? 」

「곧 중환자실로 옮길 겁니다. 원래 중환자실 면회 시간이 제한되어 있지만 오랫동안 남편을 못보셨다기에 환자를 볼 수 있는 시간을 잠시 드리도록 하겠습니다. 그러나 지금 환자가 의식은 그런대로 다시 돌아왔지만 육체적으로 많이 힘든 상태에 있습니다. 환자의 안정을 위해 절대로 흥분하거나 소리를 지르시면 안 된다는 것을 꼭 명심해 주시기 바랍니다.」

「네, 잘 알겠습니다. 선생님, 고맙습니다. 정말 고맙습니다.」

지금 당장 아빠를 볼 수 있다는 사실에 다희는 아빠의 위중한 상태도 잊은 듯 흥분되었다. 얼마나 기다렸던 인고의 세월이었고 얼마나 보고 싶고 그리워했던 사람이었던가. 수많은 밤을 눈물로 지새우며 얼마나 후회와 원망을 쏟아냈던가. 영원히 못볼 것 같았던 남편이 비록 만신창이가 되어 돌아왔지만 얼굴을 볼 수 있다는 것만으로도 민지는 꿈을 꾸는 듯했다. 그때 간호사가 왔다. 절대로 환자 앞에서 흥분하지 말라는 부탁과 함께 병실의 문을 조심스럽게 열었다. 그러나 민지와 다희는 미친 듯이 뛰어 들어갔다.

「여보!」

「아빠!」

민지와 다희의 목소리가 동시에 터져 나왔다. 그토록 애타게 찾던 남편을 만 2년 만에 보는 순간이었다. 목이 메어 아무런 말도 못하고 떨리는 마음으로 다가갔다. 그러나 침대에 누워 있는 남편을 보는 순간 민지는 더 이상 발걸음을 뗄 수가 없었다. 두 손으로 입을 막으며 끝내 울음을 터뜨리고 말았다. 현서 몸에는 셀 수 없을 만큼 수많은 주삿바늘이 꽂혀 있었고 여러 개의 관도 함께 연결되어 있었다. 주삿바늘 때문인지 왼손은 퉁퉁 부어 있었으며 온통 시퍼렇게 멍들어 있었다. 그리고 왼팔과 오른쪽 다리는 아예 침대에 묶여 있었다. 목과 이마 그리고 오른쪽 다리에는 하얀 붕대가 칭칭 감겨 있었다. 붕대 사이로 여기저기 얼룩진 핏자국이 선명하게 보였다. 그러나 진통제를 먹고 이제 막 잠이 들었는지 얼굴은 아주 편안하게 보였다. 침대 머리맡으로 달려간 민지와 다희는 상처투성이 얼굴을 보는 순간, 삶과 죽음의 갈림길을 오간 흔적이 고스란히 남아 있음을 금방 알 수 있었다.

「세상에, 이럴 수가!」

민지는 부르르 떨리는 손으로 몸과 마음 그리고 영혼까지도 상처투성이로 변해버린 남편의 얼굴을 천천히 그리고 살며시 만져 보았다. 그때 나지막한 남편의 속삭임이 들려오는 듯했다.

「여보! 나예요. 당신 아내 민지예요.」

「아빠! 나 다희야. 아빠 딸, 다희가 왔어.」

아주 조심스럽게 나지막이 불러보았다. 뒤따라 들어온 민지 오빠도 안쓰럽게 현서를 쳐다보며 자그만 소리로 불렀다.

「박 서방! 처남일세. 아이구 어떻게 이 지경까지…….」

차마 고모부의 몰골을 쳐다보지 못하던 처남댁은 줄곧 천장만 응시한 채 흐르는 눈물을 애써 억누르고 있었다. 그때였다. 가족의 인기척에 현서의 속눈썹이 파르르 떨리기 시작했다. 그러고는 자신의 눈꺼풀을 아주 힘겹게 밀어 올렸다. 현서의 감겨 있던 눈이 힘겹게 드디어 조금씩 커졌다. 이윽고 힘없이 열리던 현서의 눈이 민지의 얼굴과 마주쳤다. 2년 만에 바라보는 남편의 눈동자였다.

「여보! 나예요.」

나지막한 소리였지만 감격에 떨린 목소리였다. 민지는 남편의 오른팔을 두 손으로 조심스레 잡았다. 그러나 현서는 한동안 아무 말도 하지 못했다.

「아빠, 나 다희야.」

또 다시 눈꺼풀을 서너 차례 끔벅거리던 현서는 그제야 아내와 다희를 알아보고는 힘들게 미소를 지었다. 순간 민지의 가슴은 터질 것만 같았다. 현서의 입에서 작은 목소리가 흘러나왔다.

「여보, 미안해.」

그것은 속죄의 의미였다. 그리고 남편의 눈에서는 한줄기 눈물이 주르륵 흘러내렸다. 민지도 "여보"라고 부르며 남편의 어깨를 감싸 안았다. 그리고 남편의 뺨에다 자신의 뺨을 살짝 갖다 대었다. 남편의 얼굴은 흘러내린 눈물로 얼룩져 있었다.

「아니에요, 여보. 내가 잘못했어요.」

민지는 남편의 양쪽 뺨을 자신의 두 손바닥으로 어루만지며 계속해서 눈을 맞추어 나갔다. 남편의 눈에서는 쉴 새 없이 눈물이 흘러내렸다. 남편의 눈물 위에 민지는 자신의 뺨을 갖다 대고 비비기 시작했다. 영원히 떨어지지 않을 것처럼 비비고 또 비볐다.

「여보, 이젠 됐어요. 이젠 모든 것이 다 끝났어요.」

「아빠!」

「다희야.」

「아빠, 미안해. 다희가 잘못했어, 아빠.」

붕대를 감지 않은 현서의 오른손을 꼭 잡고 자신의 뺨에다 비비던 다희의 눈에서도 닭똥 같은 눈물이 뚝뚝 떨어졌다. 그제야 현서는 자신이 가족의 품에 돌아왔음을 실감했는지 민지와 다희를 쳐다보았다. 애써 울음을 참으며 옆에서 안타깝게 바라보던 처남과 처남댁도 조금씩 정신이 돌아오는 현서를 보며 기쁨에 들떠 말했다.

「아이고 박 서방, 나야 나. 이제 좀 알아보겠어? 」

「고모부, 이제 됐어요. 잘 오셨어요. 정말 잘 오셨어요.」

눈으로 인사하던 현서도 몇 번이고 눈을 끔벅거리더니 들릴 듯 말 듯 말했다.

「형님, 죄송합니다. 처남댁, 고마워요.」

그러나 몸을 바짝 기울여야만 겨우 목소리를 들을 수가 있었다.

「그래, 됐어. 이젠 모든 것이 다 잘됐어.」

살아서 돌아온 것만으로도 기적인 만큼 더 할 수 없이 기쁜 순간이었다. 현서의 손을 꼭 잡은 민지는 남편의 귀에 자신의 입술을 갖다 대며 조그맣게 말했다.

「여보, 고마워요. 이렇게 다시 돌아와줘서 정말 고마워요. 여보…….」

현서도 있는 힘을 다해 말했다.

「미안해, 여보. 내가 잘못했어…….」

「아니에요, 여보. 이제부터는 당신이 내 옆에 있어주면 돼요. 그냥 우리 옆에 있어주기만 하면 돼요, 여보.」

민지는 남편이 살아 있는 것만으로도 꿈을 꾸는 것 같았다. 이제는 슬픔과 이별의 아픔, 그리고 앞으로 남아 있는 삶의 어떤 고통도 더 이상 가족의 몫이 아닐 것이라는 사실에 민지는 너무나 감사한 마음이 들었다. 아빠의 눈에 고인 눈물을 닦아주던 다희도, 꿈속에서도 그토록 그리워했던 다희를 바라보던 현서의 마음도 기쁨을 억누를 수 없었다.

「우리 다희 많이 컸구나. 정말 예쁘게 잘 자랐구나.」

훌쩍 자라버린 키만큼 어느덧 다희가 성숙하게 보였다.

「아빠가 우리 다희랑 다영이를 얼마나 보고 싶어 했는지 아니? 」

「알아, 아빠. 나도 아빠가 얼마나 보고 싶었는데. 고마워, 아빠. 이렇게 돌아와 줘서. 아빠 꼭 일어나야 해, 알았지? 아빠는 반드시 일어날 거야. 이제는 다희가 항상 아빠 옆에 있으니까.」

아직도 어린 딸인 줄로만 생각했던 다희가 아빠를 위로하는 의젓한 말에 현서는 또 다른 감정이 북받쳐 올라왔다.

「그래 꼭 일어나야지. 아빤 꼭 일어날 거야.」

「울지 마, 아빠. 다희도 이제 아빠 말 잘 들을 거야. 울지

마, 아빠.」

「그래, 그래. 아빠 울지 않아. 정말 좋아서 그래. 우리 다희를 보니까 너무 행복해서 그래.」

2년이라는 짧지 않은 세월 동안 먼지처럼 겹겹이 쌓였던 그리움이 어느덧 조금씩 조금씩 털어져 가고 있었다. 그때 다희의 눈물을 닦아주려고 오른손을 내밀던 현서는 주위를 두리번거리기 시작했다.

「그런데 다영이는? 」

「응? 어, 어…….」

예상은 했지만 갑자기 다영을 찾는 현서의 말에 깜짝 놀라, 다희는 금방 말이 나오지 않았다.

「다영이도 많이 컸지? 예쁘게 컸지?

「응, 아빠. 다영인 나보다 더 예뻐. 얼마나 예쁜데!」

다영이 예쁘게 컸다는 말에 현서는 환한 미소를 지으며 다영의 얼굴을 바라보고 있는 듯 어느새 행복한 표정을 지었다.

「그래. 다영이는 지금 어디? 」

그때 현서는 갑자기 고통스러운 표정을 지으며 얼굴을 찡그렸다. 또 다시 머리에 통증이 찾아온 것이다.

「여보! 여보!」

남편이 고통을 호소할 때 담당 간호사가 들어왔다. 특별

면회 시간이 끝났으니 빨리 나가달라는 것이었다. 남편이 머리가 아프다고 하니 좀 더 있으면 안 되느냐고 부탁해봤지만 알아서 조치할 테니 빨리 나가달라고 했다. 인간적인 따뜻한 모습을 전혀 찾아볼 수 없는 간호사의 차갑고 사무적인 말이 무척이나 서운했다. 하지만 살아 돌아온 남편의 얼굴을 본 것으로나마 큰 위안을 삼고 병실을 나올 수밖에 없었다. 중환자실 복도 의자에는 환자 가족들이 옹색한 자세로 앉아 있었다. 하나같이 어두운 표정이었다. 흡사 패잔병 같았다. 민지도 병원 분위기에 괜히 숙연해지며 눈시울이 뜨거워졌다. 갑자기 삶에 대한 의욕과 생명에 대한 경외심이 생기는 듯했다. 의자에 쪼그려 앉아 뜬눈으로 밤을 지새우던 민지는 이른 아침 깜빡 잠이 들었다. 그때 누군가의 다급한 목소리가 들려왔다. 간호사가 급히 민지를 깨우는 소리였다. 남편의 상태가 좋지 않다는 것이었다. 담당 의사가 새벽에 머리가 아프다고 호소하는 현서에게 여러 가지 검사를 하던 중 아무래도 뇌에 또 다른 이상이 있는 것 같다며 빨리 수술을 해야 할 것 같다고 했다. 좀 전에 담당 과장과 외과 의사에게 연락했으며 도착 즉시 수술해야 한다는 것이었다.

「도대체 뭐가 어떻게 잘못되었습니까? 」

「글쎄요. 선생님의 이야기는 뇌에 이상이 있는 것 같다고

만 하셨는데 저희도 아직 정확히는 잘 모르는 상황입니다. 하지만 수술은 가능한 한 빨리 해야 할 것 같습니다.」

급박하게 돌아갔던 지난 밤 이후 현서가 수술실로 들어가기까지 많은 시간이 걸리지 않았다. 워낙 수술이 급하다는 당직 의사의 권유에 따라 담당 과장도 급히 와서 의사의 보고를 들은 후 약간의 약물 검사를 거친 다음 무조건 수술 시간을 더 빨리 앞당기라고 했다. CT 촬영 검사는 30분도 안 되어 나왔다. 결과는 뇌 속 후두 정부에 출혈이 생겼다는 것이었다. 더 이상 시간을 지체할 수 없는 상황이라며 외상선 뇌 손상 수술 관련 동의서 설명과 함께 빨리 수술 동의서에 서명하라는 것이었다. 놀란 민지는 한순간에 맥이 풀렸다.

「수술 성공 확률은 얼마나 되나요? 위험한 수술은 아니죠? 」

민지는 다짜고짜 의사에게 물었다.

「지금으로서는 어떤 말로도 단정할 수 없습니다. 뇌 속에 피가 얼마나 고였는지 그리고 계속 피가 새어나오고 있는지 일단 수술해봐야 알 수 있을 것 같습니다.」

그때 간단히 아침을 준비해서 병원 복도로 들어오던 새 언니가 의사의 말을 듣고는 놀라서 물었다.

「그렇지만 선생님, 그래도 대충이라는 게 있잖아요. 짐작으로, 아니, 확률 정도는 알 수 있잖아요.」

「글쎄요. 저희도 그걸 알면 좋겠지요. 그러나 아직은…….」

「선생님, 부탁합니다. 그래도 대충이라도 말씀 좀 해주세요. 답답해서 숨을 못 쉬겠습니다. 선생님!」

민지도 간절한 마음으로 사정하듯이 물었다. 그렇게라도 묻지 않으면 금방이라도 쓰러질 것만 같았다. 이미 민지는 흡사 바람에 흔들리는 낙엽처럼 흐느적거리고 있었다.

「네, 부인의 심정은 이해합니다. 그렇지만 수술은, 특히 뇌수술은 큰 수술이라 무조건 확률로 말하기가 참 어렵습니다. 일단 차분히 기다려 볼 수밖에요.」

「하지만, 선생님!」

그러나 의사는 이미 수술 동의서를 들고 저만치 문밖으로 나가고 있었다. 민지는 억장이 무너지는 것 같았다.

「어떡해, 언니. 그이 잘못되면 어떡해? 」

「아가씨, 침착하세요. 이럴 때일수록 아가씨가 침착해야 해요.」

올케가 민지의 양팔을 부여잡으며 진정하라고 달랬지만 그 말이 민지에게 들려올 리 없었다.

「어떡해. 그 사람 수술 잘못되면 어떡해. 언니, 나 어떡해?」

「아가씨.」

「당신은 도대체 뭐야? 무슨 의사가 그렇게도 모르는 게 많아! 당신 의사잖아. 의사가 겨우 그 정도밖에 말 못해? 그런 말은 나도 할 수 있어. 나도 그런 말은 할 수 있단 말이야!」

그야말로 민지는 억지를 쓰거나 발을 동동 구르는 것밖에는 아무것도 할 수 없었다. 그러나 상황이 급박하게 돌아가고 있다는 것을 알고 있는 민지와 다희는 누군가에게 기도라도 해야겠다는 생각이 갑자기 들기 시작했다. 누가 먼저랄 것도 없었다. 두 손을 모으고 기도하기 시작했다. 평생 단 한 번도 기도해본 적 없었던 그들의 입에서 가장 먼저 터져나온 말은 '하나님'이었다.

「하나님, 우리 그이를 살려주세요. 염치없이 두 번 세 번 부탁하지 않겠어요. 단 한 번, 단 한 번만 우리 남편 살려주시면 이제부터 하나님을 믿겠어요. 정말 하나님이 살아 있다면 불쌍한 이 사람에게 기적을 베풀어주세요.」

그야말로 민지의 기도는 결사적이었다.

「하나님! 우리 아빠를 살려주세요. 제발 한 번만 우리 아빠를 살려주신다면 하나님을 위해 무엇이든지 하겠어요. 제발 불쌍한 우리 아빠를 살려주세요.」

다희 역시 지푸라기라도 잡는 심정으로 하나님께 간절히 기도했다.

27장

* * *

2010년 8월 후쿠오카

너무 외로워.

오늘따라 너무 많이 외로워.

어쩌면 다시 만날 수 없는 운명이라 생각하니

당신이 사무치도록 그립고 보고 싶어.

이렇게 그리울 때는 내가 너무 밉고, 너무 원망스러워.

당신이 이 글을 볼 수 없다는 것이 너무 슬퍼.

17년 동안 함께 했던 당신과의 삶 속에서

'소중함'들이 참 많았는데....

당신을 떠나온 지 벌써 1년이 훌쩍 넘어버렸네.

시간은 자꾸만 흘러가고 돌아갈 자신이 없어.

내가 원하지 않았지만 세월은 벌써 저만치 지나가버렸고
나에게 찾아오는 것은 늘 허무한 마음뿐이야.

요즘 들어 건강도 부쩍 더 나빠진 것 같아.
얼굴에는 주름도, 흰 머리카락도 더 늘어나 세월의 흔적만 고스란히 남아 있는 것 같다.

아무리 인생이 고해라고 하지만
현실과의 벽은 점점 커지고 내 인생이 이것밖에 안 되는 것인가 하는 나약한 생각만 자꾸 드니, 오늘따라 내가 한없이 비참하다는 생각이 들어.

내가 당신에게 잘한 건 아니었지만
그래도 한때는 당신을 사랑했던 남편이었고 당신에게 '영원한 나의 아내'라는 이름을 선물로 준 유일한 사람이었는데 지금은 모든 것이 슬픈 현실로 변해 버린 것 같아 너무 가슴이 아파.

지금 생각해 보니, 당신과 아이들, 그리고 주변에 있는 모든 사랑하는 사람들에게 더 큰사랑으로 대하지 못했던 것이 참 많이 후회스러워.
특히 당신을 신뢰하고 존중하며 더 많이 사랑했어야 했는데 많은 것을 잃어버리고서야 나는 그 소중함을 알게 된 것 같아.

또 한 번 만남의 기회가 다시 주어진다면 그때는 당신을 죽도록 사랑하면서 평생을 살 거야.
당신의 마음속에 있는 모든 아픔과 상처들까지도 따뜻하게 감싸주면서 말이야.
그렇게 남은 생애를 살아가고 싶은데
이제는 이 모든 것이 나의 욕심이겠지?

오늘 따라 당신이 너무 보고 싶어.

임 선교사가 건네준 남편의 가방 안에서 나온 것은 일본에서 사용하던 남편의 휴대폰과 그동안 사용치 않았던 휴대폰 그리고 여권, 옷 몇 가지와 마지막으로 수첩 하나가 전부였다. 수첩에는 일기를 쓰듯 자신의 심경을 틈틈이 적어놓은 편지 같은 것이 쓰여 있었다. 남편의 일기를 읽은 것은 수술실에 들어간 지 채 20분도 되지 않았을 때였다. 자신을 생각하며 두서없이 적어놓았던 일기에서 남편의 애틋한 마음을 알게 된 민지의 가슴은 찢어지도록 아파왔다. 구구절절 민지를 향한 따뜻한 사랑의 결정체였다. 그리고 남편의 애잔한 마음이 고스란히 담겨 있었다. 외롭고 쓸쓸하게 그리고 힘들게 살아온 남편의 지난날이 머릿속에 그려지면서 하염없이 눈물이 쏟아졌다. 남편이 가엾고 불쌍하다는 생각에 북받쳐 오르는 서러움을 참을 길이 없었다. 그리고 남편을 이 지경으로 만든 자신이 그렇게도 미울 수가 없었다.

「미안해요, 여보! 정말 내가 못된 여자였어요.」

다희와 함께 일기를 보며 울던 민지는 수술 진행 전광판 화면으로 잠시 시선을 돌렸다. 현재 수술 중인 환자들의 이름과 수술이 끝나 회복실로 옮기는 환자, 중환자실과 일반 병실로 돌아갈 환자들의 이름이 나오고 있었다. 그리고 화면 맨 밑에 '박현서'라는 이름과 아직도 '수술 중'이라는 전광판이 깜박거리고 있었다. 남편의 이름을 보고 있던 민지는 갑자기 '박현서'라는 이름이 자신의 남편이라는 생각이 들자 가슴이 미어질 것 같았다. 그동안 민지의 기도는 살려달라고, 무조건 살려달라고 몸부림치던 기도가 자신이 잘못했으니 무조건 용서해달라는 기도로 바뀌었다.

'하나님, 모든 것이 제 잘못입니다. 제가 그 대가를 받겠습니다. 남편을 밖으로 내몰았던 저의 큰 죄로 살려줄 수 없다면, 평생을 움직이지 못해도 좋으니 저희 옆에서 숨만이라도 쉴 수 있게 해 주세요. 이대로 잘못되면 남은 평생을 제가 어떻게 살아가죠? 그 죄책감을 어떻게 감당하면서 살아갈 수 있겠어요? 다영이도 떠나버렸는데 불쌍한 그이까지 떠나면 우리는 어떻게 살아갑니까? 하나님! 한 번만 용서해 주세요.'

2010년 11월 후쿠오카

삶이 힘들다.

무척 힘들다.

하루하루가 불안해서 그런지 시간이 지날수록 모든 상황이 견딜 수 없이 고통스럽고 늘, 우울한 삶의 연속이다.

이 모든 상황이 나에게만 닥친 모진 풍파 같아, 삶은 항상 무기력함과 공허함으로 다가온다.

그러나 무엇으로도 그 공허함이 채워지지 않는다.

누가 날 좀 붙잡아주면 좋겠는데, 내 주위에 아무도 없다는 사실이 더 슬프다.

시간이 지날수록 좌절감만 생기고 무거운 고통의 짐만 자꾸

나를 더 짓누르는 것 같다.
앞으로 시간이 더 지난다 해도 더 이상 아무것도 이룰 수 없을 것 같아, 때론 바보처럼 극단적인 충동이 들기도 한다.
그래서 더 무섭고 두렵다.
그토록 살겠다고 발버둥을 쳤으면서 말이다.

처음엔 죽어도 이런 일을 못할 줄 알았는데, 혹시나 민지와 애들에게 더 빨리 돌아갈 수 있을까 하는 맘으로 시작은 했는데, 앞으로도 가야 할 길은 멀기만 하고 하루하루의 두려움을 떨쳐버릴 수 없는 현실의 삶은 끝이 없어 보인다.

오늘따라 지난날의 평온했던 일상들이 눈물겹도록 그립다.
민지와 결혼하고, 아이들을 낳고, 가정을 이루며 살아가는 것이 당연하다고 생각하며 살아온 삶이 얼마나 행복했던 시간이었는지, 지금 내 손에 아무것도 없는 것을 보고서야 마침내 그 모든 것이 얼마나 소중한 것인지, 모든 것을 잃어버리고 난 다음에야 알게 된 것이 미칠 것만 같다.

세상을 바라보면서 아름답다고 느꼈던 것들이, 얼마나 즐거운 일이고 ,감사한 일이고, 눈물 나게 소중한 것이었는지, 그 모든 것들이 사라지고 난 후에야 내가 참 많이 어리석었다는 것을 알게 되었다.
일상의 소중함이 얼마나 귀한 것인지 사랑하는 가족을 떠나 이렇게 혼자가 되고 보니 이제야 알 것 같다.

나에게 주어진 것들에게 감사하지 못하고 없는 것들만 불평하고 원망하며 살아온 지난날.
이제는 없는 것에 대해 불평하지 않고 잃어버린 것들에 대해 슬퍼하지 않으며 살 수 있을 것 같은데, 비록 빈손일지라도…….

가끔, 아주 가끔 민지가 내 곁에서 불평하고 짜증을 내더라도, 언제나 내 곁에 머물러 있던 민지가 참 고마웠는데 민지와 함께할 수 없게 된 지금에 와서야 나에게 민지의 존재가 얼마나 큰지 홀로 된 지금에야 비로소 알 것 같다.

흘러내리는 눈물을 닦아내며 남편의 일기를 읽던 민지는 보지 않고 듣지 않아도 다 알 것 같았다. 미안하고, 또 미안했다. 이렇게까지 남편을 고통스럽게 하리라고는 상상도 못했던 민지의 눈에서는 그저 눈물만 쉴 새 없이 흘러내렸다. 그러나 민지가 그토록 슬퍼하는 것은 그동안 남편이 외롭고 힘들게 고생하며 살아왔던 것 때문만은 아니었다. 그것은 자신의 이기심이 남편의 입장은 조금도 생각하지 않고 오직 자신 때문에 가출하게 된 것이었는데도, 조금도 아내를 원망하지 않고 오히려 아내를 더 사랑하지 못하고, 더 감사하지 못하며 살아온 지난날을 후회하는 남편의 속 깊은 마음 때문이었다. 그리고 자신만 생각하며 남편에 대한 배려가 전혀 없었던 지난날에 대한 원망의 눈물이었다.

초조하게 기다리던 수술 시간은 끝이 없었다. 벌써 네 시간째 피를 말리는 시간이 흘러갔지만 수술실 문은 여전히 무거운 침묵으로 일관했다.

28장

* * *

2011년 1월 후쿠오카

오늘은 당신의 모습을 생각하며 '여보'라고 크게 한번 불러보았어.
애절한 목소리는 빈 허공을 맴돌기만 했지.
견딜 수 없을 만큼 당신이 보고 싶어.

여느 평범한 아내처럼 당신도 그렇게 행복하게 살았어야 했는데, 나 때문에 당신과 아이들의 희생이 너무 큰 것 같아, 오늘은 견디기 힘들 만큼 마음이 너무 아파.
틈틈이 일기를 써보지만 채워지는 것은 아무것도 없는 것 같아.

당신이 내 옆에 있을 때 잘하는 것이 평범한 삶의 진리였는데, 그 단순한 진리를 알지 못하며 살아온 지난 삶이 너무 후회스러워.

17년을 함께 했던 소중한 동반자가 늘 내 옆에 있었는데도 행복함을 모르며 살아온 나의 미련함 때문에, 이제는 그 소중한 날들과 평생을 함께할 동반자조차도 없다고 생각하니, 불안함 때문에 갑자기 무서운 생각이 들어.

벌써 오늘이 마흔 일곱 번째 생일인데, 이번에도 이 추운 겨울과 함께 그냥 이렇게 지나가고 있구나 생각하니 당신과 함께했던 그 모든 시간이 그립기만 해.

여보!

지난 세월 동안 많은 것을 잃어버렸고 아직도 모든 것이 깊은 상처로 남았지만 이 이상의 다른 귀한 것들을 얻었기에, 만약 언젠가 당신을 다시 만날 수 있다면, 시련과 고통의 세월을 뒤로하고 이제는 당신을 더 인정하고,

당신의 의견을 존중하는 따뜻한 마음으로, 영원히 당신과 함께 남은 세월을 행복하게 보내고 싶어.

여보!
'여보'라고 부르고 싶어.
마냥 부르고 또 부르고 싶어.
지금 내가 부르는 이 소리를 당신이 듣고 대답만이라도 할 수 있다면 죽어도 소원이 없겠다는 생각도 들지만, 당신은 너무나 멀리 떨어져 있어. 첫눈에 반한 당신에게 좋은 남편이 되겠다고 당신과 결혼했는데, 그리고 17년 동안 여전히 당신을 사랑했는데...
긴 세월 살아오면서 나의 부족함 때문에 당신의 마음을 아프게 한 것, 지금 생각해보니 얼마나 바보 같은 짓이었는지, 때로는 당신 가슴에 영원히 지울 수 없는 상처를 남기게 했던 것도 그렇고, 당신에게 상처를 주면서도 그걸 몰랐던 나를 용서하고 눈물로 그 상처를 스스로 치유했던 당신을 생각하면 내 마음이 찢어질 듯 아프기만 해.
미안해, 여보. 정말 미안해!

당신이 한 몇 마디의 말을 빌미 삼아 자존심, 감정까지 운운

하며 가지 말아야 할 길을 기어이 떠났던 내가 얼마나 어리석었는지…….

당신이 한 번만 용서해준다면, 당신의 그 무거운 짐을 다 벗어버릴 수 있도록 평생을 사죄하는 마음으로 살아갈 생각이야. 당신이 얼마나 나에게 소중하고 고마운 사람이었는지 이제는 다 아니까!

여보!
당신은 참 좋은 아내였어.
당신은
늘 가정과 가족을 사랑으로 아름답게 이끌어 가는 현명한 여인이었어.
그리고 참 지혜로운 여자였어.
그런 당신이 내 아내가 되어준 것 하나만으로도 참 고마운 일이었는데 난 정말 바보였어.
내 옆에서 17년 동안 함께 해주었던 것만으로도 나에게는 큰 축복이고 행운이었는데 말이야. 여보! 정말 너무 많이 고마웠어.
지금 생각해보니 우리는 단순히 인생의 동반자로 살아간 것이 아니라, 그 이상의 의미가 있었던 것 같아.

여보!

이제는 당신과 함께 있는 당신 속의 '나'로만 존재했으면 좋겠어.

그래서 당신의 따뜻함을 나의 가슴 깊이 간직하면서 이제부터라도 서로가 상처받지 않고 사랑하며 살았으면 좋겠어.

지금은 당신이 내 옆에 없어서 오늘도 똑같은 밤을 맞이해야 하지만

언젠가 당신과 내가 나이가 들었을 때 해질 녘 황혼을 함께 바라보며 멋진 인생을 살아가는 그런 날이 오면 참 좋겠어.

수술에 들어간 지 무려 여섯 시간이 지났지만 여전히 수술실 문은 무겁게 닫혀 있었다. 남편의 생사의 갈림길이 달린 수술에도 민지는 남편의 일기에서 눈을 뗄 수가 없었다. 남편의 일기장을 한 장씩 넘길 때마다 하염없이 흘러내리는 눈물을 멈출 수가 없었다. 아무리 닦아도 눈물은 끊임없이 흘러내렸다. 그토록 외롭고 무서운 적막함 속에서도 아내를 생각하며 써 내려간 남편의 일기장은 삶의 무거움과 후회가 함께 뒤엉

켜버린, 지난날 자신에 대한 끝없는 삶의 회한이었다.

2011년 2월 후쿠오카

너무 보고 싶다.
이 세상에 딱, 둘밖에 없는 내 딸 다희 그리고 욕심쟁이 다영아!
너희가 너무너무 보고 싶구나.
1년 365일 언제나 너희는 이 세상에서 가장 예쁜 꽃보다 더 예쁘고 사랑스러운 내 딸들이었지.

때로는 투정을 부려도 내 딸들이기에 귀엽기만 했고, 신경질 내며 까탈스럽게 굴어도 영락없는 아빠의 딸이기에 모든 게 사랑스러웠지.
그런데 정말 미안하구나.
한창 아름답고 예쁘게 자라야 할 때, 그리고 아빠가 꼭 필요한 이때 너희 곁에 함께 있어주지 못해서 아빠는 정말 가슴이 아프단다.

딸을 가진 이 세상의 모든 아빠는 어쩔 수 없는 아빠이기에,

너희가 학교에 가는 것만 봐도 가슴이 뛰었고, 다희가 교복 입은 모습을 보면 역시 예쁜 내 딸이라고 아빠는 늘 생각했지.
다영이는 모든 행동이 사랑스러웠고, 밥 먹는 모습만 봐도, 깔깔거리며 웃는 모습만 보아도 아빠의 입은 마냥 벌어지곤 했단다.
너희 덕분에 아빠는 언제나 행복했고, 늘 꿈을 꾸며 살 수 있었단다.

지난날 어려운 일로 인해 힘들어하고 있던 아빠에게 언제나 가장 큰 힘이 되었던 내 딸들 다희와 다영아!
너희가 친구들에게 따돌림 당하면 어쩌나, 학교 성적이 좋지 않아 혼자 고민하고 슬퍼하며, 혹시나 다른 친구들을 보면서 부러워하는 마음을 가지고 있으면 어쩌나… 아빠는 참 많이 걱정했단다.
다영인 어려서 아직 잘 모를 거야.
너희는 아빠가 사랑했던 엄마의 젊은 날이야.

다영인 늦둥이라 욕심이 많았고 늘 하고 싶은 대로 해서 언니와 엄마가 화낸 적도 꽤 많았지?
다희는 어릴 때부터 마음도 여리고 눈물도 많았지?

그래서 누구의 부탁도 잘 거절하지 못하는 아이였잖아.
그러고 보면 너희는 모두 엄마의 젊은 날이야.

다희가 사춘기에 접어들면서 가끔 엄마에게 화를 내곤 해서 엄마를 당황스럽게 하고 아빠의 마음을 조금은 아프게 했지만, 그래도 아빠는 그런 다희가 하나도 밉지 않았어.

아빠가 사업에 실패하고부터 우리 다희를 그 흔한 학원 한번 보내주지 못해 정말 많이 미안했단다.
다희야!
그때 아빠가 많이 미웠지? 미안해 다희야. 정말 많이 미안해.
그때 아빠 마음도 참 많이 아팠어.
정말 너무 많이 아팠어.

다희야.
물론 너는 기억할 수 없겠지.
네 엄마가 임신 중독증에 걸려서 너무 위험하고 힘든 상황에서 너를 낳았단다.
의사 선생님도 엄마가 혈압이 너무 높아 위험하다며 극도로 긴장했었지.

엄마는 열여섯 시간 동안 진통을 겪었고 아빠는 병원에서 그 긴 시간을 안절부절 못했단다. 저녁 7시에 병원에 들어가서 다음날 오전 11시 15분에 너를 처음 보게 되었지.
아빠는 지금도 그날을 잊을 수가 없어.

처음으로 너의 손을 살짝 붙잡자 너는 아빠의 손을 꼭 쥐고 놓지 않았어.
그때 아빠는 너의 손에서 느껴지는 경이로운 생명의 환희와 가슴 벅찬 희열을 느꼈어.

내 딸들,
다희야! 다영아!
너희는 아빠의 분신이고 흔적이야.
내 몸에 새겨진 지문처럼 그렇게 새겨져 나온 거야.
너희가 이 세상에 태어나서 아빠의 유일한 흔적이 되었다는 사실 하나만으로도 아빠는 평생 벅찬 가슴을 안고 살아갈 수 있어.
바로 그것이 아빠가 존재하는 이유야.

부르고 불러도 또 부르고 싶은 내 딸 다희야! 그리고 다영아!

그런 너희 옆에 함께 있을 수도, 갈 수도 없는 지금의 현실이 한없이 슬프고 힘들구나.
아빠의 자리에 아빠가 없는 공간을 채워주지 못하는 것도 무척 미안하고, 항상 너희 곁에 있으면서 너희의 큰 버팀목도, 넓은 울타리도 되어주지 못하는 것도 가슴이 아파.

그렇지만 아빠의 마음은 그래.
너희가 언제, 어디서, 누구와 무엇을 하든지 어떻게 살아가든지
항상 웃으며 기쁘고 즐겁고 행복하게 살아갔으면 좋겠어.
너희의 행복이 곧 아빠의 행복이니까.

아빠의 일기를 읽으면서 그제야 아빠의 깊은 마음을 알게 된 다희는 가슴이 아파 견딜 수 없었다. 다영의 죽음도 모르는 아빠가 그렇게도 가엾고 불쌍할 수가 없었다.

'아빠 미안해. 다희가 정말 미안해.'

그때였다. 갑자기 응급상황을 알리는 안내 방송이 흘러나왔다. 곧이어 여러 명의 의사와 간호사가 웅성거리며 수술실 쪽으로 급히 뛰어가는 것이었다. 무엇인가 상황이 긴박하게 돌아가는 분위기 같았다. 그리고 다시 한 시간 정도 시간이 지

났을 때였다. 담당 간호사가 민지를 급하게 찾았다. 지금 남편이 가족을 애타게 찾고 있다는 것이었다. 아무래도 더 이상 시간을 지체할 수 없을 것 같으니 빨리 수술실로 들어가 보라고 했다. 민지와 다희는 급히 수술복을 갈아입고 미친 듯이 수술실로 뛰어갔다. 그러나 그 시간은 너무나 짧았다.

「여보.......!」

「아빠.......!」

모든 것이 자취를 감추어버렸다. 그리고 숨어버렸다. 모든 것이 사라져버리고, 떠나가버린 자리에는 여전히 상실의 아픔만이 남아 있었다. 가까스로 마음을 다잡아봤지만 아주 작은 바람에도 금방 쓰러져버릴 것 같은 민지는 인생의 허망함만 끊임없이 되뇌었다.

「마지막 순간까지 아내와 따님을 찾았습니다. 가족을 찾으면서도 '미안해' 라는 말을 수도 없이 했습니다. 혈압이 떨어지며 의식이 혼미한 상태에서도 끝까지 아내와 따님의 이름을 부르며 애타게 찾았습니다. 마지막 숨을 토하는 순간까지도, 가쁜 호흡을 몰아쉬면서도 오직 가족만 찾았습니다. 마지막에는 의사 선생님께서도 어쩔 수 없이 가족을 수술실로 들어오시게 하라고 해서 저희가 급히 찾아갔던 것입니다.」

「환자 자신도 살기 위해 한 시간 이상을 저희와 함께 사투를 벌였습니다. 죽기 몇 초 전까지도 스스로 삶을 포기하지 않았고 끝까지 죽음을 받아들이지 않으려 처절하게 발버둥쳤습니다.」

「평생 걷지 못해도, 아니, 그냥 우리 옆에 있기만 해도 된다고 했는데 왜 갔어? 왜! 평생 누워만 있어도 좋다고 했잖아. 그런데 왜 갔어요? 이렇게 그냥 갈 거면 뭐 하러 왔어요? 뭐 하러! 흑흑」

그동안 남편을 기다리며 힘들게, 아주 힘들게 하나하나씩 쌓여갔던 가슴속의 억장이 무너졌다. 민지도 다희도 더 이상 제정신이 아니었다. 모든 것이 한꺼번에 닥쳐와 하늘이 무너진다는 것이 바로 이런 것이었다. 몸부림치며 가슴을 쥐어뜯고 울부짖으며 통곡하다가 끝내 실신하고 말았다.

사랑하는 가족이 도착하기도 전에 현서는 결국 그렇게 눈을 감고 말았다. 그토록 사랑했던 가족의 마지막 목소리 한번 들어보지 못한 채 현서는 먼 길을 떠나고 말았다. 잠시, 아주 잠시 쉬었다가 외롭고 고독한 저 먼 길을 또 다시 홀로 떠나 버리고 만 것이다. 그렇게 오고 싶어 했던 한국 땅을 밟은 지 하루만이었다. 그토록 그리워하며 애타게 보고 싶어 했던 가족의 얼굴을 본 지도 단 하루만이었다. 살아야 하는 이유가 헤아릴 수 없이 많았지만 가족을 향한 현서의 뜨거웠던 심장은 사랑하는 가족의 가슴속에 영원히 남겨둔 채 결국 멈춰버리고 말았다. 서로에게 모든 것을 맡기고 살아왔던 17년간의 세월은 한순간 바람으로 사라져버렸고 가슴 아픈 상처만 남긴 채 현서는 영원히 떠나버리고 말았다.

「폭력에 의한 뇌 손상이 왔습니다. 정확한 것은 외상성 뇌 손상입니다. 폭력을 당했을 때 머리 부분에 직접적인 충격이 가해지면서 뇌에 손상이 온 겁니다. 그 충격이 약했으면 뇌에 멍이 들 정도거나 가벼운 출혈로 끝날 수도 있지만 충격이 너무 심해 뇌가 뒤틀리면서 뇌세포간에 큰 이상이 생긴 것입니다. 사망의 직접적인 원인은 왼쪽 후두 정부에 세게 부딪히면서 뇌 좌상을 입고 출혈이 유발되어 사망한 것으로 추정됩니다. 생각보다 피가 많이 고여 있었습니다. 그리고 신체 손상 중 내부 장기 손상이 상당히 컸습니다. 갈비뼈도 두 개나 골절되었고, 폐와 간 속까지 피가 조금씩 고여 있었습니다. 죄송합니다. 저희도 최선을 다했지만 더 이상 손을 쓰기에는 이미 많이 늦었던 것 같습니다. 정말 죄송합니다.」

담당 의사의 무거운 말만 민지의 귓전을 맴돌고 있었다.

사랑하는 당신에게

고통의 눈물 다 씻겨내지도 못하고
갈래갈래 찢어놓은 상처만 남긴 채
결국, 그렇게 떠나간 당신.
눈물로 용서를 구한다면 잃어버린 당신을 찾을 수 있을까요?
아직도 차가운 내 가슴에 남기고 간 당신의 흔적은 수없이 남아 있는데
이렇게 훌쩍 떠날 것이라면 왜 돌아왔나요?

당신의 삶 속에 나의 존재가 아직도 선명하게 남아 있을 텐데
기어이 나를 밀치고 떠나간 당신.
그토록 사랑했던 가족을 두고 떠날 만큼 무엇이 그렇게도 당신을 힘들게 했나요?

이제는
당신을 잃어버리고 홀로 살아가야 할 세월이
무서운 두려움으로 다가오네요.

아직도

긴긴 세월이 남아 있는 내게는
아파하며 살아야 할 세월이 그저 두렵기만 해요.

기어이
우리 곁을 떠나가는 당신!
이제는
더 편안한 세상에서 행복하기를 바랄게요.

여보!
미안해…….

누가 뭐래도 나에겐 사랑의 의미를 갖게 해준 당신이었는데 함께 살면서 어려운 일이나 힘든 일이 생길 때마다 당신의 웃음 덕분에 늘 사랑의 힘으로 모든 것을 극복할 수 있었지요.
당신이 곁에 있을 땐 고맙고 소중한 줄 모르고 살다가
이제야 당신 없는 빈자리가 너무도 커서 가슴이 무너지듯 아프네요.

당신이 집을 떠난 후 참 많이 아팠고, 참 많이 울었지만
그래도 당신을 사랑할 수 있어서 행복했는데....

남은 인생 당신 때문에 더 아파야 하고 더 많이 울어야 하는 것이 내가 감당해야 할 일이라면 나도 당신 곁으로 떠나고 싶어요.

당신에 대한 미안함과 끝없는 후회가 두렵기만 하네요.
참 많이 후회했는데도 앞으로도 후회하면서 살아야 할 시간이 마음의 짐으로 남아 나를 짓누를 것 같아 더 무섭고 두렵기만 하네요.

그래도 아내인 내가 당신을 남편으로 더 존중해주고 더 채워줬어야 했는데 내 감정대로 대하고 말하고, 더 이상 갈 곳 없이 비참해진 당신에게 보상 받으려 했어요. 나의 잘못들로 그것이 당신에게 상처가 된다고는 전혀 생각지도 못했던 나의 어리석음을 용서해주세요.
당신의 모든 상실감을 이해하지 못하고 내 감정대로 말하고 행동했던 것이 원망스럽기만 해요.

못된 나 때문에 밖으로 내몰려 힘없이 걸어가는 당신의 뒷모습을 보면서 목이 멜 때가 참 많았는데……
또 다른 사랑의 힘으로 얼마든지 극복할 수 있었는데 내가 미련하고 속이 좁아 당신 혼자서 얼마나 마음 아프고 외롭고 힘들었을까?
당신이 없는 빈방에 홀로 밤잠을 이루지 못했던 날이 수없이 많았는데,
왜 이렇게 먼저 훌쩍 떠나 버렸나요?
그렇게도 내가 미웠나요?
주말이면 같이 된장찌개 끓이면서 양파도 까주고, 파도 다듬어주고, 김밥도 같이 만들면서 오순도순 이야기하던 그때가 그리우면 나 이제 어떡해, 여보!
빈대떡 부쳐놓고 어울리지 않는 와인 잔을 들고 함께 깔깔 웃으며 긴긴 이야기 참 많이 나누었는데…….
이제 누구랑 이야기해? 여보!
주말 아침마다 커피 끓여 갖다 주면서 이만하면 괜찮은 남편 아니냐고 물었지요.
그래요, 당신 괜찮은 남편이었어요. 아니, 참 좋은 남편이었어요! 그런데 이제 당신의 목소리 어디서 들어요?
자주 내 손 살며시 잡아주던 당신 손길이 보이지 않을 때 난 어떡해, 여보!

돌이켜 보면 외롭고 힘들 때마다 17년간을

한결같이 내 곁에 있어준 당신이었는데
이제 당신을 놔줄게요.
이제는 편히 보내줄게요.

지난 세월 나 때문에 너무 고통스럽고 힘들었으니까, 당신도 이제는 세상의 무거웠던 짐들과 그 고통의 멍에 다 벗어버리고 마음껏 한번 날아봐요.
몸은 차가워도 영혼이나마 따뜻한 하늘나라에서 행복했으면 좋겠어요.
더 이상 외로움과 슬픔 그리고 아무런 고통이 없는 곳에서 이제 편히 쉬세요.

그곳에 가면 당신이 그렇게도 예뻐하던 딸, 다영이도 있을 거예요!
다영이를 만나면 너무 깜짝 놀라지 말고 함박웃음을 지어주세요. 그리고 힘껏 안아주세요. 그리고 다영이랑 행복하게 사세요, 외롭지 않게....
우리 불쌍한 다영이가 아빠를 만나서 얼마나 좋아할까 생각하니 조금은 위로가 되네요.

당신 때문에 여전히 아프고 슬프지만……

이제는 영원히 당신을 사랑한다고 말할 수 있을 것 같아요.

영원히 내 마음속에서 당신을 지울 수 없을 테니까요.

사랑해요.

여보!

내 마음 다 알죠?

영원한 당신의 아내 민지가

29장

* * *

창백한 얼굴의 다희는 엄마의 두 손을 꼭 잡은 채 장례식장 제일 앞자리에 앉아 있었다. 엄마의 어깨에 머리를 기대고 있던 다희는 지그시 눈을 감았다. 그러나 눈에 가득 고인 눈물은 금세 감은 눈 아래로 흘러내렸다. 민지는 다희의 눈물을 연신 손수건으로 닦아주었다. 민지도 수건으로 자신의 눈물을 가끔 훔쳤지만 의연함을 잃지 않으려 애를 썼다. 조문객들은 모두가 마음이 무거운 듯 숙연한 얼굴이었다. 식순에 따라 아빠를 위해 편지를 낭독하는 시간이 되었다. 아빠의 마지막 가는 길을 위해 다희가 밤새 준비한 편지를 읽는 시간이었다. 다희는 한 송이 국화꽃을 놓기 위해 아빠의 영정 앞으로 천천히 다가갔다. 몇 번이고 흐느끼며 눈물을 삼키던 다희는 애써 눈물을 참으며 편지를 또박또박 읽기 시작했다.

사랑하는 아빠에게

아빠, 안녕?
아빠가 이 세상에서 제일 사랑하고 예뻐하는 아빠 딸, 다희야.

아빠, 미안해.
이렇게 아빠를 먼저 떠나게 해서.
다영이를 보낼 때는 아빠가 없어서 슬펐는데,
오늘은 다영이가 없어서 더 슬퍼, 아빠.

아빠!
다영이가 떠날 때 엄마 손을 꼭 붙잡으며
"엄마, 아빠는?" 하고 물었었는데....
그때 엄마와 다희가 얼마나 울었는지 모르지?
그런데 아빠는 왜 그런 말 한마디 없이 갔어?
다영이한테는 좋겠지만
이렇게 가면 안 되는 거잖아.

불쌍한 우리 아빠.

많이 외로웠지?
아빠가 마지막 순간까지 가족이 보고 싶다고 했다는데
그게 너무너무 가슴이 아파.

아빠!
아빠가 아직도 나한테 전화해서 '우리 다희가 좋아하는 피자 사다줄까?' 하고 물을 것 같아.
다희는 그런 아빠가 있어서 정말 행복했어.

가끔 다희가 아빠를 속상하게 할 때도 있었지만
그래도 그때마다 다 받아주며 무작정 예뻐해 주던 아빠가 있어서 정말 행복했어,
그런데 이렇게 훌쩍 가버리면 다희는 이제 어떡해?

아빠.
가끔은 다희가 짜증을 부려도 다 받아주는 아빠여서 정말 좋았고, 학원이 늦게 마칠 때 '우리 딸 지금 어디 있어?' 하고 문자를 보내줄 때 다희가 얼마나 좋아했는데…….

아빠는 그랬잖아.

다희가 하는 말을 다 들어주고 다 지지해주고 다 믿어줬잖아.
그래서 엄마가 가끔 심통도 냈잖아.
그런데
아빠가 이렇게 가버리면 이제는 누가 아빠처럼 해주지?

아빠.
다희가 정말 미안해.
엄마와 말다툼하고 싸웠을 때, 그래서 너무너무 힘들어할 때 아빠 편이 되지 못한 것 정말 미안해.
지금은 다희가 정말 많이 후회하고 있어.
아빠가 사업 실패하고 후줄근한 옷차림에 깨끗지도 않은 운동화를 신고 다닐 때 아빠를 외면했던 것.
아빠가 다희에게 뭘 물어볼 때도 괜히 짜증내고 신경질 내며 잘 대답도 하지 않고 무시했을 때 아빠가 속상해했던 일 등.
사실 다희도 그렇게 말해놓고 속으로는 많이 미안했어.
다희가 정말 잘못했어.

아빠는 다희가 아플 때, 꼭 다희가 좋아하는 것,
그리고 맛있는 것 듬뿍 사와서 억지로 먹이며 만세도 부르고 춤도 막 췄잖아.

그럴 때마다 다희는
아빠의 사랑이 영원히 내 곁에 머물 줄 알았어.
그래서 아빠에게 내 마음대로 화도 내고, 내 맘대로 행동도 했는데,
이렇게 훌쩍 가버리면 다희는 어떡해?

아빠!
다희는 아직 결혼도 안 했는데, 시집갈 때 누가 다희 손잡고 결혼식장에 들어가지?
누가 “내 손자, 내 손녀” 하면서 예뻐해 주지?
다희 마음 아플 때 누가 달래주고 누가 위로해주지?

아빠! 벌써 아빠가 보고 싶다.
벌써 아빠가 보고 싶으면 안 되는데 어떡하지?

미안해, 아빠.
다희 마음속에 있는 사랑을 다 표현하지 못해서 정말 미안해.
그렇지만 이제는 다희가 말할 수 있어.
우리 아빠를 이 세상에서 가장 사랑한다고 말이야.
항상 마음속 깊은 곳에 아빠를 품고 살아오면서도 평소에는

하지 못했던 말들을 이제는 다 할 수 있어.
아빠는 이 세상의 그 어떤 것과도 대신할 수 없는 나에게 가장 소중했던 사람이라고 말이야.

불쌍한 우리 아빠.
그동안 너무 고통스럽고 힘들었으니까 이제는 외로움도 없고,
슬픔도 고통도 없는 곳에서
아빠가 그렇게도 예뻐하던 다영이와 함께 꼭 행복하게 살아야 해.
알았지?

아빠. 사랑해.
정말 많이 사랑해.
그리고 너무너무 미안해.
아빠. 안녕!

이 세상에서 아빠를 가장 사랑하는 딸 다희

눈물을 흘리며 편지를 읽어 내려가던 다희의 울음 섞인 목

소리에 슬픔을 삼키고 있던 조문객도 끝내 참지 못하고 여기저기서 흐느끼기 시작했다. 식장은 순식간에 눈물바다가 되어버렸다. 영결식 내내 흐르는 눈물을 애써 참고 또 참았지만 아무것도 받아들일 수 없는 아득한 현실에 민지의 가슴은 끝없이 녹아져 내리고 있었다.

30장

* * *

현서의 시신이 담긴 관이 운구차에 오를 때 민지와 다희는 한동안 관을 부여잡고 오열해 주위에 있는 모든 사람을 또 한 번 숙연하게 했다. 영결식을 마치고 마지막 하관식이 가족과 친지들과 조문객들의 눈물 속에 시작되었다. 옷깃을 단단히 여며도 차가운 꽃샘추위에 부슬비까지 추적추적 내리는 궂은 날씨였다. 마지막 하관에 앞서 유족들을 포함해 모든 조문객이 흙 한줌을 관 위에 뿌리는 허토식 순서가 시작되었다. 한 줌의 흙이 무덤 속에 놓인 관 위로 뿌려졌다. 민지도 다희도 흙을 뿌렸다. 마지막으로 인부들이 삽으로 흙을 마구 뿌리기 시작했다. 그때였다. 거센 바람에 금방이라도 날아갈 것같이 비틀거리며 엄마의 손을 잡고 기진맥진 서 있던 다희가 갑자기 외쳤다.

「아빠, 안 돼!」

그러고는 흙을 뿌리고 있는 아빠의 무덤 속을 향해 순식간에 뛰어드는 것이었다.

「가지 마, 아빠. 가면 안 돼. 나도 갈 거야. 나도 아빠 따라갈 거야.」

삽시간에 무덤 속으로 뛰어든 다희의 돌발적인 행동에 삽질하던 인부들이 미처 다희를 볼 겨를도 없이 다희의 얼굴에 흙을 퍼부어버리고 말았다. 순식간에 다희의 얼굴과 흰 상복은 온통 흙으로 뒤집어쓰고 말았다.

「가지 마, 아빠! 다희도 따라갈 거야! 다희도 아빠 따라갈 거란 말이야.」

무덤 속에서 아빠의 관을 붙잡고 몸부림을 치는 다희를 본 사람들은 어쩔 줄을 몰라 발을 동동 구르기 시작했다. 그야말로 하관식이 엉망진창이 되는 순간이었다.

「아빠, 가지 마! 다시는 속 안 썩일게, 아빠! 다희가 잘못했다고 말했잖아. 이렇게 그냥 가면 다희는 어떻게 살아, 아빠!」

아빠의 관을 부둥켜안고 악을 쓰며 오열하는 다희의 목소리는 그야말로 절규였다. 그제야 삽질하던 인부들도 급히 무덤 속으로 뛰어내렸다. 그러고는 다희의 양팔을 붙잡고 무덤 밖으로 끌어올리기 위해 안간힘을 썼다. 그러나 아빠의 관을 부여잡고 결사적으로 악을 쓰는 다희의 힘을 당할 수가 없었다. 오히려 다희는 인부의 손을 뿌리치며 자기도 묻어달라고 더 크게 고함을 지르며 끝까지 관을 놓지 않았다. 발인식 내내 침통한 표정으로 눈시울을 붉히던 조문객들도 결국에는 참았던 눈물을 여기저기서 터뜨렸다. 울음소리는 삽시간에 커지면서 하관식은 순식간에 눈물바다로 변해버렸다. 그때였다. 갑자기 민지도 무덤 속으로 뛰어내렸다. 그러고는 다희를 와락 끌어안았다.

「다희야. 이러지 마. 엄마가 잘못했어. 미안해, 다희야. 모든 게 엄마 때문이야. 미안해, 다희야.」

「싫어, 이거 놔. 이거 놓으란 말이야. 나도 아빠 따라갈 거야. 아빠 따라 함께 죽을 거란 말이야.」

「그래, 그래, 알았어, 다희야. 엄마가 네 마음 다 알았으니까 제발 진정해, 다희야.」

결국 바닥에 털썩 주저앉아 버린 민지도 자신의 타는 가슴을 쥐어뜯으며 오열하기 시작했다. 엄마가 울자 다희는 더 크게 소리 지르며 울었다.

「우리 아빠 살려주세요. 누가 우리 불쌍한 아빠 좀 살려주세요. 이제 다희는 어떻게 살아. 이제 다희는 어떻게 살아가, 아빠!」

그때 민지는 자신의 양팔을 붙잡고 미칠 듯이 몸부림치는 다희의 얼굴을 와락 끌어안았다. 그리고 자신의 한맺힌 가슴에 다희의 얼굴을 파묻어 버렸다. 민지의 가슴에 얼굴을 파묻힌 다희의 울음소리는 그제야 조금씩 작아지기 시작했다.

「엄마!..........」

「그래, 그래. 다희야. 엄마야, 엄마. 엄마 여기 있어. 엄마는 안 갈 거야. 엄마는 아무 데도 안 갈 거야. 다희 옆에 있을 거야. 영원히 다희 옆에 있을 거야. 우리 이제 아빠 보내드리자. 응? 다희야.」

부슬비가 내리는 잿빛 구름 위로,
뿌연 안개가 먼 산등성이를 타고 올라가고 있었다.
하늘너머로 올라가는 길이었다.
이 땅에서의 모든 인연을 깨끗이 씻어 버린,
한 영혼이 떠나가는 하늘의 길이었다.

에필로그

차가운 바람이 세차게 뺨을 때리는 겨울밤이었다. 미국 생활 5년 만에 아버지를 찾아뵈었다. 아버지는 금세 눈물을 훔치셨다. 그리고 부끄럼 없이 우셨다. 한평생을 강하게 사시면서 자식들에게 눈물 한 방울 보이지 않으셨던 분이 맥없이 흘리는 눈물이었다.

「사는 게 너무 힘들구나. 이제는 가정을 지킬 만한 힘이 없구나.」

아버지 입에서 흘러나오는 말씀은 충격이었다. 금세 가슴이 찢어졌다. 남의 이야기가 아니었다. 우리 모두의 이야기였다.

자신의 마음속에 숨겨져 있는 비밀이나 말 못할 고민은 누구나 다 가지고 있다. 우리 아버지들도 모두 다 마찬가지일 것이다. 평생 가족을 위해 무거운 멍에를 지고 살아왔던 우리 모두의 아버지들. 지치고 힘들어 포기하고 싶을 때도 수없이 많왔지만 그저 앞만 보며 달려왔던 우리의 아버지! 언제나 뒤돌아선 곳, 보이지 않는 곳에서 소리 없이 우셨다. 그리고 끝까지 가정의 울타리를 지키고자 발버둥치셨다.

가족이란 그렇다. 사랑하기 때문에 함께 살아가는 공동체다. 좋아하는 것과 사랑하는 것은 비슷한 것 같지만 엄연히 다르다. 고양이는 쥐를 좋아한다. 그러나 사랑하지 않는다. 좋아한다는 것은 상대방이 고통스러워하든, 아파하든, 상처가 나든, 피투성이가 되든 상관없이 자신의 이익과 욕심 때문에 얼마든지 좋아할 수 있다. 그러나 사랑한다는 것은 오히려 자신이 고통스러워하고 아파하고 상처가 나고 피투성이가 되더라도 상대방을 끝까지 믿고 지켜 주는 것이다. 사랑은 그렇다. 아무리 어렵고 힘든 가족간의 갈등이 있었다 할지라도 끝까지 용서하고 화해하고 사랑할 수밖에 없는 것이 가족이다. 가족이기에 어쩔 수 없이 원망도 슬픔도 사랑마저도 다 품 안에 담으면서 살아갈 수밖에 없다.

이 세상에는 젓가락 하나 꽂을 만한 자신의 땅도 없이 가난해도 대한민국을 조국으로 믿고 법을 준수하며 열심히 행복하게 사는 사람들이 참 많이 있다. 다들 힘들다 하면서도 그래도 즐겁고 행복하게 살아가고 있다. 내일의 희망이 안 보여도, 고달픈 삶 속에서도 용기를 잃지 않고 살아가는 사람도 얼마든지 많이 있다. 특히 경제 위기가 본격화된 이후 가족의 위기나 해체도 있었고 가족간의 긴장감이 커진 가족도 많이 있었지만 오히려 경제 위기 이후 가족의 가치를 재발견한 가족이 훨씬 더 많아진 것 또한 사실이다. 삶이 어렵고 힘들수록 가족에게서 위안을 찾고 가족에게 더 많은 사랑과 관심 그리고 정성을 쏟는다면 얼마나 좋을지, 글을 쓰는 내내 이런 생각을 했다.

왜 이 소설이 해피 엔딩으로 마무리하지 않았느냐고?

그렇다. 잊어버리고 살아왔던 아버지를 사랑할 수 있는 시간이 그리 많지 않다는 것을 꼭 말하고 싶었다.

우리 아버지가 아직도 살아 계신다면…….

아직도 기회가 남아 있다는 여지를 남기고 싶었다.

아버지에게 남겨진 시간이 점점 줄어가고 있기 때문이다.

인생이 긴 것 같지만 짧다. 정말 짧다.

짧은 세월 동안 가족이 서로 사랑만 나누며 살아가도 시간이 부족하다. 잠깐 내 머릿속에서 지워버리며 살아왔던 가족, 특히 아버지의 소중함을 발견하며 살아갈 수 있다면, 그래서 잃어버렸던 아버지의 자화상을 다시금 찾아 드릴 수 있다면, 아버지라는 존재는 우리에게 더욱 더 큰 의미로 다가올 수 있을 것이다.

이 땅에서 힘겹게 살아가는 아버지의 권위마저 무너지는 이 시대에 아버지의 자리가 더 이상 상실되지 않도록 스스로 조금만 신경을 쓴다면, 정말 조금만 더 신경을 쓴다면 더 이상 아버지로 말미암아 우리 가정이 한순간에 무너지지는 않을 것이다. 우리의 버팀목이 되어주는 아버지 덕분에 가정에 화목이 넘치고, 치유와 회복이 될 것이며, 아름다운 가정으로 반드시 거듭날 수 있을 것이다.

그렇다. 우리 인간의 탄생은 그 자체 하나만으로도 엄청난 의미가 있다. 뜻하지 않은 사고나 병으로 먼저 가버린 분을 생각하면 지금 내가 숨을 쉬고 있다는 존재 자체만으로도 더욱 더 큰 의미가 있고 소중한 것이다.

그런 아버지가 지금도 내 옆에 계신다면?
아직 희망의 빛은 있을 것이다.

여보, 미안해

초판 1쇄 • 2012년 02월 10일
14쇄 • 2018년 04월 01일

개정판 1쇄 • 2018년 11월 05일

지 은 이 • 채복기
펴 낸 곳 • 도서출판 채영
펴 낸 이 • 채복기
편 집 • 김성원
표지 및 편집 디자인 • 김은혜

등록번호 • 제25100-2018-000047호
등록일자 • 2018년 07월 19일

주 소 • 서울시 은평구 진흥로85로, 지층 (역촌동)
전 화 • 070-8241-6027
이 메 일 • chaeyoungbooks@gmail.com
ISBN 979-11-964424-1-5(03810)